TOD VOR DER TÜR

Joachim Stengel

Ein Tarne-Krimi

Cover-Design & Foto von
Sibylle Stengel-Klemmer

Die Story und die in der Handlung vorkommenden Personen sind fiktional, jede Ähnlichkeit mit real existierenden Personen, gegenwärtig oder früher, ist rein zufällig.

Bibliografische Information der Deutschen Nationalbibliothek
Die Deutsche Nationalbibliothek verzeichnet diese Publikation in der Deutschen Nationalbibliografie; detaillierte bibliografische Daten sind im Internet unter http://dnd-dnb.de abrufbar.

Herstellung und Verlag: BoD - Books on Demand, Norderstedt
ISBN 9 783738 643329.

Alle Rechte vorbehalten.
All rights reserved.

1. Auflage 2015
© 2015 Joachim Stengel

01

Gegenwart

Montag, früher Nachmittag, mitten im August. Die Sonne brütete am wolkenlosen Himmel über der ausgedörrten Stadt. Das Ruhrgebiet schmorte seit sechs Wochen vor sich hin. Die Menschen flüchteten in den Schatten, wo es ging, bewegten sich nur noch apathisch und sehnten sich stöhnend nach ein paar Tropfen Regen. Sollte er die Füße vom Tisch nehmen und die Jalousien zuziehen? Tarne liebte die Sonne und die Wärme, aber aus dem Schatten heraus. Im Moment störte sie bei seiner Lieblingsbeschäftigung, dem Lesen. Sie holte ihn aus einer Existenz in den faszinierenden Wechselwelten Paul Austers, eingelullt von Vogelgezwitscher und hin und wieder einem Autobrummen. Sollte er sich eine eisgekühlte Pepsi Light gönnen? Aber dafür müsste er sich erheben und sie aus dem Kühlschrank holen! Ein Schweißtropfen lief ihm von der Stirn. Ein schöner Tag. Ein ruhiger Tag! Keine Rechnung offen und ein paar Euros in der Tasche. Die Überwachung der Frau eines eifersüchtigen Ehemannes hatte er delegieren können. Warum sich Sorgen um neue Aufträge machen? Das Leben war schön. Den Moment genießen! Sein letzter Auftrag hatte ihn nach Dänemark geführt. Es ging um eine Hühnerfarm. Er war erfolgreich gewesen, hatte nachweisen können, dass Eier als Bio verkauft wurden, die nicht nach den Vorschriften dafür erzeugt worden waren. Das Land hatte ihm gefallen. Dort waren Toilettenbenutzung und Parken kostenfrei. Im Gegensatz zu den Tankstellen auf den deutschen Autobahnen. Da hatte er siebzig Cent bezahlen müssen. Die verdienen sich sogar am Pinkeln dumm und dusselig! Der Gutschein über 50 Cent, den man dabei erhält und den man dann für einen eisgekühlten gesüßten Latte Macchiato im Plastikbecher für 2,99 einlösen konnte, der sonst 99 Cent kostet, machte das Ganze nicht erträglicher. Er spürte, wie der Ärger über sein Gesicht huschte, während er sich mit zwei Fingern über die rechte Augenbraue strich, als wenn er eine lästige Fliege vertreiben wollte.

„Pack!", murmelte er vor sich hin, während er mit halber Aufmerksamkeit einen Mann beobachtete, der an der langen Fensterfront der ehemaligen Metzgerei vorbeihastete, in der Tarne sein Büro eingerichtet hatte. Der draußen trug trotz der Hitze ein Jackett, wie man das von biederen Geschäftsleuten kannte, und sah sich immer wieder um. Weitere Schweißtropfen suchten und fanden ihren Weg zu Tarnes Augenbrauen. Im Seitenfenster eines auf der anderen Straßenseite geparkten Wagens blitzte etwas auf, gefolgt von einem für den azurblauen Himmel völlig unpassenden Donnerschlag. Der riss Tarne endgültig aus seinen süßen Träumen. Seine Füße berührten den Fußboden, bevor der Hall des Schusses verklungen war. Der Mann mit dem Jackett wurde getroffen, riss einen Arm hoch und torkelte rückwärts über den Bürgersteig bis vor die Eingangstür von Tarnes Büro. Das Geschoss war durch das menschliche Fleisch gejagt, als wenn es Butter wäre, und aus dem Körper ausgetreten. Es hatte seinen Weg durch die gläserne Eingangstüre von Tarnes Büro fortgesetzt. Vom Eintrittsloch aus breitete sich ein größer werdendes Spinnennetz aus Rissen über die ganze Scheibe aus. Vergeblich versuchte der Mann Halt mit seiner erhobenen Hand zu finden. Langsam rutschte er herunter und hinterließ eine rote Spur. Der auf die Scheibe geklebte Schriftzug 'Robert E. Tarne – Private Ermittlungen' verschmierte in der Mitte mit einem blutigen Streifen. Gefährlich funkelte das Rot in der Sonne.

Mit einem Sprung war Tarne an der Tür. Ihn fröstelte plötzlich. Draußen heulte ein Motor auf und ein Wagen entfernte sich mit durchdrehenden Reifen. Er drückte gegen die Tür und schob den in sich zusammengesunkenen Körper zurück. Der Mann stöhnte. Tarne beugte sich über ihn. Das weiße Hemd war rot durchtränkt. Er streckte eine Hand aus und versuchte, etwas zu sagen. Ein Schwall Blut schoss aus seinem Mund, so dass nur ein undeutliches Grunzen zu hören war.

„Es wird alles gut!", versuchte Tarne ihn zu beruhigen, ohne es zu glauben. „Ich rufe Hilfe." Er griff zum Handy, wählte die 110, machte die notwendigen Angaben und wiederholte:

„Ja, richtig, Hubertstraße, Ecke Hubertweiche in Kray, der Laden mit den gelben Fliesen – direkt vor meinem Büro."

Tarne fragte sich, was er da zusammengestottert hatte, kniete sich dann wieder neben den Mann und bettete den Kopf des Sterbenden in seinen Schoß, um ihm eine bequeme Lage zu geben. Immer mehr Blut quoll aus dessen Mund. Mit letzter Kraft tastete er nach Tarne.

Die zur Faust geballte Hand rutschte über Tarnes Brust und öffnete sich langsam. Sie hinterließ eine Spur von Blut und einen kleinen Schlüssel. Reflexhaft griff Tarne zu und ließ ihn in seiner Hosentasche verschwinden. Im selben Moment entwich der letzte Atemzug aus den Lungen des Mannes und sein Augenlicht erlosch für immer.

Tarne blieb unbeweglich sitzen. Das Adrenalin, das seinen Körper kurzfristig durchflutet hatte, war verbraucht. Eine überwältigende Mattigkeit machte sich in ihm breit. Er kannte diesen archaischen Mechanismus, der im Augenblick der Gefahr Energie zur Verfügung stellte, um schneller weglaufen oder härter zuschlagen zu können, und damit der Menschheit das Überleben in der Evolution ermöglicht hatte. Es hatte in dieser Situation nicht geholfen. Er hatte nichts verhindern können und war geplättet. Vor seiner Tür und in seinen Armen war gerade ein Mann gestorben. Nicht gestorben, nein, erschossen. Wie eine Hinrichtung auf offener Straße. Das traf am ehesten zu.
Fenster wurden geöffnet. Neugierige streckten ihre Köpfe heraus, um einen Blick auf die Sensation zu erhaschen, die ihrem tristen Alltag einen Hauch von Aufregung und Abenteuer verschaffen sollte.
Nur nicht die Nerven verlieren!, sagte sich Tarne, zog, seinem Berufsdrang folgend, die Brieftasche aus der Jacke des Toten und fischte den Ausweis heraus. Edgar Eberli, geboren Adligenswil/LU, Schweiz, am 18.04.1972, also zweiundvierzig Jahre alt. Wohnhaft in Bern, Aebistrasse 11. Als die ersten Schaulustigen sich näherten, hatte er die Brieftasche zurückgesteckt und abgewischt. Nur nicht seine Fingerabdrücke hinterlassen.

Schnell anschwellende Sirenen. Die eintreffenden Einsatzkräfte fanden Tarne im Schneidersitz vor seiner zerschossenen Eingangstüre, er über und über mit Blut verschmiert und in seinem Schoß der Kopf des vor ihm ausgestreckten Toten. Der Gehsteig unter beiden ein dunkelroter See zwischen Zigarettenkippen, platt getretenen Kaugummis und Kronkorken und verkümmerten, vereinzelten Grasbüscheln. Ein animalischer Geruch lag über allem und die ersten Fliegen tummelten sich auf den trocknenden Krusten aus Lebenssaft. Nur langsam konnte Tarne einen klaren Gedanken fassen. Ja, das war merkwürdig, die Polizei war viel zu schnell zur Stelle! Als wenn sie vorher gewusst hätte, dass etwas passieren würde. Ein Ambulanzfahrzeug näherte sich ebenfalls schon aus der Richtung Stadtmitte.

Die Polizisten steckten ihre vorsichtshalber gezogenen Waffen weg. Der Arzt stellte den Tod Eberlis fest und wandte sich an Tarne, der abwiegelte:
„Ich habe nichts, mit mir ist nichts. Es ist alles okay!" Aber nichts in Tarne war okay.
Er wurde von den Einsatzkräften hochgezerrt und die ersten Fragen stürmten auf ihn ein.

02

Vergangenheit

„Komm mal mit", hatte ein Kommilitone gesagt, „das ist ein lustiger Job!"
So hatte Tarnes Arbeit als Detektiv begonnen. Sie hatten sich im Morgengrauen gegenübergestanden, wie zwei kleine Jungs, die sich auf ein Abenteuer einlassen. Wie Tom Sawyer und Huckleberry Finn. Ihr Atem war als weißer Hauch sichtbar gewesen, als sie auf den VW Bus gewartet hatten, in dem sie mit sechs weiteren Personen, davon zwei Frauen, nach Köln gefahren worden waren. Dort mussten sie den ganzen Tag in allen möglichen Kaufhäusern herumlaufen und Diebe enttarnen.
„Warum so weit?", hatte Tarne gefragt.
„Deshalb", hatte man ihnen erklärt, „damit ihr nicht zufällig jemanden kennt und decken könnt."
Tarne hatte den Verdacht, dass es mit dem niedrigen Lohn zusammenhing und der Arbeitgeber befürchtete, man könne sonst einfach abspringen. Der Kommilitone erklärte ihm später, dass der eigentliche Verdienst erst nach einem halben Jahr anfing und dass der Reallohn

im Moment deshalb so niedrig sei. Dann nämlich, wenn die armen Schweine, die beim Stehlen erwischt worden waren, vor Gericht standen. Dann bekam man Lohnausfall und Fahrgeld vom Gericht erstattet. Es sah dann so aus, dass man vormittags am Gericht war und danach den restlichen halben Tag in den Kaufhäusern herumlief. Je mehr man fasste, umso mehr Gerichtsverhandlungen, umso größer der Verdienst. Tarne bekam ein Näschen dafür. Seine Quote war gut. In Spitzenzeiten schaffte er täglich sechs bis acht „Fänge". Anfangs rührten ihn die Geschichten oft an, die die Betroffenen vorbrachten. Manchmal ließ er jemanden laufen. Aber in einem war er eisern. Er hatte sich nie bestechen lassen. Nicht von den jungen Mädchen, die in den Kosmetikabteilungen ein Nagellacktöpfchen oder einen Augenbrauenstift in ihre Handtaschen oder Jacken verschwinden ließen, oder von Männern und Frauen jeden Alters, die sich in den Umkleidekabinen neu einkleideten und tatsächlich glaubten, damit nicht aufzufallen. Er lernte schnell, wo er stehen musste, auf was er achten musste. Immer öfter konnte er voraussagen, welche Verhaltensweisen Männer oder Frauen zeigten, die sich bedienen würden. Besonders spannend fand er die Personen, die zwanghaft stehlen mussten, nur irgendetwas, egal, was es war. Die entwendeten spontan, unerwartet Dinge, bei denen kein Mensch auf die Idee käme, dass sie daran Interesse haben könnten. Sie agierten wie von einem Zwang getrieben. Aber er erwischte sie alle.

Wenn ihre Gesichter in den Kaufhäusern zu bekannt geworden waren, wurden die Detektive in eine andere Stadt verfrachtet. Anfangs nach Köln, Münster oder Wuppertal, später hauptsächlich innerhalb des Ruhrgebiets, von Duisburg bis Dortmund, Oberhausen, Mülheim, Gelsenkirchen, Herne, Bottrop, Bochum.

So fing alles an. Es war egal, wie man angezogen war. Man konnte bei dem Job in den Kaufhäusern herumlaufen, wie man wollte, je unauffälliger, umso besser. Irgendwann fiel Tarne auf, dass das Überwachungsunternehmen diejenigen, die im Anzug erschienen, in die besseren Läden schickte. Also begann er, Anzug zu tragen. Irgendwie gefiel es ihm, damit von seinem Studentenimage wegzukommen. Er merkte zwar, dass Anzug auch eine Art Uniform war, ebenso wie das studentische Jeans-Repertoire, und er nie gepflegt aussehen würde, aber in diesem Outfit wurde seine nachlässige, von manchen böswillig als schlampig bezeichnete Art nicht mehr ganz so deutlich. Er war bald bekannt für seine gute Nase in den nobleren Läden und hatte die besten Fangquoten. Scheinbar wirkte eine Person im Anzug unauffälliger, so dass er an den oft umfangreicheren Gerichtsverfahren dieser Klientel gutes Geld verdiente.

Anfangs war es nur ein Job gewesen, um als Student besser über die Runden zu kommen. Dann begann es Tarne Spaß zu machen. Hinter Leuten herzuspionieren, ihre Geheimnisse zu lüften. Das Unterwegssein, ungebunden und ohne Bevormundung durch einen Vorgesetzten, begann ihm zu gefallen. Er bestimmte, wann er sich in Gang setzte und was er unternahm, um den Leuten auf die Schliche zu kommen. Und auf seine Art tat er etwas für die Gerechtigkeit! Zumindest sah *er* das so.

Und noch etwas reizte ihn: Für Recht und Ordnung zu sorgen! Er machte sich keine Gedanken darüber, ob die Regeln, die er vertrat, richtig oder gerecht waren. Sie waren in diesem gesellschaftlichen System halt so. Es wurde immer mehr zu seiner Aufgabe, auf seine Art dafür zu sorgen, dass diese Regeln eingehalten wurden.

03

Gegenwart

„Und das Ganze nochmal von vorn", leierte einer der beiden Quälgeister herunter in dem schäbigen, grau gestrichenen Raum, einem typischen Büro auf der Wache, Revier Norbertstraße, gegenüber der Gruga. Zwei Schreibtische standen Kopf an Kopf zusammen, so dass sich die beiden Nutzer auf ihren Schreibtischsesseln gegenüber saßen und in die Augen sehen konnten. An die Seite der beiden Büromöbel hatte man einen weiteren Tisch gestellt, um zusätzlichen Raum für die Berge von Akten und Papier zu schaffen. Davor stand ein Metallrohrstuhl mit Holzsitz und Holzrücken. Auf diesen Platz hatte man Tarne verfrachtet. Verkümmernde Topfpflanzen, geschmacklose Wanddekoration, Kalender mit Urlaubslandschaften auf der einen und mit Autos und leicht bekleideten Schönheiten auf der anderen Seite umgaben ihn. An der Wand hingen dazwischen Zettel mit ausgedruckten Sprüchen wie *Als Gott die Gehälter der Angestellten sah, drehte er sich um und weinte bitterlich.*

Tarne war über seine Rechte informiert worden und hatte sich kurz frisch machen dürfen. Reste des Blutes klebten an Gesicht, Hals und Händen. Verkrustet. Das frische Rot hatte sich in ein Rostbraun mit schwarzen Rändern verwandelt, bekam Risse und begann abzubröckeln. Die blutgetränkten Kleidungsstücke waren mittlerweile getrocknet und knisterten und scheuerten bei jeder Bewegung. Er strömte einen üblen Geruch aus. Sehr angenehm, das Ganze, dachte Tarne und hoffte, dass die Beamten ordentlich etwas von den Ausdünstungen mitbekamen.

Der mit den Urlaubslandschaften hatte sich als Kriminalbeamter Roland Bergmann vorgestellt. Markus Krause, der mit dem Autokalender hinter sich, hatte gesagt:

„Wir kennen uns zur Genüge. Haben Sie sich wieder in einen Schlamassel hineingeritten? Bin gespannt, wie Sie sich diesmal daraus befreien."

Bergmann ging auf die Pensionierung zu, ein väterlicher Typ. Krause, erinnerte sich Tarne, musste um die Mitte dreißig sein. Krause konfrontierte ihn mit der wiederholten Befragung direkter, als wenn er sich die Sporen für die Beförderung verdienen müsste, und es schien ihm mächtig Spaß zu machen.

„Das kann nicht Ihr Ernst sein", entfuhr es Tarne und man merkte ihm sein Genervtsein deutlich an, „das Ganze noch mal?" Es kam ihm so vor, als ob das Verhör schon Stunden andauerte.

„Ja, bitte! Noch mal ganz von vorn. Es sind ein paar Dinge unklar."

„Hören Sie, ich habe nicht mehr gesehen als ich gesagt habe. Das wird sich nicht ändern, wenn ich es noch fünfmal wiederholen muss." Auch Tarnes Hinweis, dass gerade in seinen Armen ein Mensch gestorben sei und so etwas niemand einfach wegstecken könne, half nicht.

Bergmann war eine Weile mit auf dem Rücken verschränkten Händen hinter Tarne auf und ab gegangen. Jetzt trat er hinter ihn und legte ihm eine Hand auf die Schulter.

„Hören Sie", sagte er, „das ist kein Grund, ärgerlich zu werden. Wir tun nur unsere Pflicht." Tarne seufzte und ergab sich in sein Schicksal. Er wusste, es war Routine. Die Beamten hatten genug Erfahrung, um zu wissen, dass den Leuten oft noch etwas einfiel, je länger sie sie ausquetschten. Sie konnten ihm aber nichts! Es fing an, Tarne überall zu jucken: Der Schorf, der nicht von ihm war.

Bergmann ging zu einem niedrigen, ebenfalls grauen, angestoßenen Metallaktenschrank mit verschlossenen Türen und setzte sich darauf. Das graue Zimmer, ging es Tarne durch den Kopf.

Krause stützte den Kopf auf die Hände, fixierte ihn. Aus dem Hintergrund fragte Bergmann in ruhigem Ton:

„Wollen Sie einen Anwalt?"

Eine Dusche wäre mir lieber, dachte Tarne und erwiderte: „Wofür einen Anwalt, brauche ich einen?"

Krause nahm die Hände herunter und lehnte sich weiter über den Tisch:

„Ja, was meinen Sie? Brauchen Sie einen?"

„Ich brauche keinen, wenn zufällig vor meiner Tür so etwas passiert. Wieso sollte ich einen Anwalt brauchen?"

Wieder aus dem Hintergrund:

„Zufällig?"

Tarne drehte sich zu Bergmann um:

„Ja, zufällig. Ich habe mir nichts zuschulden kommen lassen. Gehen Sie so mit Leuten um, die anderen helfen?"

Krause wieder:

„Schauen Sie mich an, wenn ich mit Ihnen

spreche! Also: Wie viel Uhr war es, als Sie den Mann zum ersten Mal sahen?"

„Jetzt passen *Sie* mal gut auf!", fuhr ihn Tarne an, „ich rede grade mit Ihrem Kollegen! Und jetzt zu Ihnen: Ich wiederhole es gerne zum letzten Mal, und zwar nur für Sie, Herr Krause: Etwa 14:30 sah ich diesen Kerl, fast im selben Moment hörte ich den Schuss."

Krause ließ sich nicht im Mindesten von Tarnes Ausbruch beeindrucken.

„Woher wussten Sie, dass es ein Schuss war?"

„Na hören Sie, der Kerl flog mir fast vor die Füße."

„Was haben Sie im Büro gemacht, woher wussten Sie die Zeit so genau?"

„Soll ich einen Vortrag halten, oder was?"

Aus dem Hintergrund versuchte Bergmann die Gemüter zu beruhigen:

„Wir fragen nur, was uns unklar ist!"

Krause stieg wieder ein:

„Und der Wagen, sind Sie sich bei dem Fabrikat sicher? Kam der Schuss überhaupt aus einem Wagen? Sonst hat niemand ein Auto gesehen!"

„Ja, ich habe das Mündungsfeuer gesehen. Ja, es war ein Audi A8, und ja, er war silbergrau-metallic. Und nein, die Nummer habe ich nicht erkannt!"

„Sie erinnern sich an viele Einzelheiten und wollen uns weismachen, dass Sie das Kennzeichen nicht gesehen haben? Wer soll das…"

Mitten im Satz wurde die Tür aufgerissen. Hauptkommissar Hesse erschien und wendete sich an Tarne:

„Hab jetzt erst erfahren, dass du hier bist, schöner Schlamassel, in den du da geraten bist!", und an die Kollegen gewandt fuhr er fort, „nun macht mal halblang, der ist in Ordnung. Tut keiner Fliege was!"

Hesse und Tarne hatten sich vor langer Zeit kennen und schätzen gelernt, sich gegenseitig in vielen Situationen geholfen und festgestellt, dass sie aus dem gleichen Holz geschnitzt sind. Lange bevor Hesse Hauptkommissar geworden war, hatte er schon seine schützende Hand über Tarne gehalten.

Dann saßen alle zusammen in einer merklich entspannteren Atmosphäre um die Tische. Tarne hatte ein belegtes Brötchen vor sich, das er zur Hälfte verputzt hatte. Der Duft aus den servierten Kaffeetassen ließ das Zimmer sofort angenehmer erscheinen. Tarne kam sich nicht mehr als Verdächtiger vor. Jetzt wurde gemeinsam überlegt, ob man eine Information übersehen haben könnte. Nur Krause blickte misstrauisch zu Tarne herüber, als wenn er sagen wollte: 'Dir glaube ich nichts!'

Schon wieder wurde die Türe aufgerissen und ein Tumult drang in das Büro. Zwei in elegante, stahlgraue Anzüge und korrekt gebundene Krawatten gekleidete Herren drängten an anderen Kollegen vorbei. Sie hielten ihre Dienstausweise hoch, erklärten, dass sie direkt vom LKA seien, verdeckte Ermittler im Rahmen der Sonderkommission *Singvogel*, und forderten vehement die Herausgabe Tarnes. Bei der Vorstellung gingen ihre genuschelten Namen in dem Durcheinander fast unter. Tarne hatte sein Gehör angestrengt und trotzdem etwas mitbekommen, das wie Schmidt und Hagen geklungen hatte. Einer der beiden Anzugträger ließ sich lautstark vernehmen:
„Hier geht es um Fragen der Staatssicherheit. Das fällt in unseren Zuständigkeitsbereich."
Alle hatten sich mittlerweile erhoben. Tarnes Gesicht war ein einziges Fragezeichen.
Bergmann meldete sich zu Wort:
„Umso besser, dann sind wir ihn los. Nach

unseren Ermittlungen gibt es keinen Verdachtsgrund mehr gegen ihn. Wenn vor seiner Tür zufällig ein Mord passiert, ist das kein Grund, ihn hierzubehalten."

Einer der grauen Anzüge:

„Zufällig? Dass ich nicht lache! Wieso waren Sie dann vorher informiert?"

Hesse zog die Sache an sich:

„Woher wissen Sie überhaupt, dass wir vorher informiert waren? Ich lege bewusst die Betonung auf das Wörtchen 'Sie'! *Sie* sollten uns erst einmal Informationen zukommen lassen. Vielleicht bringt das Licht in das Dunkel. Wir leben zum Glück in einem Rechtsstaat und für den trete ich in meiner Rolle als Polizeibeamter ein."

Der andere, der Wortführer der beiden, erwiderte:

„Sie überschreiten Ihre Kompetenzen. Sie können sich da richtigen Ärger einhandeln!"

Zu Tarne gewandt sagte Hesse, der erstaunlich ruhig blieb:

„Du siehst, es geht, scheint's, um mehr. Ich kann dir nur raten, nimm einen Anwalt. So schnell du kannst!", und an die Leute vom LKA gewandt fuhr er fort: „Aus unserer Sicht hat der Mann nichts verbrochen. Er ist ein Zeuge, kein Verdächtiger. Oder haben Sie da andere Informationen? Und wenn. Er hat einen festen Wohnsitz. Es besteht keine Fluchtgefahr. Wir werden ihn jetzt gehen lassen", und zu seinen Kollegen: „Oder habt ihr noch Fragen?"

Beide winkten ab.

Einer der grauen Anzüge:

„Sie lehnen sich da weit aus dem Fenster für jemanden, den Sie kaum kennen. Das wird ein Nachspiel haben!"

„Das lassen Sie mal meine Sorge sein. Oder wollen Sie mir drohen?"

„Warten Sie's ab!"

„Tarne, Sie sind bei uns entlassen", mischte sich Bergmann ein, „Sie können gehen."
Die grauen Zwillinge versuchten, nach Tarne zu greifen. Der wich aber sofort aus und in dem entstehenden Tumult fiel kaum auf, dass Hesse und seine Kollegen sie abdrängten und verhinderten, dass sie Tarne folgen konnten. Selbst Krause, für den Tarne ein rotes Tuch war, verhielt sich solidarisch, wenn es um die Hoheit seines Reviers und das gemeinschaftliche Handeln mit den Kollegen ging.
Tarne hörte beim Verlassen des Zimmers noch, wie Bergmann in seiner ruhigen Art sagte:
„Lassen Sie uns erst die Zuständigkeit klären! Wir rufen am besten Ihre Behörde an."
Hesse stand der Tür am nächsten und raunte ihm hinterher:
„Kurze Information am Rande, der Täter hat ein Hohlmantelgeschoss verwendet, kein Vollmantelgeschoss. Er wollte ganz sicher gehen. Und, noch was: Sobald du aus dem Revier bist, kann ich dir nicht mehr helfen. Du bist dann auf dich allein gestellt."
„Ach ja? Danke für die Info. Das ist ja ein Ding."
Verwirrt und wütend verließ Tarne die Wache durch den Keller und einen Hinterausgang. Was sollte das Ganze? Das konnten sie mit ihm nicht machen! Er drehte sich um und trat mit aller Kraft gegen die zugefallene Türe. Au, so eine Scheiße!

04

Vergangenheit

Manu hatte er beim Hochschulsport kennengelernt. „Ich bin keine Studentin", hatte sie gesagt, „ich mache eine Ausbildung zur ReNo", und musste lachen, als er daraufhin dumm geguckt hatte. „Rechtsanwalts- und Notariatsgehilfin."

Da Tarne in Essen wohnte, besuchte er der Einfachheit halber den Hochschulsport auch in dieser Stadt. Viel zu unbequem, abends noch einmal nach Bochum zu fahren. Sie lebte damals noch bei ihren Eltern. Beim Zirkeltraining in der ehemaligen PH in der Henri-Dunant-Straße waren sie sich regelrecht über den Weg gelaufen. Tarne war zuerst ihr Hintern aufgefallen. Die Bewegung ihrer Muskeln beim Laufen. Ihn faszinierten Frauen mit einem solch durchtrainierten, wohlgeformten Körper.

Eine Zeitlang gab es da ein dreigeteiltes Training: erst Laufen draußen, dann Zirkeltraining, dann, falls das Bad auf war, gemeinsam Schwimmen in warmem Wasser – sehr entspannend.

Sie bevorzugte einen Badeanzug, legte es nicht darauf an, mit einem Bikini zu reizen. Tarne war besonders fasziniert von den endlos langen Beinen, die durch den geschickten Schnitt des Badeanzugs noch einmal verlängert zu werden schienen. Ihre Beine waren so verlockend – dass sich die Gedanken an seine Verflossene, von der er glaubte, über sie noch nicht ganz hinweg zu sein, ins Nichts auflösten.
Sie hatten beim Laufen eine Art Gleichklang gefunden, meist nebeneinander, und über Gott und die Welt gequatscht. Wenn er vor Beginn des Trainings auftauchte, gesellte sie sich immer zu ihm. Sonst war lange nichts passiert.
Dann hatte Tarne seinen ersten Auftrag vermittelt bekommen. Sein Vorgesetzter in der Agentur, die ausschließlich die Kaufhäuser überwachte, reichte ihn an einen Rechtsanwalt am Rüttenscheider Stern weiter: Es wurden für eine Scheidung Beweise gesucht durch eine Überwachung.
Als er im Wartebereich saß, war Manu mit Akten unterm Arm in ihrem „Dienstkostüm", wie sie es nannte, durch den Flur gelaufen. Tarne musste sich ein Pfeifen verkneifen, so scharf wirkte sie in dem Moment auf ihn. Ihre tollen Formen kamen durch diese konservative Kleidung besonders zur Geltung.
„Was machst du hier?" Sie blieb mit erstaunt aufgerissenen Augen vor ihm stehen.
„Na ja, ich überwache deine Arbeitsweise. So was ist ja mein Job, Hi, Hi!"
Dabei kniff er ein Auge zu.
Sie fiel in sein Lachen ein:
„Ja dann, bis heute Abend. Kannst mir dann mehr erzählen", und schon war sie in einem der Büros entschwunden.
Es war ihr gemeinsamer Sportdonnerstag. Nach dem Training hatte sie vorgeschlagen:

„Wir könnten was trinken gehen!"
„Ja, gute Idee!"
Sie waren in dem Biergarten am Uhlenkrug gelandet. Es war eine laue Sommernacht. Die farbigen Glühbirnen in den alten knorrigen Bäumen und die Windlichter auf den Tischen hatten für eine romantische Stimmung gesorgt. Über das Gemurmel der anderen Gäste und das Zirpen der Zikaden hinweg hatte sie ihn nach einem Bier tatsächlich gefragt:
„Hast du es nicht bemerkt?"
Sie hatten sich gegenüber gesessen, vorgebeugt, und das Kerzenlicht hatte sich in ihren Augen gespiegelt.
„Was meinst du?"
„Wir kennen uns schon eine ganze Zeit, alle denken, wir seien ein altes Ehepaar!"
Er hatte gelacht, einen Schluck genommen und sie fragend angesehen und bemerkt:
„Stimmt wirklich. Wir verstehen uns gut." Er empfand es auch so, als wenn sie auf einer Wellenlänge lagen.
Gläser klirrten, ein glückliches Lachen klang von einem anderen Tisch herüber. Die Luft war dick und warm und der Geruch sommerlicher Blüten umgab sie.
„Ja, aber ich habe von Anfang an mehr im Sinn gehabt. Du hast mir gleich gefallen. Du siehst schweinegut aus, so muskulös, und dieser leicht brutale Zug um deinen Mund..." Sie beugte sich über den Tisch und fuhr mit einem Finger an seinem Mundwinkel entlang. Angenehm irritiert strich er mit seinem Zeige- und Mittelfinger über seine rechte Augenbraue von innen nach außen und erntete ein weiteres strahlendes Lächeln aus ihren großen blauen Augen.
„Mach das noch mal!"
„Was denn?" Er schüttelte den Kopf und fuhr fort, „Du meinst, das mit dem Paar... da ist was dran?"
„Klar!"

Das Ganze kam so plötzlich, er kam sich völlig überrumpelt vor, hatte das Gefühl, als müsse er zumindest jetzt die Initiative übernehmen.
„Na, wenn das so ist, gehen wir zu mir oder zu dir?"
Tarne wohnte zu diesem Zeitpunkt in einer WG in Uninähe und war erleichtert, als sie sagte:
„Meine Eltern sind die ganze Woche weg, wir können zu mir gehen."

So hatte das begonnen. Sie hatten eine schöne Zeit. Geschmust und gelacht hatten sie viel, schönen exzessiven Sex gab's zu beider Zufriedenheit immer wieder. Zumindest anfangs lief es mit ihnen rund, bis zu Tarnes Leidwesen die ständigen Grundsatzdiskussionen begannen.

Sie hatte sich schnell von ihren Eltern gelöst und eine eigene Wohnung eingerichtet. Sein Einzug bei ihr war schleichend vorangegangen, er hielt sich meist bei ihr auf. Nach und nach hatte er immer mehr Dinge bei ihr, so dass seine Kündigung in der WG nur noch eine Formsache war.

Wenn Tarne keinen Job hatte und sie sich einen Krankenschein nahm, lagen sie oft mittags noch im Bett und lachten über den Spruch, den angeblich ein Moderator des Mittagsmagazins mal gebracht haben sollte:

„Guten Tag, meine Damen und Herren – guten Morgen, liebe Studenten!"

05

Gegenwart

Er hatte den Tod im Arm gehalten. Fünf Stunden Verhör. Im Taxi roch es muffig, nach abgestandenen Ausdünstungen Hunderter von Fahrgästen. Egal, endlich entspannen! Tarne lehnte sich zurück und genoss die gedämpfte Ruhe. Durch die getönten Scheiben nahm er nur halb die vorbeihuschenden Lichter wahr. Verschwommene Gesichter. Die Stadt machte sich für die Nacht klar.
Der Fahrer wählte den Weg über die A 40. Auffahrt Stadtmitte. Ruhrschleichweg. Sich auflösender Stau hinter dem Tunnel. Kray raus.

Tarne verließ das Taxi vor seinem Büro. Näherte sich dem Eingang. Er wollte vermeiden, auf den Boden zu sehen. Aber sein Blick wurde magisch angezogen. Ein großer dunkler Fleck. Man hatte versucht, das Blut mit Wasser zu entfernen und Granulat oder Sägespäne gestreut. Er wollte nicht darauf treten, wich aus, griff zur Tür und stockte noch einmal. Von Schulterhöhe bis zum Boden mitten durch seine Firmenbeschriftung verlief ein breiter verschmierter Streifen getrockneten Blutes. Keine gute Werbung! Mit einer Hand angelte er nach dem Schlüssel, zog an der Tür bevor er den Schlüssel ins Schloss geschoben hatte. Die Türe ließ sich einfach aufziehen. Hatte er vergessen, sie zu verschließen? Er konnte sich nicht erinnern. War verständlich in der Aufregung! Hatte die Polizei nicht dafür gesorgt, dass sein Büro verschlossen wurde?

Er schob die Tür weiter auf, ging einen Schritt vor. Knirschen unter seinem Fuß. War jemand eingedrungen? Er stockte erneut. Das Licht der vor kurzem eingeschalteten Straßenlaternen spiegelte sich in der Tür. Diese Lampen hatten die Eigenart, am frühen Abend in der beginnenden Dunkelheit nur gedämpften gelben Schein zu verbreiten und ihre volle Leuchtkraft erst zu späterer Stunde zu entfalten. Dann konnte es allerdings dazu führen, dass man durch ihr Strahlen vor dem Fenster nicht zum Schlafen kam, wie Tarne aus Erfahrung wusste. Im Moment führte es aber dazu, dass er kaum etwas sehen konnte. Tarne tastete nach dem Lichtschalter.

„Was zum…"

Regale umgeworfen, die wenigen Möbelstücke zerstört, Polster aufgeschnitten, regelrecht auseinandergenommen und im Raum verstreut. Jedes Buch, jede Akte auseinander gefleddert. Fallengelassen. Tapetenteile abgerissen. Die Wände kahl. Seine Bilder auf dem Fußboden, durch die Rahmen getreten. Es sah mehr nach mutwilliger Zerstörung als wie eine perfekte Durchsuchung aus. Wenn es das Werk von Spezialisten war, dann wollten sie ihm mit diesem Chaos zeigen, dass sie es ernst meinten. Als Warnung, dass sie es sich leisten konnten, dass hinter ihnen eine Macht stand. Wenn hier etwas versteckt war, hätten sie es gefunden.

Der einzige Gegenstand, der an seinem Platz stand, war sein Schreibtisch. Der war ihnen anscheinend zu schwer. Aber die Türen und sämtliche Schubladen waren herausgerissen, sein Innerstes nach außen gekehrt und als Abfallberg auf seine Platte gehäuft. Über allem ein Geruch von Whisky. Sie hatten seinen Vorrat an Jack Daniels im Schreibtisch gefunden. Die Flasche ausgegossen. Zu schade! Was waren das für Banausen! Auch sein privates Zimmer hinter dem Büro hatten sie durchwühlt, die Matratze aufgeschnitten, alles auseinandergenommen – logisch, aber dieses Eindringen in seine Privatsphäre ging ihm völlig gegen den Strich!

„Was für ein Scheiße!", entfuhr es ihm, während er mit voller Wucht einen umgefallenen Stuhl vor sich her trat, aber sofort mit schmerzverzerrtem Gesicht stoppte, weil sein geschundener Fuß sich an den Tritt gegen die Ausgangstür des Reviers erinnerte.

Um in dem Chaos Ordnung zu schaffen, wischte Tarne mit beiden Armen den Schreibtisch von allem Unrat leer. Hob das Telefon auf, stellte es hin und legte den Hörer auf – tatsächlich, es funktionierte noch! Dann stellte er seinen geliebten Holzdrehstuhl von Manufactum aufrecht. Setzte sich und zog den blutverschmierten Schlüssel aus der Tasche. Legte ihn mitten auf den Tisch und starrte ihn wie hypnotisiert an. *Alles wegen dir!*, fuhr es ihm durch den Kopf. Was hältst du verschlossen, verdammt?

Prompt erwachte das Telefon zu einem unheilvollen Klingeln. Eine sonore männliche Stimme stellte sich mit *Braun* vor. Er sei Leiter einer Sondereinheit und ein Freund von Eberli gewesen und müsse ihn unbedingt treffen. Es klang wie eine Drohung.
Tarne hatte nicht verstanden, was der andere gesagt

hatte, Sondereinheit, Sonderkommission und noch irgendein Wort. Aber nach allem, was er heute Abend hinter sich hatte, war ihm das egal. Er fand endlich ein Ventil für seine Wut:

„Kommen Sie mir nicht so! Ich *muss* überhaupt nichts!" Ich muss erst mal zur Ruhe kommen, fügte er in Gedanken hinzu.

„Nein, wirklich, es ist wichtig. Da ist etwas, das Sie wissen sollten."

„Dann sagen Sie es. Immer heraus damit. Mich kann heute nichts mehr erschüttern!"

„Nicht am Telefon, aber so schnell wie möglich. Können wir uns jetzt treffen?"

Wieder jemand, der ihm Regeln diktieren wollte. Aus Trotz und um Zeit zum Nachdenken zu haben, entfuhr es Tarne mit einem deutlichen Ausdruck von Wut in der Stimme:

„Vor morgen Nachmittag geht nichts!"

„Okay, dann morgen. Ich habe leider nur kurz Zeit, halte es aber für dringend erforderlich, dass wir uns sehen. Ich habe in Duisburg zu tun, wäre Ihnen also sehr verbunden, wenn wir uns dort treffen könnten. Falls Sie dort ein Café kennen oder so, das wäre sicher und am unauffälligsten."

„Ich schlage drei Uhr nachmittags in der *Lindenwirtin* vor, dem einzigen Biergarten, den ich in Duisburg kenne, in der Nähe vom Zoo und den Universitätsgebäuden." Tarne hatte den Hintergedanken, dass es gut war, wenn man draußen war und dadurch Überblick behielt. Für Fluchtwege gut geeignet.

„Ist bekannt, das wird gehen. Sie sollten übrigens schnell aus ihrem Büro verschwinden. Nach meinen Informationen ist eine Einheit von Landesbeamten auf dem Weg zu Ihnen. Wenn die Sie erst mal in die Mangel nehmen, kommen Sie nicht so schnell

wieder raus."
Tarne lauschte noch in den Hörer, als Braun aufgelegt hatte. So, dachte er, jetzt nehme ich die Dinge in die Hand! So fordernd die Stimme von Braun auch geklungen hatte: Er hatte den Zeitpunkt und den Treffpunkt ausgesucht.
Jetzt erst fiel ihm ein, dass sein Telefon vielleicht bereits abgehört wurde. Deshalb wollte Braun nichts sagen! Dann kannte ein möglicher Überwacher die Vereinbarung mit Braun. Bei dem Treffen morgen musste er verdammt vorsichtig sein, falls sie das mitgehört hatten – verflucht, wie konnte ihm ein solcher Fehler passieren! Was sollte das überhaupt, zu welchem Verein gehörte Braun? Reichte es nicht, dass diese Clowns von heute hinter ihm her waren?

Das Knirschen von Schuhen auf Glasresten weckte ihn aus seinem Nachsinnen.
„Na, hier sieht's ja aus! Da müssen Sie wohl renovieren", bemerkte ein Mann beim Eintreten trocken. „War das der Verfassungsschutz da am Telefon?"
Reflexhaft griff Tarne nach dem Schlüssel und steckte ihn wieder in seine Tasche.
Er glaubte zu träumen. Der Tote stand vor ihm! Dieselben schwarzen Haare, die dicken Augenbrauen, dasselbe Gesicht, derselbe gepflegte Anzug. Nur ohne Blut. Andere würden in einem solchen Moment aufgrund des Überraschungsmoments einen erheblichen Zeitverlust für eine anstehende Handlung erleben. Nicht so Tarne. Irgendwie hatte er im Laufe seines Lebens eine phlegmatische Art für emotionale Betroffenheit entwickelt, die ihm in solchen Situationen schon oft geholfen hatte, zumindest nach außen sofort cool und der Situation angepasst zu reagieren. Das war der Grund, warum Manu ihm immer wieder seine emo-

tionale Abgestumpftheit vorgeworfen hatte.

„Was geht Sie das an? Wer sind Sie überhaupt?"

„Eberli, Julian. Ich bin der Bruder."

„Oh, mein Beileid!"

„Sparen Sie sich das, für Trauer habe ich Zeit, wenn das Geschäft abgeschlossen ist! Das geht für uns vor. Ich bin geschäftlich in Deutschland unterwegs und dachte mir, dass Sie in Ihrem Beruf als Detektiv mir bestimmt helfen könnten zu klären, wer ihn umgebracht hat. Hat er Ihnen etwas mitteilen können, bevor er…?"

Tarne wurde nervös, schließlich hatte Braun ihm gesagt, sie wären ihm auf den Fersen! Mit einem Ohr lauschte er nach draußen.

„Hören Sie, das ist alles ganz spannend, aber wir sollten hier verschwinden! Wir können das woanders besprechen. Wo kann ich Sie erreichen?"

„Natürlich, aber einen kleinen Moment bitte. Hat mein Bruder Ihnen nicht etwas gegeben? Etwas, das helfen könnte, herauszufinden, wer ihn umgebracht hat und warum?"

„Wie kommen Sie darauf? Was hätte das sein sollen?"

„Nur so. Könnte ja sein. Sie waren der Letzte, der ihn lebend gesehen hat." Eberli schien nur aus Fragen zu bestehen.

Tarne beachtete das Gerede nicht, ging zur Tür, öffnete sie und schaute die Straße hinauf und hinunter. Es war alles unauffällig. Nur das Übliche, zwei Jugendliche, die mit knatternden Mokicks, Kreidler oder KTM, soweit Tarne das in der Dunkelheit erkennen konnte, für Lärm und Gestank sorgten, und eine Hausfrau, die ihren späten Einkauf in Plastiktüten von Aldi nach Hause schleppte.

Der offizielle Auftrag dazu kam ihm gerade recht. Geistesgegenwärtig überschlug Tarne die bisherigen Schäden, die besonderen Umstände und das vermutete

Gefahrenpotenzial. Auch ohne Honorar würde er alles tun, um zu erfahren, in was er da hineingeraten war. Er witterte, dass er bei dem Geschäftsmann die Chance hatte, einiges mehr als die üblichen Konditionen rauszuholen. Einen Moment lang ging ihm dabei sein bisher auf die lange Bank geschobenes Examensthema *Ehre* durch den Kopf. Er zuckte mit den Schultern und forderte unwidersprochen den doppelten Tagessatz plus Spesen.

„Als Gefahrenzulage sozusagen." Er deutete mit einer alles einschließenden Armbewegung auf das ganze Durcheinander: „Und das fällt unter Spesen, das ist Ihnen klar?"

Sie verabredeten, dass Tarne ihn, sobald er etwas in Erfahrung gebracht habe, im Parkhotel informieren sollte. Der spöttische Kommentar Eberlis dazu:

„Ich konnte nicht ahnen, dass es ein so kleines Hotel ist. Unter *Parkhotel* kenne ich sonst nur erste Klasse. Aber im Ruhrgebiet scheint alles anders zu sein, was?" Er war augenscheinlich mehr Luxus gewöhnt.

Tarne drängte Eberli zur Tür.

„Wir sollten jetzt gehen", dann fiel ihm noch etwas ein, „wie kommt es, dass Sie so schnell hier waren?"

„Wir waren verabredet."

„Und woher wussten Sie schon…"

Eberli unterbrach ihn mitten im Satz: „Das bleibt vorläufig mein Geheimnis. Ich glaube, Sie haben recht, wir sollten verschwinden, die Herren vom LKA – oder welcher Ihrer Behörden sie nun angehören mögen – müssen jeden Moment hier sein." Mit einem knirschenden Geräusch, wie er gekommen war, verschwand er in Richtung Krayer Markt.

Resigniert dachte Tarne: Alle schienen heute mehr zu wissen als er selbst!

Rasch packte er einige Kleidungsstücke in seine abgewetzte Reisetasche, die er aus den Unratbergen herausgezogen hatte, und verließ das Büro im selben Moment, als ein grauer Fünfer-BMW mit kreischenden Bremsen vor seiner Tür hielt.

06

Vergangenheit

Nachdem er einen seiner ersten eigenen Fälle gelöst hatte, saß Tarne Rechtsanwalt Brock gegenüber: Der letzte Name der Liste der Rechtsanwälte auf dem Schild der alteingesessenen Kanzlei. Sozusagen der jüngst eingestiegene Juniorpartner. Kurze, fast schwarze Haare, korrekter Scheitel, glänzend frisiert, perfekt sitzender BOSS-Anzug, tadellos sitzendes Hemd, ebenso die Krawatte. Zwischen Bergen von Akten, die den auf Löwentatzen ruhenden antiken Schreibtisch noch massiver erscheinen ließen, glänzte im hereinfallenden Sonnenlicht eine goldgerahmte Fotografie, Brock mit Frau und Tochter. Der Raum roch nach dem Poliermittel edler Hölzer.

„Ich bin sehr stolz auf meine Tochter, sie wird eines Tages auch Rechtsanwältin und dann hier einsteigen! Ich habe Ihren Bericht gelesen. Die Geschichte war wirklich einmalig", er grinste über das ganze Gesicht, „die wollte ich einfach aus ihrem Mund hören. Der Auftraggeber war sehr zufrieden Ich übrigens auch. Sie hatten ja auch seinerzeit die Scheidungsgeschichte hervorragend gelöst."

„Den Hintergrund kennen Sie ja. Es fiel der Geschäftsleitung dieses Elektronikkonzerns auf, dass in dieser speziellen Filiale häufiger und mehr Waren, vor allem teure Elektronik und Multimediageräte, verschwanden als man es statistisch in anderen Geschäften gewöhnt war", berichtete Tarne von seinen Ermittlungen.

Brock ergänzte mit seinem Wissen:
„Man hatte schon die Vermutung, dass ein Insider seine Hände im Spiel haben könnte."
„Genau. Deshalb wurde ich durch einen Vorgesetzten aus der mittleren Hierarchie des Stammhauses eingeschleust. Ich hatte mich ganz normal als Mitarbeiter beworben. Auf dieser unteren Ebene, die nennen das Warenleiter, hat nichts mit Leitung zu tun, sondern mit dem Hin- und Herschieben von Waren, war das kein Problem. Die nehmen jeden, der dazu bereit ist. Nachdem ich mich umgesehen hatte und mit den meisten Kollegen mehr oder weniger bekannt gemacht hatte, stagnierte das Ganze etwas. Ich konnte mich nicht noch deutlicher umhören, das wäre aufgefallen und hätte den oder die Täter vertrieben oder vorsichtiger werden lassen."

„Und dann kamen Sie auf die grandiose Idee…"
Auf dem kantigen Gesicht, das gut in ein Männermodemagazin gepasst hätte, machte sich erneut ein Grinsen breit.

„Ja, genau. Ich versteckte mich nach Ladenschluss im Betrieb. Genau genommen in einem großen leeren Karton, den ich so präpariert hatte, dass ich darin unauffällig das Lager überwachen konnte. Allerdings muss ich zugeben, dass ich so müde war, dass ich fast eingeschlafen wäre. Dann hätte mein Schnarchen alles verraten. Als das Rolltor sich öffnete, bin ich aufgeschreckt und wäre fast mit der Kiste umgefallen.

Es war alles dunkel. Ich hörte nur, wie ein Wagen hereinfuhr und sich das Tor wieder elektrisch schloss. Dann wurde das Licht eingeschaltet und ich konnte durch die vorbereiteten Sehschlitze alles sehen und dokumentieren."

„Das hätte ich sehen mögen, in flagranti sozusagen."

„Der Geschäftsstellenleiter selbst. Der fühlte sich sicher, packte in vollem Flutlicht die Geräte in den Kofferraum seines Audi-Kombi. Echt erstaunlich!"

„Auf die Art betrieb er ein Doppelgeschäft, auf der einen Seite die Gelder der Versicherung und auf der anderen Seite bar und steuerfrei..."

„Ich muss sagen, wenn ich ihn vorher genauer überprüft hätte, dann wäre er gleich als Verdächtiger aufgefallen. Er spielte regelmäßig, verlor größere Beträge und hatte Probleme, seine Familie und die laufenden Kosten zu decken."

„Ach was? Wichtig ist, dass Sie ihn erwischt haben. Das Gesicht hätte ich sehen mögen. Zu schön. Ich stelle Ihnen gleich einen Scheck aus. Es war eine Erfolgszulage vereinbart. Was haben Sie mit dem vielen Geld vor?"

„Ich brauche sowieso einen neuen Wagen. Dachte, ich hol mir einen Ford Sierra Turnier. Ich finde, Ford hat da tatsächlich mal ein Design von morgen verwirklicht."

„Jaja, das Design der Zukunft, aber das Klappern von gestern. Ich schwöre auf Mercedes. Nichts geht über diese Qualität! Da muss ich Ihnen mal eine Geschichte erzählen. Als ich meinen letzten Daimler selbst in Stuttgart abgeholt habe, einen 350 SE... Also, auf dem Rückweg mal richtig drauf getreten, wollte wissen, was der so bringt. Was soll ich sagen, da schert vor mir ein hirnverbrannter Idiot aus, mit 80, stellen sie sich das vor, zum Überholen, hatte wohl keinen Rückspiegel oder konnte sich mit seinem R4 nicht vorstellen, dass es andere Geschwindigkeiten gibt. Jedenfalls konnte ich natürlich nicht so schnell von 220 auf 80 runter bremsen. *Das* hat gescheppert! Ich kann Ihnen sagen: Es hat noch keinen R4 gegeben, der so beschleunigt wurde, zumindest kurzfristig, und danach nie wieder!"

„Uih, und? Was ist passiert?" Tarne meinte, auch einmal etwas beitragen zu müssen. Er wunderte sich über so viel Mitteilungsbedürfnis.

„Da hätte wer weiß was passieren können. Ganz recht. Der hatte unverschämtes Glück, dass er auf der linken Fahrspur sofort wieder gerade fuhr, als ich ihn traf, der wäre doch nur so durch die Gegend geflogen. Tja, die Leute bei Daimler haben sich gefreut, die Versicherung weniger. Totalschaden, der hat den ersten Tag nicht überdauert und schon brauchte ich einen neuen. Aber das war mal ein guter Test, keine Schramme hatte ich, das ist mal ein sicheres Auto!"

„Vollkasko?"

„Ja sicher, aber der andere war sowieso schuld. In solchen Fällen ist es ganz gut, wenn man Rechtsanwalt ist!"

Tarne zeigte sich gebührend beeindruckt von der Geschichte und Brock, der ihm beim Hinausbegleiten auf die Schulter klopfte, zollte ihm Anerkennung für seine Arbeit: „Wirklich gute Arbeit, junger Mann. Schön, dass unsere *Azubine*, so sagt man wohl heute, Sie empfohlen hat. Oder besser, sie hatte sich wohl erinnert, dass Sie schon einmal für uns tätig waren, wenn ich recht erinnere. Da hatte sie ein gutes Gespür. Wir sind froh, die junge Dame hier zu haben. Man trifft nicht mehr so viele, die mitdenken. Spart uns Arbeit und Sorgen." Die Zufriedenheit mit seinem Personal drückte sich in seinem Gesicht aus.

Tarne hatte sich immer schon Gedanken gemacht, was

der Begriff „jovial" bedeutete, nun glaubte er es zu wissen. So wie Brock ihn behandelte, das musste man wohl so nennen. Schließlich konnte Brock kaum älter als er sein und ihn dann *junger Mann* zu nennen… Aber er war schließlich der Auftraggeber, dann durfte er sich auch Marotten erlauben.

07

Gegenwart

Der graue 5er-BMW der Beamten, von denen Tarne nicht wusste, von welchem Verein sie waren, vom LKA, BND oder was auch immer, kam schräg auf dem Bordstein zum Halten. Hagen und sein Kollege Schmidt rissen gleichzeitig die Vordertüren auf und sprangen heraus.
„Bleiben Sie stehen, Mann! Wir wollen Ihnen nichts", schrie Hagen und kam schnell auf Tarne zu.
„Ihr könnt mich mal, ich habe nichts verbrochen!" In Tarne explodierte die Hilflosigkeit der letzten Stunden. Er knallte durch wie eine alte Sicherung. Rot blitzte es vor seinen Augen. Wie ein Schnellzug fegte er nach vorn. Er schwang Hagen mit der Linken seine Tasche mit voller Wucht in den Unterleib, und während der sich vornüberbeugte und die Arme vor seinen Unterleib presste, versetzte Tarne ihm mit der Rechten einen Handkantenschlag ins Genick. Tarne fühlte nichts und dachte nichts. Er reagierte nur. Wie eine Maschine. Schmidt war mittlerweile um das Auto herumgekommen. Tarne zog die offene Beifahrertür ein

wenig zurück, um sie ihm im geeigneten Moment voll vor den Latz zu knallen. Schmidt prallte zurück und fiel um wie ein gefällter Baum. Hagen bemühte sich wieder, auf allen Vieren hochzukommen. Tarne trat ihm mit aller aufgespeicherten Wut unter das Kinn und lief auf sein Auto zu. Spucke und Blut spritzte aus Hagens Mund. Er landete neben einer plattgetretenen Lucky-Strike-Schachtel. Nach allem, was Tarne heute durchgemacht hatte, war ihm egal, was er anrichtete und ob das ehrenvoll war oder nicht.

Er hatte seinen alten Volvo-Kombi um die Ecke in der Hubertweiche geparkt. Den Wagen erreichen, Tasche auf den Beifahrersitz werfen, hineinspringen, starten, mit eingeschlagenem Lenkrad Vollgas geben und aus dem Stand herumschleudern war eins. Mit aufheulendem Motor jagte er an seinem Büro vorbei, ohne auf die beiden zu achten. Dann erst vergewisserte er sich im Rückspiegel. Das spärliche Licht der Bogenlampen tauchte die Szenerie in eine diffuse Helligkeit. Hagen und der andere rappelten sich auf. Ihre Münder bewegten sich, als wenn sie sich etwas zuschreien würden, als zu ihrem Wagen rannten. Der BMW nahm die Verfolgung auf.
Verdammt, wie werde ich die wieder los, die sind ja wie die Schmeißfliegen! Tarnes Herz pumpte Adrenalin durch seine Adern. Er fühlte sich stark, und siegessicher nahm er den Kampf auf. Endlich konnte er etwas tun. Ab jetzt war er wieder im Spiel, würde ihnen zeigen, dass er nicht nur Zuschauer war oder sich als Schachfigur herumschieben ließ. Als die Scheinwerfer des BMW sich an seine Fersen hefteten, umfasste er das Lenkrad fest mit beiden Händen und fühlte ein Glücksgefühl seinen Körper durchströmen. Die würden ihn nicht noch einmal angehen! Er beschleunigte bis zum Anschlag.

Je schneller er fuhr, umso ruhiger wurden seine Gedanken. Wie sollte es weitergehen? Wo sollte er hin? Er passierte die ersten Ampeln bei Rot, ohne anderen Fahrzeugen in die Quere zu kommen, und bog auf die A 40 Richtung Innenstadt ein, die meistens überlastete Hauptverkehrsader durch das ganze Ruhrgebiet. Tarne wusste, dass auf der Strecke vor ihm zwei Blitzanlagen im Abstand von 500 Metern installiert waren. Auslösekontakte gab es jeweils nur auf zwei von drei Fahrspuren. Man konnte also so schnell fahren wie man wollte, ohne geblitzt zu werden, wenn man einmal ganz links und einmal ganz rechts außen vorbeifuhr. Diese Einrichtung hatte ihm schon einmal einen guten Dienst erwiesen.

Die Herren mit ihrem BMW lösten beide Blitze aus, verloren kurzfristig die Orientierung und fielen zurück. Die mussten bestimmt nichts bezahlen! Tarne drängte sich, einmal im Rhythmus, weiter rechts und links an anderen Fahrzeugen vorbei, die um diese Zeit die Autobahn Richtung Stadtmitte bevölkerten. Er erntete Hupen und wütendes Blinken.

Ein Blick in den Rückspiegel. Die beiden holten auf. Seine Hände wurden schwitzig, das Lenkrad rutschte. Tarne griff fester zu und überlegte fieberhaft, wie er die Verfolger abhängen konnte. Die Brücke vor dem Tunnel am Weigle-Haus vorbei. Den Tunnel in Sicht. Der BMW zog neben ihn. Der Beifahrer deutete an: Die nächste Ausfahrt raus! Machte Handzeichen: Wir wollen reden!

Tarne überlegte, ob er im letzten Moment das Steuer herumreißen und die Ausfahrt nehmen sollte, in der Hoffnung, dass die anderen das nicht mehr schaffen. Aber die beiden waren keine Anfänger. Sie stießen sein Auto von der Seite an. Drängten, auf gleicher Höhe, ihn raus.

„He, wollt ihr Staatseigentum zerstören, ihr

Arschgeigen? Den Wagen habe ich von meinen Steuergeldern bezahlt", schrie ihnen Tarne durch das geschlossene Fenster zu.
Also Abfahrt Stadtmitte raus. Die Autos klebten aneinander. Zwischen den Wagen sprühten Funken. Tarne wurde mit seinem Volvo gleichzeitig rechts an die Betonwand gedrückt. Außenspiegel und Türgriffe abgefräst. Die ganze rechte Seite abgeschliffen. Funkenregen. Beide Autos schossen nebeneinander aus der engen Autobahnabfahrt heraus. Tarne lenkte sofort gegen. Kämpfte sich frei, gab dem BMW einen Stoß, dass der erst ganz nach links abdriftete, und gewann wieder an Boden. Er war in seinem Element. Gefahr war sein dritter Vorname. Zumindest fühlte er sich im Moment so. Weiter geradeaus Richtung Holsterhausen. Bei Rot über die große Kreuzung Hindenburgstraße. Am ehrwürdigen Bismarck vorbei, der auf sein Schwert gestützt mit griesgrämigem Blick die Verfolgungsjagd betrachtete. Nächste Kreuzung, B 244. Durch das Zeitungsviertel. WAZ- und NRZ-Gebäude. Erneutes Rot. Hupende Autos, die aufeinanderfuhren im Bemühen, den beiden daherjagenden Fahrzeugen auszuweichen. Sie donnerten über die Kreuzungen, Vollbremsungen, Reifen quietschten, Bremsen kreischten, Motoren heulten auf. Blech krachte, Karosserien splitterten, wütendes Gehupe. Wagen verkeilten sich ineinander. Fliegende Autoteile und ein einzelnes weiter rollendes Rad. Tarne und die Verfolger schlängelten sich durch. Flüche, Rauch und der Geruch von Benzin blieben zurück.
Tarne kam eine Idee: U-Turn. Er schoss die Holsterhauser Straße auf den Gemarkenplatz zu, riss in der Mitte der Kreuzung die Handbremse hoch, schleuderte im Stand herum und gab erneut Vollgas. Er steuerte absichtlich auf die Spur, auf der die Straßenbahnschienen verliefen, die in den U-Bahnbereich hinunter-

führen. Die Verfolger hatten bei der für sie unerwarteten Wendung Zeit verloren und gaben viel Gas, um wieder aufzuholen. Tarne hatte genau damit gerechnet. Im letzten Moment, bevor die Schienen sich im U-Bahnschacht verloren und durch einen unüberwindlichen Kantstein begrenzt wurden, der von Meter zu Meter immer höher wurde, je tiefer man in den Untergrund hineinkam, riss Tarne den Volvo rechts raus über den hier noch niedrigen Bordstein hinweg. Das Fahrzeug machte einen Satz. Es war ein Wunder, dass Reifen und Achsen das aushielten. Der Fahrer des BMW raste ein Stück weiter. Bevor er erkannte, was geschehen war, war er zu tief in der U-Bahn. Konnte nicht mehr über die Einfriedung hinweg. Musste erst bremsen und zurücksetzen. Tarne fuhr in der Spur daneben, einen Moment auf gleicher Höhe, aber unerreichbar. Er grinste zu den beiden hinüber, die mit offenen Mündern ihm hinterher starrten, und grüßte militärisch.

„Na also. Wäre doch gelacht!"
Tarne bog ungesehen die zweite rechts ab, wieder rechts, links, die kleinen Seitenstraßen am Folkwang-Museum vorbei. Kreuzte zwei große Straßen und verlor sich in den Rüttenscheider Seitenstraßen mit den Frauennamen. Der Sieg des Ortskundigen!
Für ihn endete die Verfolgungsjagd in der Annastraße auf einem Parkplatz. Motor aus. Licht aus. Nachlaufendes Brausen des Kühlventilators. Neben dem Knacken der überhitzten Maschine erzeugte das Pumpen seines Herzen das lauteste Geräusch in seinen Ohren. Geruch von Öl und verbranntem Gummi. Die Nacht draußen war plötzlich still. Warten. Hoffentlich hatten sie ihn wirklich verloren. Ruhig atmen. Zur Ruhe kommen.

In den schlimmsten Belastungs- oder Drucksituationen

sorgte Tarnes Gehirn für eiskalte Ruhe. Es war, wie wenn er aus der Situation heraustrat und alles in Zeitlupe von außen verfolgte. Manchmal kamen vergangene Erlebnisse aus den Tiefen seines Bewusstseins hoch und standen ihm kristallklar, wie er es nannte, wieder vor Augen.

08

Vergangenheit

„Herr Professor Kleinschmidt ist emeritiert." Das war die Auskunft im Dekanatsbüro, die alle Langzeitstudenten fürchteten. Sie kam von der untersetzten, um nicht zu sagen vollschlanken Sekretärin, wie Tarne nach dieser Enttäuschung mit Schadenfreude dachte. Während des ganzen Studiums, erinnerte er sich, hatte sie sich die Studenten mit ihrer abweisenden und schnippischen Art von der Pelle gehalten. Ihr französischer Dialekt konnte den strengen, unsympathischen Eindruck nicht wettmachen, hatte zu dem Gerücht geführt, dass einer der Professoren sie aus einem Auslandsaufenthalt mitgebracht hatte.
Wieso musste ausgerechnet Kleinschmidt zu dem Zeitpunkt in den *wohlverdienten* Ruhestand gehen, als Tarne beschlossen hatte, sein Studium nun doch zu vollenden! Einfach aufhören, in Pension!
Manu hatte ihm immer wieder in den Ohren gelegen, wie wichtig es sei, einen Abschluss nachweisen zu können, auch wenn er kein Lehrer mehr werden wollte.
„In Deutschland ist das so. Ohne Papiere bist du

nichts. Das weißt du doch. Du bist doch clever genug!" Aber er hatte sich lieber mit ihren weichen, runden Formen beschäftigt und seine Freizeit vorrangig an ihren warmen Körper geschmiegt verbracht.

Nach ihren häufigen Ermahnungen hatte er sich dann aber wirklich bemüht, seine Scheine zusammengesucht und sogar den Kleinschmidt privat aufgesucht und bekniet, ob er eine schriftliche Hausarbeit nachreichen könnte. Der hatte ihm zugesagt, auch wenn er das in Anbetracht der verstrichenen Zeit befremdlich gefunden hatte.

Aber Tarne hatte es nicht mehr getan. Das war, als er bereits im zwanzigsten Semester Student war und die Uni kaum noch von innen sah. Er hatte Lehrer werden wollen. Philosophie, Germanistik, Geschichte. Ruhr-Uni Bochum. Sein Studentenausweis war immer dicker geworden. Es war einer von den alten, eingeschweißten gewesen, auf denen jedes Semester eine andersfarbige Marke geklebt wurde. Zum Schluss war er eingeschrieben geblieben, weil er seine verschiedenen Jobs nur als Student bekam.

An seiner Examensarbeit über den Begriff der Ehre in der Literatur des 20. Jahrhunderts arbeitete er noch sporadisch. Das Interesse hatte parallel mit der zunehmenden Tätigkeit als Ermittler abgenommen. Vermutlich lag es an den wenig ehrenhaften Dingen, die er bei seiner neuen Arbeit erlebte. Manu hörte von ihm vermehrt verächtliche Statements wie:

„Ehre und Moral, das sind heute doch inhaltsleere Begriffe in unserer Gesellschaft. Null und nichtig. Warum sollte ich darüber schreiben?"

Er hielt sich mehr für einen Mann der Tat und dieses Schreiben fiel ihm schwer.

„Das ist doch ein Rumgeschwafel. Ich will etwas tun. Ich will nicht werden wie mein Vater. Der war zwar Polizist, aber er hat es immer allen recht

machen wollen und sich ständig gedreht. Oder meine Mutter. Für sie war nur ihr Ruf wichtig. Ich habe es heute noch ständig im Ohr: *Was sollen denn die Nachbarn denken?* Aber so will ich nicht werden."
Manu regte sich auf: Nicht nur brachte er diese Arbeit nicht zu Ende, jetzt schien ihm auch das Thema mehr und mehr egal zu werden. Auf der anderen Seite vermengte sich dieser Begriff der Ehre mehr und mehr mit seiner Arbeit. Zumindest verstand sie immer weniger, was ihn eigentlich antrieb.
„Ich versuche, zu mir ehrlich zu sein. Und das heißt, wenn ich einen Entschluss gefasst, eine Meinung gebildet habe, dann lass ich mich davon nicht mehr abbringen, egal was du dazu sagst. Tut mir leid, im Moment ist mir meine neue Arbeit wichtiger. Vielleicht schreibe ich später weiter."

Manu hatte von Anfang an versucht, sein Leben nach ihrem Geschmack zu ordnen. Das fand Tarne erst gar nicht schlecht. Das brachte Struktur und Übersicht in sein Chaos, und so waren sie sehr schnell zusammengezogen. Wenn ihm etwas nicht passte, hatte er sich angewöhnt, es einfach zu überhören.
Im Verhältnis zu den positiven Aspekten ihrer Beziehung fand er zuerst ihre Statements noch amüsant:
„Immer muss ich solche Nieten kennenlernen, die nichts zu Ende bringen können!"
„Das brauchst du doch. Da gehst du doch drin auf!"
Er vermutete, dass es am Anfang genau das war, was er an ihr mochte, dass sie Ruhe und Ordnung, eine Richtung in sein Leben brachte. Obwohl – Ruhe eher nicht. Sie war eher der Wirbelsturm und er der Phlegmatische. Sie brachte die Aufregung und Unterhaltung mit sich. Sie sorgte fortwährend für irgendeine Form

von Freizeitgestaltung. Er brauchte nicht so viele Partys, auch nicht ständig irgendwelche Museums- oder Kinobesuche oder sonst etwas Kulturelles. Er konnte gut in Ruhe ein Buch lesen oder die Füße hochlegen und einfach den ganzen Abend zappen. Es störte ihn auch nicht, wenn für ihn unwichtige Dinge auch mal liegen blieben. Eine Zeitlang hatte er ihre Aktionen als angenehm empfunden. Er hatte sich um vieles nicht mehr kümmern müssen.

Aber irgendwann fing es an, ihm zu viel zu werden. Die ewigen Freizeittermine und das Herumnörgeln, dass er sein Examen nicht mache. Er wusste selbst, dass er nicht weiterkam, war aber mit den Überlegungen, wie er sein Leben gestalten wollte, noch nicht am Ende. Für ihn war das alles nicht so klar wie für Manu.

Und vor allem hatte sie kein Verständnis dafür, als er begann, Zusatzaufgaben zu übernehmen, die nicht selten darin bestanden, Personen auch nachts zu überwachen.

„Du kümmerst dich gar nicht mehr um Rocco. Alles muss ich alleine machen."

Tja, das war das Dauerthema: ihr gemeinsamer Hund. Im Nachhinein dachte er nur, dass er in einem Anflug von Blackout der Anschaffung dieses zotteligen Untiers zugestimmt hatte, der überall seine schwarzen Haare verstreute. Vielleicht hatte er nur seine Ruhe haben wollen, nachdem Manu ihm lange mit ihrem Wunsch nach einem Haustier in den Ohren gelegen hatte. Zwar hatte er sein Herz für diesen Mischling aus Border Collie und Briard entdeckt, aber die damit verbundenen Pflichten nervten ihn nur. Obwohl es offensichtlich war, dass der Hund ihn und nicht sie als Leitwolf erwählt hatte.

Und wenn Manu mit *alles* und *immer* kam, dann waren das Worte, die ihn regelmäßig auf die Palme brachten. Wenn er bis dahin ihre Kritik noch annehmen konnte –

sobald sie diese Worte benutzte, brannten bei ihm alle Sicherungen durch und es kam regelmäßig zum lautstarken Streit.

„Dann hau doch ab zu der Party! Ich kann jedenfalls nicht auf Rocco aufpassen. Dann muss er eben alleine bleiben!"

Es kam jedenfalls, wie es kommen musste: Nach sieben Jahren zog sie aus, nahm sich ein eigenes Apartment und Tarne belegte sein Bürohinterzimmer. Verstanden hatte er nie ganz, warum sie ihn verlassen hatte, wo er sich immer bemüht hatte, so gut es ging, ihre Forderungen zu erfüllen – vielleicht wollte er es auch nicht begreifen. Als Zankapfel blieb ihnen jedenfalls Rocco…

09

Gegenwart

Wohin jetzt? Zu Manu? Ja, das war eine Idee! Seine Ex-Freundin. Manuela Görtz war die einzige Person, der er vertrauen konnte. Sie hatte ihn zwar verlassen, aber wenn es Probleme gab, war auf sie Verlass. Er ließ noch ein wenig Zeit verstreichen, bis er absolut sicher war, dass er den Verfolgern entwischt war, und machte sich dann in aller Ruhe auf den Weg zu Manu. Hoffentlich ließ sie ihn um diese Zeit rein. Hoffentlich täuschte er sich nicht in ihr. Manu schien im Augenblick seine einzige Hoffnung zu sein. Einen Moment überlegte er, ob er sie da hineinziehen durfte. Aber wo sollte er sonst hin? Ihre „offizielle" Beziehung, so nannte er bei sich die Zeit, die sie zusammengewohnt hatten, lag so lange zurück, dass ihn niemand bei ihr vermuten würde.

Ein Anruf war vorher dringend notwendig. Personenschützer Sagatzki, einer von seinen besten Freunden und ein harter Knochen. Jetzt konnte er langsam wieder einen klareren Gedanken fassen. Wer weiß, ob diese

Leute nicht bereits sein Handy abhörten, vielleicht wurde er ja paranoid, aber schließlich hatten die Amis sogar das Handy der Kanzlerin abgehört. Aber waren die wirklich so schnell? Sicherheitshalber lieber Telefonzelle, dachte er. Tarne hatte Glück und fand auf seinem Weg eine an der Ecke Rosastraße/Paulinenstraße. Er hielt, um von dort aus zu telefonieren. Tarne hoffte, Sagatzki in seinem Sportstudio zu erreichen, wo er sich meistens aufhielt, wenn er keinen Auftrag hatte. Dort konnte er auf keinen Fall hin. Das war in jedem Fall zu auffällig. Wenn sie über ihn eine Akte hatten, kannten sie seine Verbindung zu Sagatzki und dann konnte es schwieriger oder unmöglich werden, auf seine Hilfe zurückzugreifen. Er hatte Glück und erreichte ihn. Sie vereinbarten, dass er sich erneut melden würde, falls es mit Manu nicht klappte. Sein Freund wollte sich nach Alternativen umsehen.

Ihr kleines Apartment in der Straße *Am Ruhrstein* im Souterrain, mit Terrasse und Gartenbenutzung. Tarne schellte. Wartete. Schellte erneut, diesmal länger. Licht ging an. Die Tür wurde geöffnet. Manus Augen öffneten sich weit und sie fasste sich an den Mund, um den Schrei zu unterdrücken. Kreidebleich und hilflos stützte sie sich am Türrahmen ab.

„Was…???" Ihr Gesicht war voller Entsetzen über seinen Zustand und seine mit Blut getränkten Sachen.

„Okay, okay, es ist alles okay!", beschwichtigte er sie.

Ihr Schweigen hielt nicht lange an. Sie kehrte zu ihrer üblichen Art zurück:

„Nichts ist okay, sieh dich an! Was ist passiert? Wie siehst du aus? In was bist du wieder hineingeraten?" Er bemerkte ihre Angst, die sie wie üblich zu verbergen versuchte.

„Darf ich reinkommen?"
Sie trat zur Seite.

Das heiße Wasser schoss aus dem Duschkopf. Tarne pendelte langsam hin und her, damit der Strahl seinen ganzen Körper traf. Wie glitzernde Perlen lagen die Wassertropfen auf Schultern, Brust und seinen muskulösen Armen. Je nachdem, wie er sich bewegte, lief das wohltuende Nass an seinem Körper hinunter. Sein Blick folgte den Wegen, die das Wasser nahm, bis es ebenso wie der Wirbel der Gedanken in seinem Kopf im Abfluss verschwand. Nichts konnte wohltuender sein als den Körper wahrzunehmen! Gut, dass sie in einer Gegend wohnten, wo sie genug Wasser hatten, und welch ein Glück, dass es Manu gab!

Das Wasser lief und lief. Langsam kam er wieder zu sich. Sich beim Duschen Zeit zu lassen, war für ihn eines der schönsten Vergnügen.

Manu klopfte an der Tür.

„Alles in Ordnung bei dir da drin?"

„Ja", brummte er nur.

„Ich habe dir ein Handtuch rausgelegt."

Er knurrte nur. Brauchte noch ein wenig. Nur ein wenig. Weiter prasselte das Wasser aus dem Duschkopf über ihm. Er ließ es so heiß wie möglich über seine Haut laufen. Den ganzen Dreck wegspülen! Zum Schluss ganz kalt, um wieder klar zu denken.

Sie klopfte erneut an der Badezimmertür.

„Hast du Hunger? Kann einen strammen Max machen."

Tarne drückte mit einem Knurren erneut seine Zustimmung aus. Beim Abtrocknen betrachtete er das Spiel seiner Muskeln im Spiegel. Einige Wassertropfen liefen an seinen breiten Schultern herunter. Im Licht glitzerten sie wie Diamanten. Für Anfang Vierzig hatte er einen gut trainierten Körper. Respekt einflößend. Manu hatte recht, unrasiert stand ihm gut, auch wenn er sich oft zu verkommen damit vorkam. Alles reine Bequemlichkeit!

Einige Minuten später saß er auf der Couch, ein Handtuch um die Hüften gewickelt. Der Kaffee dampfte. Tarne registrierte Manus genießerischen Blick auf seinen nackten Oberkörper. Als er sie anlächelte, wandte sie sich schnell, wie ertappt, ab.

Sie hatte seine Kleidung, während er geduscht hatte, in die Waschmaschine gesteckt und alles aus seinen Taschen fein säuberlich auf den Tisch gelegt hatte. Er drückte ihr seinen Autoschlüssel in die Hand.

„Könntest du meinen Wagen in die Garage fahren und deinen davor setzen?

„Du fängst schon wieder an, mich herumzukommandieren!"

„Bitte, ich erzähl dir gleich alles!"

„Na gut." Sie ging hinaus und fuhrwerkte an der Garage herum.

Als sie wieder neben ihm saß, sah sie ihn schweigend an, bis er aufblickte.

„Was...?"

„Du hast echt Nerven, das muss ich dir mal sagen. Ich war vorhin so geschockt, dass ... Naja ... ich wollte nicht mehr wie immer hinter dir herlaufen. Und du, du hast dich nicht mehr gemeldet. Jetzt wo du nicht weiter weißt, da tauchst du auf. Das ist ... da fehlen mir die Worte."

Tarne zog sein Kinn kraus und nickte.

„Du hast recht. Soll ich gehen?"

„Das ist zu einfach, jetzt gehen? Du weißt genau, dass ich dich so nicht gehen lassen kann. Dafür kennst du mich zu genau."

Sie schniefte, „... dass du mich mit Roccos Tod ... also, schließlich war er unser Hund! Mir ging es so ...

scheiße damals. Ich kam kaum noch aus dem Bett, hab alles liegen lassen. Es langt mir wirklich, auf dich ist nie Verlass, und wenn ich dein Geschwafel von Ehre höre…"

Tarne ließ alles über sich ergehen.

„Du hast recht…", fing er erneut an, „wie lang ist es her, seit du ausgezogen bist?"

„Fast zwei Jahre… und wenn du's wissen willst, seit einem halben Jahr hast du nichts mehr von dir hören lassen." Sie machte eine Pause. „Natürlich, seit ich Rocco einschläfern lassen musste! Und da, das kann ich dir sagen, habe ich mich von dir so was von im Stich gelassen gefühlt! Dir war das doch ganz recht. Du warst doch froh, dass du nicht mehr auf ihn aufpassen musstest! Ich hatte eine Phase, wo ich es nur noch manchmal geschafft habe, Dinge zu regeln, manchmal überhaupt nicht mehr. Du weißt gar nicht, wie das ist. Rocco war für mich immer da. Du nicht. Ihm habe ich alles erzählen können. Er war immer ehrlich zu mir, bei ihm konnte ich sein wie ich bin. Da musste ich mich nicht verstellen, wie bei Menschen eben, die Starke mimen, immer aufpassen, auf der Hut sein – grade bei dir … Robert Erich Tarne!"

„Und jetzt?"

„Du kennst mich doch. Glaubst du wirklich, ich lass dich hängen? Jetzt erzähl schon! Was ist wieder los?"

Irgendwie hatte er das erwartet. So kannte er sie. Ein ewiges Hin und Her. Aber wenn es hart auf hart kam, war auf sie Verlass. Er blickte sie hin und wieder an, um sich zu vergewissern, dass ihr Unmut verflogen war, während er anfangs mit großen Pausen berichtete, was passiert war. Dabei ordnete er seine Dinge auf dem Wohnzimmertisch und wurde nach und nach lockerer.

„… jetzt lass uns mal sehen, was wir haben!"

„Weißt du was, ich glaube, eigentlich will ich

nicht wissen, wo du wieder drinsteckst. Du willst doch nicht etwa in dieser Sache weitermachen?" Manu schaute trotzdem interessiert auf die ausgebreiteten Schlüssel, zerknitterten Notizzettel und den ganzen Krimskrams aus seinen Taschen.
Wie immer würde sie noch ein paar Mal ihre Bedenken äußern, bis Tarne sie mit seiner Art überzeugt hatte. Er schaute ihr tief in die Augen und sagte:
„Ich bitte dich, natürlich muss ich weitermachen! Als Mann muss ich so handeln, sonst kann ich mir nicht mehr in die Augen sehen. Ich kann so etwas nicht auf mir sitzen lassen! Was für ein Detektiv wäre ich dann? Das wäre die absolute Negativwerbung. Also lass uns sehen!"
„Na ja, wenn du meinst. Ich bin trotzdem skeptisch!"
„Also, was war hier nicht richtig? Mir wird erst jetzt langsam klar, dass da einiges nicht stimmen kann. Normalerweise kommt zuerst der Einsatzwagen mit der regulären Polizei, die sichern den Tatort, nehmen Aussagen auf, verständigen dann die Leitstelle, die bei Bedarf dann die Kripo schickt. Ich bin mir ganz klar, dass ich einfach die 110 gewählt hatte, aber in diesem Fall war die Kripo fast sofort zur Stelle, die kamen nur Minuten nach dem regulären Einsatzwagen. Sonst dauert so etwas ewig, bis die Polizei alles aufgenommen, abgesperrt und sich entschieden hat, dass die Kripo zuständig sein könnte. Die Kripobeamten hatten erwähnt, dass sie vor meinem Anruf informiert worden waren."
„Du bist wirklich unverbesserlich. Grad dem Tod entronnen, und jetzt so etwas!"
Tarne überhörte sie und blieb beim Thema:
„Wie konnte das sein? Was und wer steckt dahinter? Lass uns systematisch vorgehen." Er schob den blutverkrusteten Schlüssel auf dem Tisch hin und her.
„Wir haben einen Schlüssel, den Namen eines

Toten, Edgar Eberli, geboren 18.4.1972, Adligenswil/ Luzern, Schweiz, 43 Jahre, wohnhaft Bern, Aebistrasse 11. Ein Auto Audi A8, Kennzeichen habe ich auch, und dann gibt es den Bruder des Ermordeten, meinen Auftraggeber."
Manu schwieg und schüttelte den Kopf.
„Wer hat die Bullen gerufen? Was hat einer von diesen Geheimdiensten damit zu tun?" Er machte eine Pause und als sein Blick ihre ihm wohlbekannten Rundungen unter ihrem T-Shirt streifte, entfuhr es ihm:
„War nicht schlecht mit dir! Es tut mir leid, dass ich dir nicht geben konnte, was du dir gewünscht hast. Ich weiß das zu schätzen, das mit Rocco…"
Tarne legte einen Arm um sie im Versuch, sie zu beruhigen.
Sie stieß ihn zurück.
„Nein, lass das! Ich vermisse solche Situationen wie diese nicht ernsthaft, kann ich dir sagen. Ich glaube dir ja, dass es dir leidtut, aber das ist genau das selbe Chaos, das du immer verbreitest… Du ziehst das buchstäblich an…"
Tarne ließ sich nicht so schnell abspeisen. Aus Erfahrung wusste er, dass ihre Stimmung schnell umschlagen konnte.
„Hast du einen Neuen? War da nicht etwas mit eurem Bürovorsteher?"
„Du weißt doch, ich steh eher auf Modell Schrank", sie strich liebevoll etwas Wasser von seiner muskulösen Schulter, „und der ist eher Typ Billy-Regal."
Tarnes Blick konnte sich kaum lösen von den durch keinen BH gehinderten wellenförmigen Bewegungen, die ihre Brüste bei jeder Bewegung unter ihrem weiten grauen Schlaf-T-Shirt erzeugten. Er wollte aber die Situation nicht sofort wieder überreizen und ließ es dabei bewenden.

10

Vergangenheit

Die ersten regelmäßigen Einnahmen kamen für Tarne durch den langfristigen Auftrag eines großen Versicherungskonzerns aus Dortmund. Den Kontakt hatte Brock nach dem Erfolg des ersten Auftrages vermittelt. Danach hatte er keine Gelegenheit ausgelassen, um sich als Förderer des jungen Detektivs, *seiner persönlichen Entdeckung*, feiern zu lassen. Die Zentrale der Versicherung, ein Prachtbau aus Glas und Stahl, hatte ihm deutlich vor Augen geführt, wo die Beiträge der Versicherten blieben. Als freier Mitarbeiter bestand seine Aufgabe darin, Krankenversicherte zu bespitzeln, bei denen der Verdacht bestand, dass sie unberechtigterweise Krankentagegeld kassierten.

Seine neue Aufgabe nahm ihn schwer in Anspruch. Tarne war unregelmäßig, oft bis spät in die Nacht hinein beschäftigt und konnte nicht mehr an dem kostengünstigen Hochschulsport teilnehmen. Um für den Beruf fit zu bleiben, meldete er sich in einem Sportstudio in Altendorf an, dessen Eröffnungs-

angebot ihm zusagte, zumal der Chef zusätzlich auch in japanischen Kampftechniken unterrichtete.
„Sagatzki, Reinhard. Wir duzen uns hier", hatte er sich vorgestellt und ihm mit wenigen Worten die Trainingsgeräte erklärt. Sagatzki trug alles in Schwarz, vom T-Shirt über die Jogginghose bis zu den Turnschuhen.
An den Fenstern klebten bunte Banner mit *Neueröffnung*. Überall lagen Haufen von Verpackungsmaterial herum, Holzleisten, Styropor, Kartons und Stahlbänder. Es roch nach Metall, Maschinenöl und Plastik, schlimmer als ein neues Auto. Die neuen Geräte blitzten in dem von zwei Seiten hereinfallenden Licht und ließen die große Trainingshalle wie einen Tanzsaal wirken.

Tarne hatte mit seinen Übungen begonnen und beobachtete Sagatzki in der Spiegelwand, wie er im Vorbeigehen anderen ebenso wortkarg Anweisungen und Erklärungen gab wie vorher Tarne. Falls nötig, ihre Bewegungen korrigierte. Dabei bewegte er sich geschmeidig wie eine Raubkatze und führte als gutes Vorbild seinen Kunden Übungen vor, in denen seine Muskeln besonders zur Geltung kamen. Trainierte Bewegungen, muskulöser Körper, die schwarzen Haare im bürgerlichen Fassonschnitt glänzten fettig.
Ein schweißtriefender, übergewichtiger Mann neben Tarne kommentierte seinen Blick mit leiser Stimme:
„Wir nennen ihn den Samurai, wegen der Kampftechniken und weil er so wenig sagt. Wie der Killer in dem französischen Film mit Alain Delon, wissen Sie? Im Büro hat er auch genau so einen Wellensittich."

Von der Versicherung bekam Tarne eine Akte mit Name, Adresse, Beruf und weiteren Informationen über den jeweiligen Kunden oder „Versicherungsnehmer",

wie das Unternehmen ihn nannte. Je nach Vertrag bekamen die Versicherten bei Krankheit ab dem soundsovielten Tag ein Krankentagegeld, um den Verlust durch Arbeitsausfall auszugleichen. Tarnes Aufgabe bestand darin, zu überprüfen und nachzuweisen, ob sie entweder gar nicht krank waren oder trotz Erkrankung arbeiteten. Tarne lag oder saß in seinem Wagen auf der Lauer, bis der Betroffene aus seiner Wohnung auf die Straße kam, und verfolgte ihn, um ihn eventuell zu erwischen, wenn er zu einer Arbeit fähig war. Er befragte Nachbarn oder Kollegen, führte Telefonate, gab sich als Kunde aus, um jemanden zur Arbeit zu verführen.
Es war ein langweiliger Dienst. Oft musste er stundenlang warten, manchmal über Tage. Mitunter wurden die Leute frech, oft bekam er Prügel angedroht oder sie wollten ihn bestechen. Einige waren einsichtig. Solange Tarne es als Betrug sah, fühlte er sich mit seiner Aufgabe für die Versicherung im Recht. Ganz im Sinne der „Ehre", die ihm immer wieder durch den Kopf ging. Betrug war nicht okay! Aber es gab andere Fälle, wo sein Herz sich meldete. Wo es den Menschen so schlecht ging, dass sie nicht anders konnten. Da drückte er auch ein Auge zu.
So ging es in einem Fall um einen Mann, der einen Kiosk in Bochum-Gerthe betrieb, eine der typischen Trinkhallen, die hier im Ruhrgebiet weit verbreitet sind. Es gab sie schon, solange Tarne zurückdenken konnte. Er liebte diese umstandslosen, originellen Büdchen. Sie machten das Leben einfacher. Egal was man vergessen hatte, hier bekam man alles und zu den unmöglichsten Zeit. Manche hatten vierundzwanzig Stunden am Tag auf. Außerdem belebten sie optisch das Stadtbild mit ihren bunten einfallsreichen Dekorationen. Schimanek hatte fünf Kinder und die Frau war zum zweiten Mal an Krebs erkrankt. Man wusste nicht, ob sie durchkommen

würde. Die älteren Kinder hatten einen Teil der Aufgaben im Haushalt und bei der Versorgung der kleineren übernommen, die Frau war lange im Krankenhaus, dann Chemo und Kur, und konnte nicht mehr helfen. Der Mann hatte sich für längere Zeit krankschreiben lassen und das Geld kassiert, um mit seiner Familie über die Runden zu kommen.

Tarne erklärte Schimanek spontan:

„Hören Sie, ich habe Sie nie gesehen! Sie waren nie bei der Arbeit. Ich werde die Akte so lange behalten, bis sich Ihre Situation verbessert. Aber bitte, finden Sie eine Möglichkeit!"

Der Mann hätte ihm fast die Füße geküsst. Tarne winkte schleunigst ab. Wenn er auf Kosten einfacher Leute zugunsten des Konzernprofits benutzt werden sollte, begann er seinen Ehrenkodex zu überdenken. Vielleicht sollte er ihn etwas überarbeiten, für seine moralischen Ansprüche umformulieren in Richtung sozialer Gerechtigkeit und Anteilnahme? Ja, dachte er bei sich, das ist in der heutigen Zeit ein großes Problem. Es gab nicht mehr eine allgemeingültige Moral, sondern jeder hatte die Freiheit – innerhalb gesetzlicher Grenzen –, sich seine eigene Weltanschauung zu bilden und danach zu leben. Obwohl … mit den Gesetzen, das war auch nicht ganz so. Man durfte sich nur nicht erwischen lassen.

Das Ganze hatte ein Nachspiel. Zwei Tage später nutzte Tarne einen freien Vormittag, um seine Muskeln zu stärken. Der Schweiß lief ihm in Strömen herunter, als er gewahr wurde, dass der Samurai ihn nicht aus den Augen ließ. Nachdem er seinen Blick erwidert hatte, dauerte es eine Weile, bis er zu ihm kam und mit einer Hand die Bewegung der Maschine stoppte.

„Habe ich was falsch gemacht?"

„Du bist Tarne, ja? Robert Erich Tarne?"

„Ja. Und?"

„Ich wollte dir sagen, dass ich das zu schätzen weiß, was du für einen Freund getan hast. Du hast etwas gut bei mir." Damit nahm er die Hand von der Maschine und ließ einen erstaunten Tarne weiter trainieren. Das war die längste zusammenhängende Aussage, die er bisher von Sagatzki gehört hatte. Es dauerte etwas, bis er den Zusammenhang erkannte. Aber von diesem Moment an waren die beiden aufeinander eingeschworen.

11

Gegenwart

Es schellte, und Manu sah ihn mit weit aufgerissenen Augen an. Tarne versuchte, sie zu beschwichtigen:
„Das ist sicher Sagatzki!"
„Nein, nicht der auch noch! Was will der denn? Das wird ja immer besser. Da meint man, das wär's nun, aber nein, der Herr setzt noch einen drauf! Hast du noch mit dem zu tun? Ich hab dir doch gesagt, das ist kein Umgang für dich!"
„Hab ihn herbestellt."
Wütend sprang sie auf.
„Und das alles über meinen Kopf! Langsam reicht es mir!"
„Aber hör doch, ich bin in eine extreme Lage hineingeraten, ich brauch den Mann dringend!" Reichlich grummelnd lenkte sie dann ein und ließ den Bodyguard in die Wohnung. Es hatte lange gedauert, bis Tarne hinter die Fassade seines langjährigen Freundes geschaut hatte. Das Studio war mittlerweile nur noch Aushängeschild und Hobby für Sagatzki. Seine

Hauptbeschäftigung lag im Bereich Personenschutz. Ihm gehörte eines der seriösen Unternehmen. Er wurde in Regierungskreisen geschätzt und erhielt oft Aufträge von höchster Ebene.

Sagatzkis Geschmack hatte sich über die Jahre nicht geändert. Er war wie immer in gesetztem Schwarz gekleidet, fläzte sich im Sessel. Kantiges Gesicht, tief in ihren Höhlen liegende Augen mit dicken Augenbrauen, wulstige Lippen. Die Haare trug er inzwischen sehr kurz. Er legte ein in ein schwarzes T-Shirt gewickeltes Etwas auf den Tisch. Tarne schaute seinen Freund mit fragendem Blick an und wunderte sich einmal mehr darüber, wie Sagatzki es bei seinem Beruf mit den vielen körperlichen Auseinandersetzungen geschafft hatte, seine eher spitze Nase in diesem Zustand zu erhalten. Er nahm an, dass es ein Zeichen seiner kämpferischen Qualitäten war, dass sie ihm nie gebrochen worden war.

„Ah, Kaffee! Kriege ich einen?", fragte Sagatzki.
Manu starrte auf das T-Shirt.

„Wenn's sein muss", brummte sie und kam kurz darauf mit einer weiteren Tasse heißen, dampfenden und köstliches Aroma verströmenden Kaffees aus der Küche zurück.

Sagatzki konnte sehr wenig aus der Ruhe bringen. Er grinste übertrieben bis zu den Ohrläppchen, als sie ihm den Kaffee reichte. Sein Dank beschränkte sich auf ein Nicken und ein trockenes „Ahem."

„Ich bin echt froh, dass ich bei Manu unterkommen konnte", sagte Tarne.

„Robert soll dir mal erzählen, was er durchgemacht hat", sagte Manu.

Sagatzki schaute Tarne fragend an und bemerkte mit

Blick auf das Päckchen:
"Wie bestellt!"
Tarne wickelte die Waffe aus, stutzte kurz und erklärte dann:
"Gut, eine Smith & Wesson .38 Special…"
"Modell 649 Bodyguard… Ich sehe, du hast deine Hausaufgaben gemacht. Wollte dir erst eine Korth besorgen, auch ein Police-Revolver, nur der wird in Deutschland hergestellt, aber die S&W ist am besten am Körper zu verbergen, weil sie klein ist. Aber effektiv, kann ich dir sagen!"
"Konntest du keine Halbautomatik kriegen? Eine Glock 36 oder Walther P38?"
"Ja, ja, ich weiß, oder eine SIG SAUER, das ist der ewige Streit, was ist besser, Revolver oder Pistole. Ganz ehrlich? Ich dachte, das ist für dich die beste, kann nicht wie die Pistolen Ladehemmung haben, ist einfach, klein, sicher… und am einfachsten zu kriegen."
"Wo hast du sie so schnell…"
"Die wird auch in Deutschland gebraucht, bei einigen SEK-Einheiten. Mit denen hast du es in diesem Fall wahrscheinlich zu tun."
"Genau!", entfuhr es Tarne zufrieden, "wie heißt es so schön: Was ich nur notfalls brauche, verleiht dennoch Sicherheit!"
Manu hatte die ganze Zeit mit Entsetzen zugeschaut, schließlich brach es aus ihr heraus:
"Seid ihr verrückt geworden, von allen guten Geistern verlassen? Die bleibt mir nicht im Haus! Soll ich mir noch mehr Sorgen machen?"
"Nur zu meinem Schutz, lass mal, du weißt, dass ich vorsichtig bin!"
"Ja, meist. Aber du kannst ganz schön aufbrausend sein. Ihr wisst ganz genau, wenn einer eine Waffe hat, dann gebraucht er sie irgendwann. Das war

immer schon so. Seid doch nicht so dumm! Müssen das denn immer die Frauen sein, die davor warnen?"

„Vertrau mir, ich weiß selbst, was das bedeutet und dass ich damit keinen Blödsinn mache", versuchte Tarne sie zu besänftigen und fragte dann Sagatzki:

„Wo hast du die her?"

„Willst du nicht wissen. Aber... ist sauber!"

Nur wer Sagatzki gut kannte, sah ihm seine Neugier an, so dass Tarne ihn in aller Kürze ebenfalls aufklärte.

„Hesse hat mir zwischen Tür und Angel gesteckt, dass ein Hohlspitzgeschoss verwendet wurde."

Sagatzki pfiff durch die Zähne.

„Was ist das denn?", fragte Manu. Man konnte ihre Angst sehen.

Tarne legte beruhigend einen Arm um sie. Diesmal stieß sie ihn nicht zurück.

Sagatzki erklärte:

„Früher nannte man das Dum-Dum-Geschoss", und machte eine Pause, als wenn damit alles gesagt wäre.

Tarne fuhr für ihn fort:

„Das wurde dann verboten. Aber die Waffenlobby hat durchgesetzt, dass es als Hohlspitzgeschoss wieder verwendet werden darf."

„Und?", fragte sie und blickte von einem zum anderen, „Was heißt das genau?"

Tarne und Sagatzki sahen sich an und Tarne übernahm die weitere Erklärung.

„Deine Frage müsste lauten: *Wie wirkt das?* Diese Art Munition ist extra so gefertigt, dass sie eine bestimmte Wirkung erzielt. Der weiche Kern platzt auf und verformt sich und richtet damit größeren Schaden innen an. Ein Vollmantelgeschoss geht durch und richtet nicht viel Schaden an."

Sagatzki grinste und fügte hinzu:

„Früher, als es das Hohlspitzgeschoss nicht gab,

haben die Profis die Spitze der Patrone mit einer Feile in Kreuz oder Sternform eingeritzt und damit dieselbe Wirkung hervorgerufen."
Manu drehte die Augen zur Decke.
„Na super!"
Sagatzki schüttelte den Kopf und verzog den Mund.
Tarne ergriff erneut das Wort:
„Auf jeden Fall ist das ein anderes Vorgehen als üblicherweise, ich sag euch mal, was normal wäre bei einem Vorfall dieser Art. Erstens, Funkstreifenwagen trifft ein. Die Besatzung sichert dann das, was man objektive und subjektive Spuren am Tatort nennt. Sichern und erhalten."
„So heißt das?", wunderte sich Manu.
Tarne war in seinem Element und fing an zu dozieren:
„Ja, so heißt das. Zweitens werden dann die Daten an die Leitstelle weitergegeben. Dann werden Aussagen aufgenommen, niedergeschrieben, Personalien aufgenommen und alle fahndungsrelevanten Daten ebenfalls weitergegeben. Drittens: Die Leitstelle gibt dann, wenn nötig, die Fahndung raus…"
Sagatzki nickte und Manu machte große Augen und Tarne nahm einen großen Schluck Kaffee, bevor er weitersprach:
„… verständigt die Kripo und bei Eintreffen der Kripo werden die inzwischen konservierten Spuren und der Tatort an die Kripo übergeben." Er machte erneut eine Pause und räusperte sich:
„Äußerst ungewöhnlich in dem Fall, dass die Kripo sofort auftauchte. Sehr merkwürdig, das Ganze."
Mit einem Blick versicherte er sich der Aufmerksamkeit der beiden.
„Die nehmen normalerweise nur – und zwar dann erst – Zeugen und Tatverdächtige mit zur nächstgelegenen Wache, dort werden die über ihre Rechte belehrt und die Aussagen aufgenommen, und zwar in

einem neutralen Büro. Also, wenn ihr mich fragt: Da ist was oberfaul in diesem Fall!"

Manu schaute Sagatzki an, der wie üblich ein kontrolliertes, nichtssagendes Pokergesicht zur Schau trug und nichts von sich gab.

„Dazu die Landesbeamten. Ihr müsst euch mal vorstellen, in der Zeitung hab ich gelesen, dass es mindestens zwölf Geheimdienste in Deutschland geben soll, die auf Bundesebene operieren. In speziellen Fällen wird von der jeweiligen Behörde eine Sonderkommission gebildet mit einem spezifischen, möglichst harmlos klingenden Decknamen, wie z. B. Ermittlungskommission, also EK, *Schmetterling*, *Container* oder so."

„Sehr fantasievoll!", war Sagatzkis Kommentar.

„Ja genau. Dann geht das auf Bundesebene los, verdeckte Ermittler werden eingesetzt. Wie die sich gegebenenfalls vorstellen, ist denen überlassen, z. B. als *LKA* – ob das dann stimmt, wer kann das wissen? – oder einfach *Staatsschutz* und so weiter. Die können sich dann eine ganze Menge erlauben! Keiner kontrolliert die wirklich. Oft kennt man die Auftraggeber nicht wirklich. Das kann ein Minister, die Kanzlerin persönlich sein, die Steuerbehörde oder so."

„Na toll! Also das ist…" Manu wollte gerade einer ihrer Schimpftiraden loslassen. Tarne fuhr ihr dazwischen:

„Fang nicht damit an!"

„Ich will nicht länger stören, wenn ihr streiten müsst!" Mit diesen Worten erhob sich Sagatzki. Tarne hielt ihn am Arm fest.

„Warte doch, ich bring dich raus."

„Barfuß?", meldete sich Manu und griff nach dem schwarzen T-Shirt, in das die Waffe wieder eingewickelt war. „Und das", damit drückte sie das Päckchen Sagatzki in die Hand, „nimmst du auf jeden Fall wieder mit!"

Tarne, mit nackten Füßen und im Bademantel Manus, brachte seinen Freund nach draußen. Aus der angelehnten Haustür fiel ein Lichtschimmer in die Dunkelheit. Es war eine dieser wunderbar warmen Sommernächte, die zum Verweilen im Freien einladen. Vor der Garageneinfahrt wickelte Sagatzki das T-Shirt auf und Tarne steckte sich den kurzen unauffälligen Revolver in die Tasche des Bademantels. Im Flüstermodus setzten die Männer ihr Gespräch fort.

„Tut mir leid, hätte ich nicht in Gegenwart ... Seid ihr wieder ...?"

„Nein, nein, schon okay! Nee, ich wusste nicht, wohin. Schlaf auf der Couch. Mach dir keinen Kopf, sie beruhigt sich schnell, wird bestimmt schon ins Bett gehen."

„Bei dieser Aktion? Das kann ich nicht glauben...?"

„Du kennst sie nicht. Wenn sie nächsten Tag arbeiten muss, kann passieren, was will. Da hat sie ganz eiserne Prinzipien! So etwas hebt sie sich dann für spätere Klärung auf, das kann ich dir sagen. Drum herum kommt man nicht."

„Wird's denn wieder was...?"

„Ich glaub nicht, ich weiß auch nicht, ob ich das will. So freundschaftlich ist ganz okay. Du weißt ja, wie sie ist, große Klappe, aber zuverlässig auf jeden Fall. Und übrigens: Danke!"

Sagatzki nickte und Tarne, der wusste, dass Sagatzki solche emotionalen Momente genauso unangenehm wie ihm waren, fuhr gleich fort:

„Ich habe dich in der WAZ am Samstag gesehen. Bei der Feier vom Bundespräsidenten."

Nicht ohne Stolz erklärte Sagatzki:

„War ein Fehler. Normal müssen die von der

Presse das Gesicht unkenntlich machen, bevor die so etwas veröffentlichen. Ich war nur dabei, weil durch die Grippewelle viele von den Regulären ausgefallen waren. Ich weiß nicht, ob das eine gute Werbung für mich ist oder eher nicht. Unerkannt zu bleiben, ist manchen Auftraggebern wichtig."
„Auf dem Bild schaust du ziemlich kantig aus."
„Lange geübt", schmunzelte Sagatzki, wurde sofort wieder ernst, „Mit den Leuten, mit denen du dich da angelegt hast, ist nicht zu spaßen. Auch wenn die sich diesmal nicht geschickt angestellt haben. Denk mal an das ganze Theater im Moment wegen der ganzen Überwachungsproblematik der Internetdaten durch die USA. Das tun die hier auch und nicht erst seit gestern. Alles Ablenkung. Heute Abend wirst du hier sicher sein – es sei denn, du schaltest dein Handy ein – aber morgen kennen die jedes Detail aus deinem Leben. Und dazu gehört auch Manu. War keine gute Idee, bei ihr Unterschlupf zu suchen. Ich schätze, wir müssen da vorsichtig vorgehen."
Das war die längste Rede, die er je von dem sonst schweigsamen Freund gehört hatte.
„Ja, ist sinnvoll! Würdest du…"
Sagatzki nickte nur, stichelte noch, um nicht zu deutlich zu zeigen, dass er sich Sorgen um seinen Freund machte, bevor er endgültig abzog:
„Was macht dein Werk eigentlich?"
„Was für'n … ach, du meinst…?"
„Stichwort Ehre?"
„Hör auf!"
Tarne holte aus, Sagatzki machte einen Satz auf sein Auto zu. Tarne erwischte ihn noch mit einem freundschaftlichen Hieb an der Schulter.

12

Vergangenheit

„Harald Hesse hier", klang es wie eine Frage durch den Hörer, „aus dem Gericht?"

„Ja, ich weiß", sagte Tarne, der sich gut an den jungen Kommissar erinnerte, den er mehrmals im Gerichtsgebäude getroffen hatte, wenn er dort war, um seine Aussagen über die Ladendiebe zu machen. Sie hatten ein paarmal zusammen Cola, Sandwich, Frikadelle und Ähnliches in der Kantine des Gerichts zu sich genommen und sich beschnuppert. Über Gott und die Welt geredet. Gegenseitig auf den Busch geklopft. Sich eingeschätzt und als ganz gut passend erachtet. Aber aus der Bekanntschaft war noch keine Freundschaft geworden. So weit waren sie noch nicht vorgedrungen.

„Ist das okay mit dem Duzen?"

„Ja, klar. Gerne."

„Prima. Ich habe hier etwas, dazu würde ich gerne deine Meinung hören. Sozusagen von einem jungen Ermittler zum anderen. Auch oder vielleicht eher gerade weil du ein selbstständiger Privater bist. Ich brauche jemanden, der, sagen wir mal, unvorbereitet ist.

Hast du jetzt Zeit, vorbeizukommen?"
Tarne hatte nicht wirklich etwas anderes vor.
„Warum nicht. Was gibt es so Dringendes?"
„Sieh selbst. Ich bin im Präsidium. Gegenüber Amtsgericht..."
„Ich weiß, wo das ist."
„Klar. Raum 308. Ich sag unten Bescheid, dass sie dich durchlassen."

Die Sonne schien momentan gerade zwischen den diversen Wolkenbänken hindurch und ließ das nüchterne, spärlich möblierte Büro wie Urlaub erscheinen. Hesses ausgeleierte Lederjacke, die Tarne von den früheren Treffen kannte, hing über einer Stuhllehne. Auf dem sonst leeren Tisch stand ein Aufnahmegerät. Tarne konnte seine Neugier kaum verbergen. Er suchte den Blick des jungen Kommissars und setzte zur Frage an. Hesse schüttelte den Kopf.
„Hör dir das erst einmal an." Hesse drückte der Startknopf. Das Band lief an. Die Stimme von Kommissar Hesse erklang.

Kommissar Harald Hesse: „Dienstag, den.... 16:30. Erstes Verhör von Kurt Bergenheim. Wie ist dein Name?"
Kurt Bergenheim: „Kurt Bergenheim."
Hesse drückte den schnellen Vorlauf und sagte: „Die Formalitäten überspringen wir mal, hier fängt es richtig an." Wieder vom Band:
HH: „Dann erzähl doch einmal von Anfang an."
KB: „Ich weiß auch nicht, wie es passieren konnte. Ich weiß auch nicht, warum die Leute alle so wütend sind. Was hätte ich denn anderes tun können? Wie hätte ich denn vor meinen Freunden dagestanden, wenn ich es nicht getan hätte? Das hätte doch jeder in der Situation getan, oder nicht?

Sie hat einfach gelacht, über mich gelacht. Können Sie sich das vorstellen? Da hab ich es ihr gezeigt. Ich hab's ihr besorgt. Richtig besorgt. Danach war sie ganz still. Sie hat nicht mehr gelacht. Sie hat gar nichts mehr gesagt. Aber ich wollte ihr nichts tun. Ehrlich. Ich wollte ihr nicht wehtun. Sie sollte nur aufhören zu lachen." – Vom Band war ein Schniefen zu hören, ein Schluchzen.
HH: „Willst du ein Taschentuch?"
KB: „Nein nein, es geht schon."
HH: „Erzähl bitte von Anfang an."
KB: „Ja, also wir haben uns wie immer im Partykeller von Klaus getroffen…"
HH: „Klaus, das ist Klaus Schinkel? Also im Haus seiner Eltern?"
KB: „Ja."
HH: „Und dann?"
KB: „Naja, die haben dieses neue Mädchen mitgebracht, die war noch nie dabei. Und die hat von Anfang an über mich gelacht. Ich meine, das machen die anderen ja auch oft. Aber da bin ich's schon gewohnt. Irgendwie war das anders. Anders als sonst."
HH: „Was war anders?"
KB: „Naja, ich weiß auch nicht. Anders eben. Ich fand das Mädchen irgendwie toll. Das fanden, glaube ich, alle ganz toll. Und als die merkten, dass ich…"
HH: „Was?"
KB: „Naja, dass ich die auch toll fand, da haben die uns immer so gehänselt und sie hat dann immer so Sprüche gemacht. ‚Mit dem… Ha ha … Dann würd ich ja lieber Nonne werden…' Sowas eben."

Hesse drückte die Stopptaste. das Klicken erfüllte den Raum. Die Sonne hatte sich hinter einer Wolke verzogen. Das Büro erschien kühl, trotz der sommerlichen Wärme draußen.

„Tarne, ich wollte dir das einfach mal zeigen", setzte Hesse an. „14 Jahre alt ist er. Geistig zurückgeblieben. Psychologisches Gutachten liegt vor. Was sollen wir mit dem machen? Eigentlich müsste man die anderen drankriegen. Aber so ist das nun mal. Hier die Fotos vom Tatort. Ich hab ja schon vieles gesehen, aber... Das kriege ich nicht mehr aus dem Kopf."
Tarne nahm die Fotos und blätterte sie durch. Ein typischer Partykeller. In einer Ecke stand noch ein altes metallenes Bettgestell mit Matratzen darauf. Ein Mädchen kniete davor, als wenn sie sich zum Beten hingekniet hätte. Oberkörper und Kopf lagen auf dem Bett.

„Von Kopf kann man da nicht mehr sprechen, was?", sagte Hesse, als wenn er Tarnes Gedanken lesen konnte.

Dort, wo der Schädel sein sollte, befand sich nur noch eine blutige Masse.

Tarne schüttelt den Kopf:

„Und was soll ich dabei?"

„Ich musste nur mit jemanden darüber sprechen. Du weißt, wie die Kollegen sind. Die sind doch schon so abgestumpft. Die machen da noch ihre Witze drüber. Ich hätte nicht übel Lust, alles hinzuschmeißen."

„Hm", Tarne ließ eine kleine Pause. „Ich würde eher sagen, dass das genau der Grund ist, warum du dabei bleiben solltest." Das war okay. Es waren keine Worte nötig. Beide wussten das. Es war gut, dass jemand da war. Ein andermal würden sie vielleicht etwas trinken gehen. Sie schauten sich nur an. Beide wirkten in diesem Moment erheblich älter als sie waren.

Seit dem Tag waren sie in einer nie ausgesprochenen Freundschaft verbunden. Im Nachhinein erschien es ihm wie eine Prüfung. Tarne wusste nicht, was Hesse von ihm erwartet hatte. Er hatte wohl richtig reagiert. Es regnete, als Tarne das Präsidium an der Büscherstraße verließ.

13

Gegenwart

Kaffeegeruch weckte Tarne. Es dauerte einige Augenblicke, bis er in die Realität des Jahres 2015 und den Schlamassel, in dem er steckte, zurückfand. Ein Traum hatte ihn die ganze Nacht gequält: Es lief ab wie in dem großen Stummfilm „Napoleon" von Abel Gance. Er war in den 1920er-Jahren mit drei Kameras aufgenommen und mit drei Projektoren wiedergegeben worden und 2000 von George Lucas restauriert und erneut in die Kinos gebracht worden. Die monumentalen Bilder hatten Tarne damals beeindruckt. Wie in diesem Film die Köpfe der Französischen Revolution, Robespierre, Danton, Montesquieu, und Napoleon als Einzelbilder aus dem Nichts auftauchten und immer größer auf den Betrachter zukamen, bis sie durch ihn hindurchgingen, und dann das nächste Bild und das nächste, dazwischen Wortfetzen mit den Parolen aus der Nationalversammlung als Spruchbänder – so waren ihm die Personen des vergangenen Tages wieder erschienen, Krause, Bergmann, Hesse, Manu, Sagatzki und die beiden Agenten. So wie im Film die Thesen der

Revolution stürzten auf ihn die Wortfetzen *HINRICHTUNG, UNDERCOVER, TOP SECRET, ÜBERWACHUNG, ATTENTION* etc. ein. Das alles in Schwarz-Weiß, wie der Film. Irgendwo hatte er gelesen, dass man immer in Schwarz-Weiß träume. Tarne wischte sich den Schweiß von der Stirn und unterdrückte ein Stöhnen. Dies war der erste Morgen, das erste Erwachen nach einem Mord vor seiner Tür. Tarne spürte ohnmächtige Wut in sich aufsteigen. Es war für ihn, als wenn man es persönlich auf ihn abgesehen hätte. Das ging gegen seine Berufsehre. Das konnte und wollte er sich nicht gefallen lassen. Keine Verzweiflung aufkommen lassen. Lieber auf das Hier und Jetzt konzentrieren!

Manu kroste in der Wohnung herum. Die Geräusche, die er aus der Zeit kannte, als sie zusammenlebten, sagten ihm, wann sie sich schminkte, anzog, umzog, ihren Klimperschmuck anlegte. Beruhigend, diese vertrauten Dinge. Trotzdem wünschte er, sie möge endlich gehen. Er hatte so früh keine Lust auf Auseinandersetzungen. Und sie würde weiter versuchen, ihm den Fall auszureden. Er sehnte sich nach einem Kaffee. Endlich kam das ersehnte Klappen, als sie die Wohnungstür zuzog.

Er zog die Decke auf der Couch im Wohnzimmer noch über seinen Kopf und hoffte, damit sein schlechtes Gewissen zu verbergen. In was hatte er Manu da hineingezogen? Auf was hatte er sich da in der ganzen Aufregung eingelassen?! Wo sollte das hinführen? Ihm war glasklar, dass Sagatzki recht hatte. Was hatte er sich dabei gedacht, sie in diese Sache hineinzuziehen. Unverantwortlich! Auch die spezifischen Umstände waren keine Entschuldigung. Wie konnte er nur so unüberlegt vorgehen. Erst denken, dann handeln, Mensch! Oder war das nur insgeheim sein Wunsch, wieder Kontakt zu ihr zu haben, und ihm war jede

Gelegenheit dazu recht?

Auf dem Küchentisch lag ein Zettel in ihrer ordentlichen Handschrift: *Essen im Kühlschrank, du kannst den Twingo nehmen, bin mit dem Bus gefahren. Falls du den PC brauchst: Passwort ist dasselbe wie früher. Tel. nicht so viel!* Daneben lag der Schlüssel des Twingos mit dem dreieckigen, abgegriffenen Ledermäppchen, in dem sich die Papiere und ein paar Euro zum Parken und für die Einkaufswagen befanden. Das war sehr nett von ihr. Vor allem musste er sie so bald wie möglich warnen und irgendwo unterbringen, wo sie nicht gefunden werden konnte. In der Nacht hatte er sie nicht damit weiter aufregen wollen. Er konnte sich wie in alten Zeiten auf sie verlassen. Jetzt war es an ihm, ihr zu beweisen, dass sie ihm vertrauen konnte. Vielleicht klappte es trotz der vielen Differenzen noch einmal mit ihnen?
Im Badezimmer überzeugte ihn ein Blick in den Spiegel, dass eine Rasur fällig war. Er hatte gestern schon darauf verzichtet. Musste eben so gehen, auch wenn er sich langsam schmuddelig vorkam. Hoffentlich wirkte das auf andere genauso positiv wie auf Manu. Warum machte er sich nur Gedanken darüber, wie er auf andere wirkte, sollte ihm doch egal sein. War das etwa ein später mütterlicher Einfluss, Bedenken wegen der Nachbarn? Seine Kleidung war hin. Gut, dass er sich Ersatz mitgebracht hatte. Immerhin das. Sehr weitsichtig, lobte er sich.

Langsam kamen seine grauen Zellen auf Touren und begannen zu kombinieren und zu analysieren. Was war zu tun? Wo konnte er ansetzen? Wie anfangen? Zuerst der Tote. Was für ein Mensch verbarg sich hinter dem Namen? Wer profitierte von seinem Tod? Dann der Bruder. Was hatte es mit dem auf sich? Was hatten die beiden mit einem der deutschen Geheimdienste zu tun? Nach Sagatzkis Aussage gab es da mehrere. Wozu passt der Schlüssel? Er griff nach dem Telefon und wollte zu wählen beginnen. Was hatte Sagatzki gesagt? Vorsichtig sein! Er durfte auf keinen Fall von Manus Anschluss aus telefonieren!

Tarne machte sich mit Manus Twingo auf den Weg. Rot, mit gelben Schmetterlingen draufgeklebt. Tarne schüttelte sich in Gedanken. Typisches Frauenauto. Sein Blick blieb immer wieder im Rückspiegel hängen. Hatte er diesem blauen BMW schon länger hinter sich? Was war mit dem silbernen Passat? Aber der bog ab. Soweit er es beurteilen konnte, wurde er nicht überwacht. Glück gehabt. Dann schienen sie nicht darauf gekommen zu sein, dass er bei seiner Ehemaligen unterkommen könnte. Er fuhr zum Bahnhof Süd, der seit über zwanzig Jahren kein Bahnhof, sondern eine Kneipe war, und genehmigte sich ein ordentliches Frühstück und eine Riesentasse Latte Macchiato. Durch das Fenster erspähte er schräg gegenüber ein Internetcafé, Call-Shop und Kiosk in einem kleinen Eckladen. *Weltweit günstig telefonieren* stand da an der Scheibe in großen roten Klebebuchstaben. Als er das Geschäft betrat, schlug ihm ein abgestandener Knoblauchgeruch entgegen. Mehrere dunkelhaarige, teils bärtige Männer unterbrachen ihre Tätigkeiten und musterten ihn mit nicht unfreundlichen Blicken.

Tarne organisierte sich in diesem Laden als Erstes einen weiteren Kaffee und einen Platz. Fangen wir mit dem Kennzeichen an. Es gab eine Rufnummer, wo man über das Kennzeichen den Versicherungsnehmer erfragen konnte. Zum Beispiel im Zusammenhang mit einem Unfall. Tarne gab das Kennzeichen des Audi an, und behauptete, dass der Fahrer sein parkendes Auto ange-

fahren und sich vom Unfallort entfernt habe. Es dauerte, bis die Antwort kam, aber sie kam.
„Wir haben da einen Leihwagen von Hertz."
„Wer war der Fahrer?"
„Das kann ich Ihnen nicht sagen. Nur so viel: Wir haben da keine Informationen. Da müssen Sie sich an die Leihwagenfirma wenden. Tut mir leid!"
Tarne stutzte, nahm einen Schluck von seinem Kaffee aus dem Pappbecher, der heiß und stark, aber nicht gut war, und überlegte, wie es weitergehen sollte. Über die Firma würde er nichts herausbekommen, das wusste er aus Erfahrung.
Ihm klangen die Worte Sagatzkis im Ohr:
„Mindestens zwölf geheime Nachrichtendienste in Deutschland." Bei uns ist alles möglich!
So viel war klar: Heute ging es weniger um politische, sondern mehr um Wirtschaftsspionage. So etwas wie Mord durch irgendwelche offiziellen oder weniger offiziellen Stellen und irgendwelche Geheimdienste, das gab es doch nur in Romanen! So etwas konnte es in der Realität nicht geben. Aber wenn doch?
Wenn er nicht weiterkam, musste er seinen Freund Dorfmann, Mister PC und Mister Internet in einer Person, darauf ansetzen – Dorfmann wusste entweder was oder konnte jede gewünschte Information besorgen.

Er wandte sich aber zuerst mal selbst dem PC zu. Die üblichen dämlichen Töne von *Microsoft* gingen einher mit dem Erscheinen des bekannten Logos. Na, dann wollen wir mal. Tarne krempelte sich die Ärmel hoch und spreizte alle zehn Finger, bevor er sich über die Tastatur hermachte.
Über Telefonbücher und die Schweizer Adresse bekam er fünf Namen von Personen, die im selben Haus mit Edgar Eberli wohnten. Elke Hügli, Dora Brunner,

Daniel Berger und Franziska und Marcus Stechlin.

Tarne begann zu wählen. Hügli: keine Antwort. Der zweite Name. Er wartete so lange, bis auf das Besetztzeichen umgeschaltet wurde. Wieder nichts. Bei Daniel Berger meldete sich eine schroffe Stimme mit dem typischen Schweizer Dialekt. Tarne grüßte freundlich und gab seine vorbereitete Geschichte zum Besten: Er suche seinen Freund Eberli, der würde sich nicht melden, und da er, Berger, im selben Haus wohne, würde er ihn bitten, ob er ihm nicht sagen könne, ob mit Eberli alles in Ordnung sei. Berger blieb schroff wie am Anfang, verwies ihn an die Vermieter Urs und Edi Baumgartner und verbat sich weitere Störungen. Die Rufnummer möge er sich bitteschön selber heraussuchen. So viel zur Schweizer Freundlichkeit!

Tarne war es gewohnt, nicht sofort erfolgreich zu sein, und hatte sich ein dickes Fell zugelegt. Als Nächstes auf der Liste stand das Ehepaar Stechlin. Fast sofort wurde der Hörer abgenommen und eine frische, ebenfalls deutlich schweizerische Frauenstimme meldete sich:

„Franziska Stechlin!"
Tarne spulte seine Geschichte ab.
„Ja, der Edgar, das weiß ich nicht, den habe ich eine Weile nicht mehr gesehen. Sie sind ein Freund von ihm?"
„Ich hab lange nichts von ihm gehört. Wie geht es ihm denn so? Ich mache mir Sorgen, ist ihm was passiert?"
„Na, nicht dass ich wüsste. Er ist selten hier. Er arbeitet viel. Man sieht ihn nicht oft. Aber freundlich ist er. Ein richtig Netter. Aber man hört so einiges…" Die gelangweilte Hausfrau war über die Abwechslung erfreut und ließ sich einiges aus der Nase ziehen.

„Was hört man denn so?"
„Nur, was man im Haus erzählt. Nicht dass Sie denken, ich würde auf den Klatsch etwas geben!" Tarne versicherte ihr, dass er das nicht annehme, es ihm aber wichtig sei, zu erfahren, was mit Edgar los sei. Die Frau war nicht mehr zu halten.
„Sie glauben es nicht, aber Ihr Freund scheint ein ganz Schlimmer zu sein. Da gehen die Frauen aus und ein. Und das ist sonst ein ruhiges Haus, müssen Sie wissen."
Im Plauderton erfuhr Tarne nun, dass Eberli bei der Berner Kantonalbank angestellt sei. Schon während des Gespräches recherchierte er gleich weiter im Internet: Berner Kantonalbank BEKB, Bundesplatz 8, 3011 Bern. Auch sei der Frauenschwarm an einer Firma beteiligt. An den Namen des Partners konnte sich Frau Stechlin nicht erinnern, aber an den Firmennamen.
„@solution":
„Das A mit dem Kringel drum, wissen Sie!"
Also ein Unternehmen, das sich mit Anwendungs- und Netzwerklösungen beschäftigt, wie Tarne aus der Internetpräsentation der Firma erfuhr. Der andere Geschäftsführer hieß Luca Farasi.

Für den Anruf bei Farasi hatte Tarne seine Geschichte modifiziert und erzählte, dass er Eberli suche, da er Geld von ihm bekäme.
„Ich fürchte, da suchen Sie umsonst. Wenn er eins nicht hat, dann ist das Geld. Er hat nur den Gewinn abgeschöpft und sich um nichts gekümmert. Alles musste ich alleine machen! Er hat sich nur bedient. Sein Bruder war auch nicht besser. Mal waren die verkracht und dann ein Herz und eine Seele, wenn es darum ging, andere zu betrügen. Stellen Sie sich vor, der hat auf Firmenkosten gleich zwei Porsche geleast! Einen für seinen Bruder mit. Ich habe es erst gar nicht mitbe-

kommen. Sind alle von der Bank zurückgeholt worden und ich kann mich mit dem Scherbenhaufen auseinandersetzen!"
Auf Nachfrage erhielt Tarne einige Frauennamen. Adressen zu den Frauen waren Farasi nicht bekannt. Ob und welche der Damen in engerer oder längerer Beziehung zu Eberli gestanden hatten oder standen, war ihm ebenfalls nicht bekannt.

Als Nächstes die Bank:
„Berner Kantonalbank, grüezi! Sie sprechen mit Lucia Kleber-Barth, was kann ich für Sie tun?"
Tarne sagte seinen Spruch mit seinen Sorgen um Eberli auf.
„Der ist nicht...", dann stockte die Frau und fuhr in einer wesentlich formaleren Stimme fort: „Wir dürfen ... äh, können keine Auskunft geben. Ich verbinde Sie weiter."
Sofort erfüllte Computermusik die Hörmuschel. Nach erstaunlich kurzer Zeit meldete sich eine befehlsgewohnte männliche Stimme. Einer von diesen Typen, die sich aalglatt anhörten und wahrscheinlich ebenso aussahen. Der Banker versuchte, eher Tarne auszuhorchen als umgekehrt, und beendete abrupt das Gespräch, als klar wurde, dass Tarne keine Informationen zu haben schien oder nicht weitergeben wollte, mit den Worten:
„Also ich will es so ausdrücken, ich sage nicht, dass wir ihn kennen, und selbst wenn er ein Angestellter wäre, würden wir keine Auskünfte über ihn geben, das versteht sich von selbst. Aber...", er machte eine Pause, „... falls Sie Informationen über seinen Aufenthaltsort haben oder erhalten sollten, wären wir Ihnen dankbar, wenn Sie es uns wissen lassen würden."

Der Vermieter Eberlis, Urs Baumgartner, begann sofort

zu schimpfen, da Eberli mit der Miete im Rückstand sei. Er war nur zu beruhigen, indem Tarne versprach, dafür zu sorgen, dass er seinen Verpflichtungen nachkommen würde.

Tarne gelang es, einige der Rufnummern zu den Frauennamen, Freundinnen oder ehemaligen Freundinnen Eberlis zu ermitteln. In diesen Telefonaten erhielt er in kurzer Zeit eine Menge an Informationen über beide Brüder. Zu Lebzeiten schien Edgar Eberli über seine Verhältnisse gelebt zu haben. Frauen, große Autos, Reisen, Spielkasinos. Er hatte Verschiedenes versucht, um an Geld zu kommen, und war erfolgreicher bei den Ausgaben als bei den Einnahmen gewesen. Beide Brüder Eberli hatten ähnlich übertrieben und Schulden angehäuft. Bei beiden hatte es früher Sauereien, Unstimmigkeiten und Unregelmäßigkeiten gegeben. Die Damen überschlugen sich dabei, Bösartigkeiten über die Brüder loszuwerden. Die meisten hatten mit beiden schlechte Erfahrungen gemacht. Wenn nur die Hälfte von dem stimmte, was sie zu berichten hatten, dann waren die beiden ein richtig sauberes Paar, dachte Tarne.

Er griff in die Hosentasche, zog den Schlüssel des Toten heraus, warf ihn hoch und fing ihn wieder auf. Mal sehen, was wir hiermit finden! Ja klar, er brauchte einen Schlüsseldienst. Tarne wusste, dass diese Spezialisten herausfinden konnten, welcher Rohling woher kam oder wohin gehörte. Die würde ihm sagen, welches Schloss dieser Schlüssel öffnen konnte. Wie hießen gleich diese Schuh- und Schlüsseldienste? Den bei Karstadt in der Stadt gab es nicht mehr, seit da diese große Mall neu gebaut worden war. Im Rhein-Ruhr-Zentrum war einer, auf der Steeler Straße auch. Aber der nächste, fiel ihm ein, war in der Witteringstraße gegenüber der Ampütte, einer der ältesten Nachtkneipen in Essen, als es noch die Sperrstunde um ein Uhr gab.

Als Letztes erreichte er Alexander Dorfmann über Skype. Dorfmann hatte einen Job an der Uni Bochum. Soweit es Tarne wusste, hatte es irgendetwas mit Dorfmanns Lieblingsbereich zu tun, Internet. Wenn es jemand erfunden haben könnte, dann müsste er es gewesen sein. Sobald er sein Gesicht, die unvermeidliche Werner-Höfer-Gedächtnisbrille und den Mittelscheitel mit den ins Gesicht hängenden schwarzen Haaren sah, haute ihn Tarne umstandslos an:

„Ich kann gar nicht verstehen, wieso du immer noch an der RUB bleibst. Was hält dich eigentlich noch hier?"

„Ach, weißt du, es ist nett hier. Die lassen mich in Ruhe. Ich mach dasselbe wie damals, nur werde ich jetzt besser dafür bezahlt. Das ist ein echter Luxus, das machen zu können, was man am besten kann und was einem am meisten Spaß macht. Das muss ich sagen. Computer, Recherchen, Statistiken berechnen für Diplomanden und Doktoranden etc. Ich kontrolliere, ob die richtig gerechnet haben, damit es hinterher keine Probleme gibt. Das hat sich als hilfreich herausgestellt und so wird meine Stelle erhalten. Verstehst du?"

Tarne gab ein zustimmendes Geräusch von sich, obwohl er nicht wirklich verstand, und Dorfmann fuhr fort:

„Also, wenn du herkommen willst: Die haben mich in einem kleinen Büro unter der Treppe untergebracht. Zwischen den Gebäuden GA, GB und GC liegt immer ein flacheres Gebäudeteil, in dem die Hörsäle untergebracht sind. Wenn man da vom unteren Parkplatz aus reingeht, eine Treppe hoch und dann unter der Treppe rechts. Im GA-Gebäude – steht für

Geisteswissenschaften. Was rede ich da, du weißt das alles selbst." Trotzdem redete er, einmal in Fahrt, weiter: „Die Uni ist nach Opel der zweitgrößte Arbeitgeber in Bochum. Na ja, mit Opel hat sich das ja erledigt. Wenn du mich finden willst, musst du…" Dorfmann erklärte es umständlich. Tarne ließ ihn seine Ausführungen beenden. Das gehörte zu ihm, er musste alles dreimal erklären, auch wenn man es kannte.

„Ich werde das schon finden, wenn ich dich besuchen komme. Ich bin Detektiv, weißt du. Die finden so etwas. Was sehe ich da im Hintergrund? Hast du ein Cola-Regal wie im Kaufhaus oder soll das Kunst à la Warhol sein?"

Im Aktenregal hinter Dorfmanns Schreibtisch waren fein säuberlich in Reih und Glied Hunderte von leeren Cola-Flaschen akkurat aufgereiht.

„Nee, bin diesen Monat noch nicht dazu gekommen, das Leergut wegzubringen. Zu viel zu tun. Was gibt's?"

Tarne berichtete von seinem Problem mit der Kfz-Nummer und der Brisanz der gesamten Situation. Er wusste, dass er bei seinem Freund gut aufgehoben war. Wenn es etwas zu erfahren gab, dann würde *er* es finden!

„Diesmal ist es ernst, ruf mich auf keinen Fall an, ich vermute, die überwachen mich. Ist sicherer für dich, wenn die nichts von unserer Verbindung wissen. Ich versuch dich zu erreichen, sobald ich kann, ja?"

Seinen ewigen Spleen an den Mann zu bringen, konnte sich Dorfmann dann nicht verkneifen:

„Weißt du, bei welchem Leckerchen ich wieder gelandet bin?"

„Klar, bei den Kuh-Bonbons!"

Einen Moment war es still.

„Was…? Woher weißt du das denn?"

„Bei meinem Job weiß ich so etwas", Tarne

machte eine Kunstpause. „Ich sehe die Tüte vor dir liegen. Die ist doch unverkennbar, dieses Gelb und Braun mit diesem 50er-Jahre-Design, die Kuh-Bonbons aus Polen."
Beide grinsten.
„Äh? Sind die überhaupt aus Polen?"
„Weiß nicht, aber vom Design her habe ich immer gedacht…"
„Egal. Aber das Schlimmste ist, wenn man eines im Mund hat, muss man es einfach zerkauen, ich würde fast sagen: genussvoll zermanschen."
„… und schlimmer ist, wenn man eins genossen hat, kann man nicht mehr aufhören, bis die ganze Tüte leer ist." Tarne setzte einen drauf:
„Vielleicht solltest du die Cola-Flaschen nach dem Etikett ausrichten."
Dorfmann wurde sofort ernst und schaute sich mit einem nachdenklichen Gesicht um.
„Meinst du wirklich?"
„Nee, war nur'n Scherz!"
Gelächter auf beiden Seiten, Tarne unterbrach die Skype-Verbindung.

14

Vergangenheit

Tarne saß in der GA-Cafete der Uni Bochum. Er schlürfte seinen Kaffee und blickte hin und wieder, um seine Langeweile zu überbrücken, in eine WAZ, die halb zerknüddelt vor ihm lag. Am Tisch gegenüber Alexander Dorfmann mit seinem Mittelscheitel und schwarzen Haaren, so lang, dass sie ihm immer wieder in die Augen fielen und er sie mit einer manieriert wirkenden Geste aus dem Gesicht strich.
Tarne sprach ihn an:
„Dich hab ich mal da unten gesehen, was machst du da eigentlich?"
„Hab bei Professor Wilhelm einen Job als Studentische Hilfskraft. Eigentlich studiere ich Informatik, für die muss ich alle möglichen Programme schreiben, Daten auswerten, Statistik und so. Daher bin ich hier gelandet."
„Hm."
„Und was ich noch mache: Recherchen."
„Auch für Germanisten?"
„Völlig egal, kann alles."

„Sagt dir der Begriff 'Ehre' etwas?"
„Klar, wieso?"
Tarne streckte seine Hand aus in Richtung auf eine offene Tüte mit Haribo-Lakritzschnecken, die zwischen Werbezettelmüll neben Dorfmanns Kaffeebecher lag.
„Darf ich?"
„Klar, bedien dich!"
Tarne biss die Hälfte einer Schnecke ab.
„Das ist barbarisch! Hast du keine Kultur? Die rollt man ab, bemüht, ein möglichst langes Stück zu erhalten, bevor es reißt."
Tarne erinnerte sich an seine Kindheit, nickte bedächtig und brachte nur halb verständlich zwischen dem Zermalmen der süßen Lakritzmasse hervor:
„… recht hascht du, hätte ich … fasch vergeschen. War nur die … Gier, hatte … lange keine mehr von diesen … Köschlisch...keiten. Hab als … Kind schoga die … beiden Schnüre getrennt abgerollt."
Sie schauten sich an und mussten aus vollem Halse lachen.
Als Dorfmann die Tränen aus seinen Augenwinkeln gewischt hatte, fragte er ernsthafter:
„Was meinst du mit Ehre?"
Tarne berichtete, dass er seine Examensarbeit über diesen Begriff schreiben wollte und nicht weiterkam.
„Weißt du, im Moment interessiert mich, wie früher bei uns z. B. mit dem Begriff 'verlorene Ehre' umgegangen wurde. Man muss den militärischen und den zivilen Bereich unterscheiden."
„Hört sich sinnvoll an."
„Ja, militärisch ist eindeutig, da gab es so etwas wie ein Ehrengericht. Aber zivil, da ging es eher um eine Art gesellschaftliches Geächtetsein, wenn man den ungeschriebenen Regeln seiner Klasse nicht entsprach."
Am Nebentisch lachte eine von mehreren Studentinnen laut auf. Beide sahen kurz hin, ließen sich aber nicht

vom Thema abbringen.

„Hm. Das negative Urteil eines Ehrengerichts hatte die Entlassung des Offiziers zur Folge. Im privaten Bereich, lass mal überlegen, da gab es bei kleinsten vermuteten Beleidigungen oft überzogene Reaktionen, ja, Duelle, die zwar verboten waren, aber zur Wiederherstellung der Ehre dienen sollten. Stimmt, dass das ein Phänomen war, das in bestimmten Schichten vorkam."

„Eine erkannte Lüge konnte als ehrlos gelten und zu gesellschaftlicher Diskriminierung führen. Nur wer clever war, schaffte es, sich da herauszulavieren. In unserer heutigen Gesellschaft bleibt das dem Wertesystem jedes Einzelnen überlassen."

Dorfmann fing den Ball und gab ihn zurück:

„Hm, Beamte in höheren Positionen – je höher im Rang und Dienstgrad – haben es heute einfach, die können sich genauso über Vorschriften hinwegsetzen wie früher. Das ist hier bei den Profs doch gang und gäbe, sich mit den Arbeiten anderer zu schmücken. Wenn unsereiner damit erwischt wird, wirst du exmatrikuliert. Das ist echt heute wie früher, nur nicht ganz so offensichtlich, aber je höher die Position, desto mehr können die sich erlauben! Ehre gilt nur für die kleinen Leute!"

Die laute Studentin vom Nebentisch packte mit großem Aufwand ihre ganzen Sachen, Bücher, Ordner, Schreiber zusammen, legte sich ein dekoratives Tuch um den Hals und entfernte sich mit großer Abschiedszeremonie.

Tarne nahm den Faden auf und spann ihn weiter:

„Der Begriff Ehre ist heute nicht mehr wie vor zwei- oder dreihundert Jahren anzuwenden. Außerdem gibt es da kulturelle Unterschiede. Aber eins scheint sicher zu sein: Früher war der Begriff mehr in aller Munde, heute wird er individueller gebraucht. Aber eins ist klar: Je mächtiger, desto ehrloser. Nur wagt das in diesen gesellschaftlichen Schichten keiner zu sagen. Gerade die Mächtigen und Reichen pochen darauf, um die anderen damit besser manipulieren zu können."

„Da gab's eine Zeit in Deutschland mit dem Spruch: *Unsere Ehre heißt Treue*, was ist damit?"

„Tja, das ist ein typisch deutsches Phänomen. Die Nazis haben viele Begriffe für sich missbraucht und jetzt haben wir in unserem Land Probleme damit. Aber deshalb sollte es uns nicht davon abhalten, auch heute noch so etwas wie Ehre hochzuhalten, oder?"

„Ich habe eine Vorstellung davon, was du brauchst. Ich kann da gerne für dich recherchieren, wenn du willst."

Er deutete auf die mittlerweile leere Haribo-Tüte.

„Die nächste besorgst du aber!"

15

Gegenwart

Zufrieden mit dem, was er bisher herausgefunden hatte, fuhr Tarne mit Manus Frauenauto entspannt, einen Arm aus dem Fenster baumelnd, die Bredeneyer Straße runter in Richtung Stadtmitte. Hoffentlich wirkten die Schmetterlinge nicht zu lächerlich. Aber genau genommen: Sah er aus, als wenn ihn das stören würde? Er wählte den Weg über die Rüttenscheider. Parallel gab es zwar die vierspurige Alfredstraße, aber wenn er Zeit hatte, nahm er lieber die Rü, wie die Essener sie liebevoll nannten. Es gefiel ihm hier, auch wenn man nicht so schnell durchkam. Hier pulsierte das Leben, viel Gastronomie und viele bunte kleine Geschäfte. Er hoffte, dass die nie mit ihrer Idee durchkamen, aus dieser lebhaften Straße eine Fußgängerzone zu machen. Nach drei Runden um einen Block fand Tarne in einer Seitenstraße einen Parkplatz. Nur für Anwohner, natürlich. Er ließ es drauf ankommen.
Tarne drängte sich an einigen gepflegten Herren fortgeschrittenen Alters vorbei, die zum Frühstück im Straßencafé saßen und den jungen Mädels hinterher-

sahen, und betrat das alte Traditionsunternehmen für Schlüssel, Schilder und Stempel. Der Angestellte hinter dem Tresen im verschmierten stahlblauen Kittel schob die Brille hoch und betrachtete Tarnes Schlüssel genauer.

„Da muss ich mal nachsehen." Er verschwand in den rückwärtigen Bereich des Ladens. Als er wieder erschien, brachte er mehrere mit Öl und Dreck verschmierte Ordner mit, in denen er scheinbar unkoordiniert blätterte und dabei die rutschende Brille immer wieder hochschob.

„Es handelt sich um den Schlüssel eines Schließfaches", sagte er schließlich, „wenn ich das richtig deute."

„Können Sie sagen, wo sich dieses Schließfach befindet?"

„Können sicher. Dürfen nein!"

Tarne schob einen Zehner über den Tresen. Der Mann ließ die Brille auf die Nase runterrutschen und schaute ihn an.

„Es tut mir leid. Ich kann Ihnen da nicht helfen. Ich könnte meinen Job verlieren."

Tarne legte weitere zwanzig Euro auf den Zehner. Das Geld verschwand in der Kitteltasche.

„Ich würde es mal im Hauptbahnhof versuchen. Es ist ein Schließfachschlüssel."

Tarne verdrehte die Augen. So simpel und das für dreißig Euro. Er strich sich wie gewohnt mit den Fingern vor Verlegenheit über die Stirn. Da hätte er selbst drauf kommen können. Er war wohl immer noch nicht ganz wach. Die Zahnräder in seinem Gehirn rasteten trotz des vorangegangenen Kaffeekonsums nicht richtig ein. Tarne beschloss, sich um die Ecke in der *Zweibar* einen weiteren, diesmal gepflegteren Latte Macchiato zu gönnen, bevor er runter in die Stadt fuhr.

Am Essener Hauptbahnhof herrschte, wie üblich, ein quirliges Getriebe. Tarne riskierte es erneut und wählte die Bushaltespur als Parkplatz an der Seite des Bahnhofs, die zur Stadt hin gelegen war. Gegenüber der Handelshof, auf dem die stolze Schrift prangte *Essen, die Einkaufsstadt*. Immer wenn sein Blick über diese Lettern glitt, musste er im Stillen den Kopf schütteln. Die Essener fuhren nach Holland, um vermeintlich billiger einzukaufen, und die Niederländer ließen sich busweise ins Ruhrgebiet karren in der irrigen Hoffnung, hier ein Schnäppchen zu machen.

Ein Teil der breiten Eingangsfront zur Bahnhofshalle war von wichtigen älteren Herren besetzt. Einige saßen auf dem Fußboden, an die Wand gelehnt, einige hatten es sich auf einem Karren mit Kartons bequem gemacht. Sie retteten gerade beim Bier zum Frühstück mit ausschweifenden Gesten und lauten Reden die Welt. Im Vorbeigehen vernahm Tarne pathetisch ausgesprochene Wortfetzen wie: „… et geht sich doch da drum… " „… sach et ma äähalich, dat sin doch Verbrecher… "

In der Bahnhofshalle herrschte ein leichter Durchzug, der Tarne bei der Hitze angenehm war. Menschen eilten in alle Richtungen. Das Klicken hochhackiger Schuhe veranlasste einige Männer, ihre Köpfe zu verdrehen. Die Dealer standen in ihren Ecken und warteten auf ein Geschäft.

Tarne glaubte seinen Augen nicht zu trauen. In dem ganzen Trubel um sich her entdeckte er die beiden Agenten Hagen und Schmidt. Sie lungerten in der Nähe der Schließfächer herum, als wenn sie ahnten, dass dort etwas zu holen sei.

Tarne nutzte die Gunst des Zufalls und bewegte sich im Sichtschatten einer vollschlanken Schwarzen an den Staatsschützern vorbei in den Bereich der

Schließfächer. Die Farbige mit ihrem schrill gelben, groß rotgepunkteten Kleid und einem grünen Kopftuch, die Reisetasche über ihrer Schulter und der Kinderwagen, den sie vor sich herschob, ergaben die perfekte Tarnung. In einer gegen unliebsame Blicke geschützten Ecke zog Tarne den Schlüssel aus der Tasche und verglich die in den Schlüssel gravierte Nummer mit den Zahlen auf den Schließfächern. Nach kurzer Orientierung fand er tatsächlich das Fach mit dem passenden Schloss in der zweiten Reihe von unten. Im ersten Moment starrte ihn ein leerer rechteckiger Raum entgegen. Enttäuschung machte sich breit. Erst beim zweiten Hinsehen entdeckte er hinten eine CD in einer durchsichtigen unbeschrifteten Plastikhülle. Er griff sich den Silberling in der Packung und steckte ihn in seine Jackett-Innentasche, während er sich gleichzeitig umsah, ob ihn jemand beobachtete. Nichts Auffälliges!

Was auf dieser unscheinbaren CD sein mochte: Es hatte bisher einen Toten gekostet, und eine Menge Interessenten standen Schlange. Was mochte so eminent wichtig daran sein?

Tarne strebte dem Ausgang zu und passte sich mit seinem ganzen Können, das er in den Jahren als Detektiv erworben hatte, dem Gewusel der Menschen an, um nicht aufzufallen. Mit wachem Blick scannte er die Umgebung nach den beiden und anderen verdächtigen Personen ab. Der, der sich Hagen nannte, hatte seine Aufmerksamkeit auf eine andere Richtung konzentriert. Schmidt war verschwunden.

Als Tarne unter dem Vordach des Bahnhofes hervortrat, kreuzte sich sein Blick den von Schmidt. Tarne sah das Erkennen in dessen Augen und begann sofort, auf sein Auto zuzulaufen. Schmidt zögerte einen Moment, informierte über ein Mikro seinen Kollegen. Die waren tatsächlich zu seinem Erstaunen mit Mikro, Ohrstöpsel und geringeltem Kabel ausgestattet. Tarne warf im

Laufen einen Blick zurück und bekam mit, wie auch Hagen ihn fixierte und die beiden sich in Bewegung setzten und die Verfolgung aufnahmen.

Tarne rannte über den Bahnhofsvorplatz, Ausfallschritte rechts und links an anderen Menschen vorbei und passierte wieder die Sitzgruppe mit den *wichtigen Herren*. Dabei durchkreuzte er eine Dunstwolke aus Alkohol und vernahm gleichzeitig die Worte:

„… wenn gut, dann läuft et gut… " Na dann.

Tarne schaffte es ungehindert bis zu seinem Wagen. Er ignorierte einen Busfahrer, der sich mit missbilligendem Blick, Hupen, lautstarkem Schimpfen und erhobenem Zeigefinger darüber beschwerte, dass er nicht zu seiner Haltestelle vorfahren konnte. Tarne sprang in seinen Wagen, fuhr mit Vollgas an und schnitt ein anderes Fahrzeug, dessen Fahrer das ebenfalls mit wildem Hupen quittierte. Tarne hoffte, dass die beiden länger brauchten, um zu ihrem Wagen zu gelangen und er einen Vorsprung herausholen konnte. So gut es der Verkehr zuließ, beschleunigte er weiter, drängte sich an einem einparkenden Wagen vorbei und ließ den leerstehenden, halb verfallenen Kasten der alten VHS aus den siebziger Jahren, bei dem gerade mit dem Abbruch begonnen wurde, links liegen.

Die Ampel an der nächsten Kreuzung zeigte Rot. Für die Rechtsabbiegerspur existierte zwar keine extra Ampel, aber man musste eigentlich die Vorfahrt des Kreuzungsverkehrs beachten. Tarne ignorierte diesen Hinweis und driftete, ohne abzubremsen, durch die Rechtskurve unter die Eisenbahnbrücke auf die Steeler Straße. Die Fahrer einiger Wagen wurden dadurch zum Bremsen gezwungen und quittierten das mit wütendem Hupen. Dann ging es weiter den Berg hinauf in Richtung Essen-Steele.

Ein wiederholter Blick in den Rückspiegel versicherte ihm, dass der BMW, den er von gestern kannte, noch nicht aufgetaucht war. Auf der Höhe des Wasserturms brachte ihn die Ampelschaltung dazu, erneut rechts abzubiegen. In der Kurve kam ihm die Erleuchtung! Wegen eines Fußgängers, der *sein* Rot nicht beachtete, musste Tarne eine Vollbremsung hinlegen. Der Mann sprang vor Schreck zurück und hatte noch die Frechheit, Tarne zu beschimpfen. Normalerweise hätte er sich darüber wie üblich aufgeregt. Aber jetzt hatte er Wichtigeres im Kopf. Seine Idee ließ ihn grinsen. Er bog sofort hinter der Abbiegung in die erste Hauseinfahrt ein und blieb darin stehen, schaltete den Motor ab und sprang aus dem Wagen. Ich halte nur für einen Moment, dachte er. Dafür muss jeder Verständnis haben! Als er den Kopf aus der Toreinfahrt streckte und um die Ecke lugte, raste grade der graue BMW mit seinen Verfolgern am Wasserturm vorbei, in dem verzweifelten Versuch, ihn einzuholen.

Im Nebenhaus auf der Kurfürstenstraße hatte ein kleines Lädchen die ehemalige Postfiliale abgelöst. Zwei stabile Matronen bedienten den Post-, Lotto- und Zeitschriftenbereich und kamen sich wichtig vor. Tarne war froh, dass ausnahmsweise keine lange Schlange vor dem Schalter wartete. Nur zwei weitere Kunden standen vor dem Counter zwischen den Angebotskörben mit den Dingen, die man nicht brauchte. Bunte Schleifchen, Briefkuverts, Klebestifte und mehr solches Zeug. Heute war Tarne froh, diese extra präsentierten Waren zu sehen. Er griff sich ein Päckchen mit drei gefütterten Umschlägen.

„Ich brauche nur einen", sagte Tarne der Verkäuferin am Schalter.

„Die gibt es nur im Dreierpack. Das tut mir leid."

„Ja, mir auch", brachte er in der Hektik hervor. Reiß dich zusammen, die Angestellte kann nichts dafür! Er versuchte, seinen Ton durch ein schräges Grinsen zu überspielen. Tarne zahlte Umschläge und setzte sich an den Packtisch. Er achtete darauf, dass ihn niemand beobachten konnte, riss die Verpackung auf und stopfte die CD samt Hülle in einen der Umschläge, verschloss ihn mit der Selbstklebelasche und schrieb in der Aufregung zittrig, aber deutlich genug mit einem Kuli darauf: RA. Klaus Brock, persönlich, Kanzlei am Rüttenscheider Stern, 45130 Essen. Die restlichen Umschläge samt der Verpackungsfolie entsorgte er in dem Mülleimer. Selbst wenn die Häscher seine Spur bis hier finden würden, konnten sie mit den leeren Umschlägen nichts anfangen.

„Einschreiben bitte. Übergabe-Einschreiben."

Die beiden übergewichtigen Damen schauten ihm kritisch von oben herab auf die Finger, während er bezahlte. Da ertönte von draußen ein aggressives Hupen, andauernd und anschwellend.

Neben dem Twingo empfing ihn ein Mann mit hochgekrempelten Hemdsärmeln in einem groben rotkarierten Holzfällerhemd.

„Ist das Ihrer? Sie können nicht einfach in der Einfahrt! ..."

„Es gibt ja keinen Parkplatz hier. Ich war nur in der Post."

„Das geht so nicht. Das ist das Letzte. Ich zeig Sie an! Ich habe Ihr Kennzeichen notiert."

„Regen Sie sich nicht auf, das schadet Ihrem Blutdruck! Das Auto ist sowieso geklaut!" Tarne lächelte, fuhr sich mit dem Zeige- und Mittelfinger der rechten Hand über seine Augenbraue. Der Konter hatte gesessen und er wurde so seinen ganze Anspannung los. Was bildeten sich solche Typen nur ein? In jedem anderen Land gäbe es kein Theater, da wären die Menschen viel entspannter!

„Na, hören Sie...", begann der Choleriker erneut, dann stockte ihm die Sprache.

„Ja, ja!", Tarne winkte ab, stieg ein und setzte zurück, sodass der arme Kerl endlich aus der Ausfahrt herauskam, und fuhr erleichtert davon.
Jetzt konnten sie ihn erwischen wie sie wollten. Bei ihm war nichts mehr zu finden!

16

Vergangenheit

Der Begriff der Ehre in der europäischen Literatur der Neuzeit. Immer seltener saß Tarne an seiner Examensarbeit mit diesem anfangs für ihn verheißungsvollen und später immer öfter verfluchten Titel. Was hatte er sich dabei gedacht?! Was sollte ein Geschwafel letztlich, wie er es da geschrieben hatte?

Im Gegensatz zu früher hat sich der Umgang mit dem Begriff 'Ehre' stark verändert. Der Verlust oder die Aufrechterhaltung von Ehre hatte eine weitaus gewichtigere Bedeutung. Ob das grundsätzlich eine andere Definition erfordert, soll diese Arbeit ermitteln.

„Ehre, Ehre, Ehre... Solange ich dich kenne, höre ich das schon. Pflicht, Treue, Ehre – wie mich das ankotzt! Das sind leere Floskeln, womit ihr Männer euch wichtig tut. Dann setz dich endlich hin und schreib das Ding zu Ende!"

Sobald es lauter wurde, verzog Rocco sich unter den Tisch. So gerne der Welpe sonst tapsig herumtollte, so schnell merkte er auch, wenn es ernst wurde.

Ein weiterer Unterschied ergibt sich aus einer kulturellen geographischen Besonderheit. In unserem westlichen europäischen Kulturkreis scheint so etwas wie ein Ehrenkodex nur noch eine geringere Bedeutung zu spielen, wohingegen in den östlichen Kulturen, in Asien oder im Nahen Osten, der Ehre früher ebenso wie heutzutage immer noch eine besondere Bedeutung zukommt.

„Jetzt hör mal, ich hab auch noch einen Beruf zu erfüllen!"
„*Das* nennst du Beruf, das kann man allenfalls Job nennen, wenn überhaupt."
„Mach mal halblang!"
Manu warf mit Schwung ihre Lockenpracht zurück und wurde lauter:
„Ist doch wahr. Außerdem, wenn dir die Ehre durch den Kopf geht: Ist das, was du da machst, ehrenvoll? Leuten hinterher zu spionieren? Was hast du mir über den aktuellen Auftrag erzählt? Einer geschiedenen Ehefrau hinterherlaufen, ob sie arbeitet, damit der Mann dann nichts mehr bezahlen muss? Das ist was ganz doll Ehrenhaftes!"
„Der Wahrheit zur Ehre zu verhelfen, genau!", sagte er trotzig, obwohl ihm oft genug genau diese Gedanken durch den Kopf gingen.
„Vielleicht hast du recht", lenkte er ein, „fällt mit zwar schwer, das zuzugeben. Aber es ist spannend, sich immer wieder und intensiv in die Belange von anderen Menschen zu vertiefen. Das, was die Normal-

bürger in den TV-Serien über die Nachbarn erfahren, als Fiktion, erlebe ich in Realität. Und irgendwie halte ich meine Arbeit für wichtig..."
Wie um die Bedeutung seiner Aussage zu unterstreichen, fuhr er sich mit zwei Fingern über die im Ärger zerfurchte Stirn über seiner rechten Augenbraue.
„... Eben damit die Wahrheit ans Licht kommt. Aber Zweifel kommen mir manchmal an dem Prinzip. Nicht umsonst sind wir ja als Schnüffler verschrien. Hm."
Manu schaute ihn mit großen Augen an. Wenn er anfing, an sich selbst zu zweifeln, begann sie sofort, für ihn eine Verteidigung zu überlegen. Dann erschien er ihr direkt hilfs- und schutzbedürftig, obwohl ihr klar war, dass das eine Farce war. Schließlich war Tarne ein Kerl von einem Mann, den so schnell nichts umhauen konnte. Aber trotzdem. Irgendwie kriegte er sie damit immer, ohne dass ihr richtig klar wurde, wie das vor sich ging.

Tarne sinnierte weiter vor sich hin.

„Mein Job, von mir aus nenn es so, ist schwer genug, und jetzt bin ich dran, unterbrich mich nicht", sagte er vorsichtshalber, obwohl sie keine Anstalten machte. „Wenn ich eine Überwachung durchziehe, ist das anstrengend. Es ist langweilig über endlose Phasen, jemandem folgen zu können, bei dem Verkehr heute, nicht an Ampeln abgehängt zu werden, dabei immer darauf achten zu müssen, dass man nicht gesehen wird. Das ist nicht leicht! In diesem Staat stehst du sowieso immer mit einem Fuß im Gefängnis, wenn du selbstständig arbeitest. Wie soll ich jemandem folgen, wenn mir sofort der Führerschein abgenommen wird, falls ich mal bei Rot über eine Ampel rutschen muss? Hä? Das frag ich dich! Das schlaucht! Und dann, wenn du dann irgendwo stehst, im Wagen sitzt, dann darfst du da vielleicht nicht halten oder parken, musst ständig damit

rechnen, dass es Ärger gibt. Denn es fällt auf, wenn da jemand über Stunden im Wagen sitzt. Du glaubst nicht, wie aufmerksam die Deutschen sind. Hinter jeder Gardine steht einer und passt auf. Das glaubst du nicht!"
Eigentlich wollte sie nicht streiten. Er musste doch merken, dass sie ihm nur helfen wollte. Es war nicht, um ihn zu kritisieren, sondern um ihm zu helfen. Warum begriff er das nicht? Sie wollte einlenken, aber ihr war ein Gedanke gekommen, wie sie es ihm verständlicher machen konnte. So leicht wollte sie sich nicht geschlagen geben, auch wenn sie sich freute, dass er überhaupt den Mund aufmachte und etwas von sich zeigte.
„Ja, ja, dein Gemeckere muss ich mir dann noch dazu anhören. Alle sind gegen dich und du hast es schwer! Aber denk mal an die Familie, aus der du kommst… Dein Vater war Polizist, das war ein ordentlicher Beruf, und dein Großvater Studienrat. Also auch Germanistik studiert. Was hat der unterrichtet, Deutsch und …, der war dir doch ein Vorbild. Dann mach mal, dass du dein Studium abschließt. Damit sie stolz auf dich sein können."
„Hör mir mit meinem Vater auf, der hat seine Meinung so oft gewechselt, wie er …, ach, was weiß ich … hat sich nur angepasst. Das bin ich nicht und so will ich nicht sein!" Auch wenn er anecke oder Manu das für unvernünftig hielt. Aber das Studium war nicht mehr sein Ziel. Viel zu unkonkret. Er brauchte die harte Wirklichkeit. Dort draußen, da spielte das Leben, da konnte er etwas tun. Action. Ihm war klar, dass andere ihn deshalb für starrsinnig und eigensinnig hielten. Dieses Gespräch hatten sie schon oft geführt. Sie wusste genau, womit sie ihn treffen konnte, und hoffte insgeheim, ihn eines Tages auf den Weg zu bringen, von dem sie annahm, dass es der richtige für ihn sei.

„*Die* Seite der Familie hat mir nie was Gutes getan, das Regiment, was sag ich, das war eher Diktatur zu Hause, macht mich heute noch wütend..." Lauter fuhr er fort: „Du weißt genau, was ich von denen halte. Da ist mir mein Opa Gelsenkirchen viel lieber. Der war wenigstens Mensch. Zwar nur einfacher Hauer, wie die Menschen von Vaters Seite in ihrer Überheblichkeit meinten, aber der war so lieb, das werde ich ihm nie vergessen. Der hat an seinen Apfelbaum, der nie Früchte trug, heimlich Äpfel angebunden, damit ich die als kleiner Junge ernten konnte. Das muss man sich mal vorstellen!" Tarne schwieg und hing einen Moment seinen Gedanken nach. Sein Job als Detektiv gefiel ihm. Dort konnte er etwas ausrichten. Irgendwie wurde das zielstrebige, lösungsorientierte, praktische Handeln immer mehr zu etwas wie seinem Ehrenkodex. Er hätte es Manu nie gesagt, aber insgeheim waren Humphrey Bogart, Bruce Willis oder Clint Eastwood für ihn in ihren Filmrollen zu besseren Vorbildern geworden als er sie je in seinen Eltern gefunden hatte. Sie hätte das nicht verstanden und als Spinnerei abgetan.
Dann fiel ihm ein:
 „Ich glaub, Rocco muss raus. Ich geh eben mit ihm."
 „Das ist ja das Letzte! Jetzt nutzt du den Hund schon, um dich vor dem Gespräch zu drücken. Du überlässt mir doch sonst immer das Gassi-Gehen!"
 „Jetzt verdreh nicht wieder alles! Das ist völliger Unsinn. Du weißt genau, wie oft ich mich um ihn kümmere. Immer wenn ich frei habe. Ich kann nur dann nicht, wenn ich wegen meinem Job unterwegs bin." Als wenn das das Stichwort war, kam Rocco unter dem Tisch hervorgekrochen und schaute mit seinem treuesten Blick zu den beiden auf. „Außerdem, du wolltest ihn doch auch!"
 „Ja, wir haben uns gemeinsam entschieden. Das

heißt für mich, du hast ganz genauso die Verantwortung für ihn." Manus Stimme bekam mit dem Blick auf Rocco einen versöhnlichen Klang. Sie hockte sich hin und begann, den tolpatschigen jungen Kerl zu streicheln.

„Lass uns zusammen mit ihm rausgehen!" Manu griff sich die Leine von der Garderobe und schenkte ihm ein schräges Lächeln.

„Na gut. Aber hör verdammt noch mal mit deinen ewigen Verallgemeinerungen auf! Du weißt, dass ich das auf den Tod nicht leiden kann." Tarne kannte diesen Punkt zwischen ihnen genau, an dem es besser war, etwas stehen zu lassen. Solange es im Bett für sie beide gut lief, gelang es ihm ganz gut, diese Konflikte vorüberziehen zu lassen, ohne ihnen zu viel Bedeutung beizumessen. Dabei ließ er seinen Blick genussvoll über ihre Formen gleiten.

17

Gegenwart

„Das Wetter im Sektor wird noch heißer. Das Hoch ... bis 36 Grad in Dortmund ...", ertönte die Stimme des Moderators von 1LIVE wie immer mit unterhaltsamer Fröhlichkeit aus den Lautsprechern in Manus Twingo. Bei *den* Temperaturen konnte man im Ruhrgebiet Urlaub machen. Wenn die Polkappen schmelzen, bekommen wir den Strand in Bottrop. Das sollte ihm recht sein. Alle anderen waren in den Ferien. Tarne war froh darüber. Für ihn konnten sie wegbleiben. So waren die Straßen leer und man bekam einen Parkplatz. Die Temperaturen waren gerade für ihn geschaffen. Er genoss es und ließ sich den Fahrtwind um die Ohren wehen. Für ihn musste es keinen Herbst und erst recht keinen Winter geben. Nachdem die CD durch die Übergabe in den Postweg gesichert war, hatte er sich mit seinem Freund Sagatzki in Verbindung gesetzt. Über ein Telefon in irgendeiner zufälligen Kneipe auf seinem Weg. Egal, was er heute unternahm, er konnte sicher sein, dass Sagatzki in der Nähe war und die Hand über ihn hielt, falls Unvorhergesehenes eintrat.

Tarne vertraute ihm aufgrund der vielen gemeinsamen Erfahrungen in der Vergangenheit, auch wenn er ihn im Moment nicht sehen konnte. Falls dieser Mörder auftauchen sollte, würde Sagatzki ihn rechtzeitig erwischen.

Tarne machte sich auf den Weg nach Duisburg zur *Lindenwirtin*, um Braun, den er nur vom Telefon kannte, den angeblichen Leiter irgendeiner *Sonderkommission*, zu treffen. Er merkte auf einmal, wie hungrig er war. Wer weiß, ob er in der *Lindenwirtin* die Möglichkeit zum Essen bekam! Vorsichtshalber steuerte er einen dieser Container an, die *Heiße Kiste* genannt wurden. Davon fuhren im Ruhrpott mehrere herum, mit aufklappbarer Seite und Grilleinrichtung. Tarne orderte ein halbes gegrilltes Hähnchen. Beim Aufstützen auf die Theke entfuhr ihm ein gedankenloses Stöhnen.
Der Verkäufer fragte:
„Haben Sie gemerkt, was Sie machen?"
Tarne schaute ihn irritiert an.
„Sie haben gestöhnt. Sehen Sie, das meine ich, wir Menschen machen alle ständig viele sinnlose Dinge, ohne es überhaupt zu merken, nur weil wir meinen, dass sie uns guttun. Ist doch so?"
Tarne nickte nur.
„Ich glaube sogar, dass selbst die kleinen Lebewesen um uns herum das auch so machen. Nehmen wir zum Beispiel die Fliegen. Ich bin sicher, dass die auch denken. Sicher nicht wie wir, aber trotzdem. Irgendwann werden die Wissenschaftler mit denen kommunizieren, dann werden wir sicher dasselbe auch von dieser Spezies erfahren."
Tarne beeilte sich, sein Hähnchen hinunterzuwürgen, um nicht mit weiteren tiefschürfenden Weisheiten belästigt zu werden.

Während der Fahrt musste er dann schmunzeln. Das gefiel ihm im Ruhrgebiet so, trotz allem: Zu seinem Hähnchen, seinen Pommes oder seinem Spanferkelbrötchen bekam man kostenlos die Lebensphilosophie gleich dazugeliefert wie eine Extraportion rot-weiß.

Die Kellner schleppten schwitzend die schweren Tabletts mit den kühlen Getränken zu den Tischen. Das fröhliche Stimmengebrabbel der Besucher übertönte den vorbei röhrenden Straßenlärm, der durch die Hecke etwas in der Lautstärke gemildert wurde. Der Biergarten war überfüllt und Tarne fragte sich, wie er Braun erkennen sollte. Er betrat den Schankraum des alten Bauernhauses und es umfing ihn sofort eine angenehme Kühle. Als er sich an die Dunkelheit gewöhnt hatte, sah er, dass er hier allein war bis auf den Wirt mit einer dunkelbraunen Lederschürze hinter dem Tresen, der reihenweise Bier zapfte. An der Wand hing ein ausgestopfter Kaninchenkopf mit einem kleinen Hirschgeweih – der Beweis dafür, dass der Wolperdinger, die Sagenfigur, zumindest in Duisburg tatsächlich existierte.
Tarne stellte sich vor und sagte:
„Ich bin verabredet. Hat Herr Braun nach mir gefragt?"
Der Wirt setzte mit einem Griff seiner großen Hände vier volle Biergläser auf ein Tablett, spießte einen Bon auf ein Nagelbrett, wischte seine Hände an der schwarzen Hose unter der Lederschürze ab und reichte Tarne ohne ein weiteres Wort einen Zettel, auf dem Tarnes Name und eine Mobilfunknummer stand.
„Darf ich mal..."
Der Wirt deutete auf einen alten schwarzen Telefonapparat in der Ecke neben dem Tresen und füllte weiter Getränke in bereitstehende Gläser.
„Klappt zeitlich nicht. Und ist vermutlich nicht

sicher ... Macht es Ihnen was aus, wenn wir uns ..."
„Im Gegenteil. Ich brenne darauf!", erwiderte Tarne sarkastisch, „ich hab nichts Besseres zu tun."
Ohne sich irritieren zu lassen, fuhr Braun fort:
„Als ich Sie gestern anrief, hatte ich schon vermutet, dass die anderen ... dass die so schnell waren..."
„Ich bin bereit. Was schlagen Sie vor?"
„Sie fahren am Kaiserberg auf die A3 Richtung Köln, dann kommen Sie an einem Parkplatz vorbei, der *Am Entenfang* heißt, danach das *Breitscheider Kreuz*. Bleiben sie auf der A 3, bis Sie an einer Ausfahrt hinausfahren und an der anderen Seite direkt zurück auffahren können, sodass Sie wieder auf die A 3 in Richtung Duisburg kommen. Wenn Ihnen dabei niemand auffällt, der Ihnen folgt, dann der erste Parkplatz, sozusagen dem *Am Entenfang* gegenüber. Fahren Sie raus und warten bitte, bis ich komme!"
Tarne brummte zustimmend. Hielt der ihn für komplett blöde?
„... und achten Sie bitte sehr genau darauf, dass Sie nicht verfolgt werden, sonst müssen wir das wieder abblasen. Denken Sie daran!"

Tarne wendete sich wieder an den Wirt.
„Darf ich noch einmal telefonieren?"
„Sicher! Haben Sie kein Handy? Das kommt ja kaum noch vor!"
Tarne nickte und murmelte etwas wie: „Vergessen." oder „Akku leer."
Er versuchte, Manu unter ihrem Festnetzanschluss und ihrer Mobilnummer zu erreichen – ohne Erfolg. In der Kanzlei erhielt er von einem Arbeitskollegen die Information, dass sie heute nicht im Büro sei.

Zehn Minuten später bog Tarne auf den beschriebenen Parkplatz ein und stellte fest dass auch der einen

Namen hatte: *Stockweg.* Nur ein hellgrüner VW Passat, älteres Baujahr, stand weit vorne in Richtung Ausfahrt. Tarne hielt in gebührendem Abstand. Einige Minuten später beobachtete er im Rückspiegel, wie ein grauer BMW von der Autobahn abfuhr und sich zwanzig Meter hinter ihm einordnete. Im Außenspiegel stieg ein muskulöser Mann um die Dreißig mit Sonnenbrille aus und stellte sich mit verschränkten Armen neben den Wagen, ohne Tarne aus den Augen zu lassen. Dem Passat näherte sich derweil ein Mann aus dem Wald neben dem Parkplatz. Er stellte sich an sein Auto, steckte sich eine Zigarette an und schien ebenfalls durch eine Sonnenbrille Tarne zu beobachten.

Tarne konnte sich davon überzeugen, dass der Vordermann ebenfalls gut durchtrainiert war. Bei beiden Typen war das Muskelspiel unter den engen T-Shirts gut zu erkennen. Falls sie Waffen trugen, wo hatten sie die versteckt? Aber vielleicht war er überreizt und sah überall Geheimagenten.

Ein weiterer BMW, diesmal in Weiß, mit zwei Personen besetzt, fuhr auf. Er hielt neben dem grauen BMW, das Fenster wurde heruntergelassen, der Beifahrer wechselte ein paar Worte mit dem Muskelprotz und dann näherte sich der weiße BMW langsam Tarnes Wagen. Auf gleicher Höhe zu Manus feuerrotem, mit Schmetterlingen beklebtem Twingo – Tarne hatte bei diesem Wetter das Fenster heruntergelassen – eröffnete der Beifahrer, offensichtlich Braun, das Gespräch mit ihm:

„Alle Achtung, Sie sind tatsächlich nicht verfolgt worden!"

„Sind das Ihre?"

„Kein Kommentar."

Der kleine, drahtige, in teurem hellgrauen Sommeranzug gekleidete Mann, Anfang vierzig, stieg aus und setzte sich zu ihm in den Twingo. Der BMW fuhr währenddessen ein Stück vor und reihte sich ein. Auf Tarne wirkte Braun wie ein männliches Model. Tarne spürte unterdrückte Gewaltbereitschaft. Kleine Männer hatten, nach seiner Erfahrung, oft Probleme mit ihrer Körpergröße und kompensierten das auf die unterschiedlichste Art.

„Was wird hier gespielt? Was ist das für eine Sonderkommission, von der Sie sprachen?"

„Ich versuche, Ihnen so viel zu sagen, wie ich kann. Aber erst muss ich wissen, ob Eberli Ihnen noch etwas gegeben hat. Oder Zeit hatte, etwas mitzuteilen?"

Tarne versuchte einzuschätzen, was hinter diesen raubtierhaften, stahlgrauen Augen mit den gelben Pünktchen darin vorgehen mochte.

Das Rauschen der auf der Autobahn vorbeibrausenden Fahrzeuge untermalte das Gespräch.

„Und mich interessiert zuerst einmal, mit wem ich es zu tun habe."

„Ja, das kann ich mir denken. Ich bin vom Bundeskriminalamt, Leiter der Sonderkommission *Kaleidoskop,* ausschließlich den direkten Weisungen des Bundesinnenministers unterstellt. Ich kann mich legitimieren." Er zeigte seinen Dienstausweis.

Das Pfeifen eines rasenden Motorrades verlor sich in der Ferne.

„Worum es geht, kann bzw. darf ich Ihnen nicht sagen. Versuchen Sie erst gar nicht, aus der Bezeichnung der Sonderkommission etwas zu erraten, die Namen sind reine Fantasie. Ich frage mich immer, was das soll, aber egal, so sind die da oben eben!"

Er schaute mit seinem stechenden Blick Tarne geradewegs in die Augen.

Er versucht mich zu taxieren, dachte Tarne.

„Zu Ihrer eigenen Sicherheit sollten Sie sich aus der ganzen Geschichte heraushalten. Wir haben durchaus die Möglichkeit, dafür zu sorgen... Nur so viel: Es geht um eine Angelegenheit von außerordentlicher Bedeutung und es steht viel Geld auf dem Spiel. Unser Problem ist, dass ein anderer, konkurrierender Dienst ebenfalls im Spiel ist und vermutlich mit der falschen Seite zusammenarbeitet. Es kann auch ein Informationsloch in unseren Reihen geben. Ich sage Ihnen das zur Erklärung der Geschehnisse und damit Sie den Ernst der Lage verstehen und sich entsprechend verhalten."

„Woher soll ich wissen, dass Sie richtig spielen?"

„Na ja, wir erschießen keine Leute – das zumindest nicht!"

„Das ist ein Argument!"

„Vielleicht noch zu meiner Eingangsfrage. Sie hatten direkten Kontakt, Körperkontakt kann man sogar sagen, bevor Eberli starb. Also noch einmal: Hat er Ihnen noch etwas zugesteckt?"

„Was sollte das sein?", fragte Tarne.

„Sie weichen aus! Beantworten Sie bitte meine Frage. Sie waren ihm doch so nahe, oder?", fragte Braun.

„Ja."

„Ja, so nahe, oder ja, etwas zugesteckt?"

„Ja, so nahe."

„Und?", fragte Braun.

„Was?", fragte Tarne.

„Hat er Ihnen noch etwas gegeben?"

„Was hätte das sein sollen?"

„Wir drehen uns im Kreis!", sagte Braun.

„Okay, nein, er hat mir nichts gegeben", sagte Tarne.

„Hat er Ihnen etwas gesagt? Noch etwas sagen können, bevor...?"

„Nichts von Bedeutung."

„Was heißt das?"
„Nichts, was ich verstehen konnte."
„Haben Sie ihm etwas abgenommen?", fragte Braun.
„Nein, wie käme ich dazu!", sagte Tarne.
„War irgendjemand da oder in der Nähe, der etwas mitgenommen haben könnte?"
„Nicht, dass ich wüsste."
„Was soll das heißen?"
„Mir ist nichts aufgefallen."
„Kann er jemand anderem etwas gesagt haben?"
„Vielleicht, aber nicht in der Zeit, seit ich ihn gesehen hatte, da war nichts als Erschossenwerden und Sterben."
„Hat man Sie durchsucht, als Sie in der Wache waren? Anschließend?"
„Nein, warum?"
„So kommen wir nicht weiter!", sagte Braun.
„Das sehe ich auch so. Ich würde sagen, Vertrauen gegen Vertrauen", sagte Tarne.
„Heißt das, Sie haben mir etwas zu sagen?"
„Nein, aber wenn ich wüsste, um was es geht, kann ich vielleicht etwas beitragen."
„Vielleicht, vielleicht… Es wird besser sein, wir lassen das erst einmal so stehen. Sie können mich jederzeit unter dieser Nummer erreichen. Egal wann. 24 Stunden. Das zeigt Ihnen, wie wichtig das Ganze ist." Braun überreichte ihm seine Karte mit seinem Namen, Johannes Braun, und der Rufnummer. Ansonsten keinerlei Berufsbezeichnung.
„Und … bitte …, wenn es etwas gibt, informieren Sie uns. Auch zu Ihrer eigenen Sicherheit! Die Gegenseite hat da weit weniger Skrupel. Es steht für die eine ganze Menge auf dem Spiel." Beim Aussteigen bemerkte er noch:
„Übrigens, Hagen und Schmidt gehören zu uns.

Zugegeben, sie waren nicht grade clever, aber sie sind zuverlässig und ehrlich. Sie können sich natürlich auch an die beiden wenden, wenn Sie mich erreichen wollen."

„Aber Sie haben mich doch gestern vor denen gewarnt!"

„Ja, die beiden hatten sich unklug verhalten. Ich hielt es für richtig, ihnen einen Denkzettel zu verpassen. Außerdem war ich dadurch sicher, dass Sie heute zu mir kommen würden. Wenn ich Sie warne, dachte ich, dass Sie mir eher vertrauen würden. Sie verstehen?"

Tarne wollte sich die nächste Bemerkung auf keinen Fall entgehen lassen:

„Die beiden sollten Sie nur zum Bleistifte Anspitzen im Büro lassen. Zu etwas anderem taugen die nicht."

Braun sagte darauf nichts mehr. Nach dem Verlassen des Twingo beugte er sich vor und schaute Tarne noch einmal mit unbeweglichem Gesichtsausdruck und seinem stechenden Blick in die Augen. Eine Hand auf der Autotür. Tarne starrte zurück, bis Braun sich umdrehte. Wie auf Kommando erklangen die Anlasser der drei Fahrzeuge, die sich unmittelbar darauf entfernten.

Tarne blieb in seinem Wagen sitzen. In der entstandenen Leere fiel ihm neben den Geräuschen der Autobahn erstmals das Vogelgezwitscher auf und er sann vor sich hin: War das Ganze nicht zu heiß und eine Nummer zu groß für ihn? Wieso war da so viel Geld im Spiel? Sollte er Braun reinen Wein einschenken, zur eigenen Sicherheit und der von Manu gleich mit? Aber der Mord an Eberli, sollte der ungesühnt bleiben und…? Weiter kam er nicht. Sagatzki erschien am Waldrand. Er trug eine längliche Reisetasche. Seine komplette Kleidung war wie seine Tasche schwarz. Er setzte sich zu Tarne ins Auto.

„Hab's gerade eben noch geschafft", sagte Sagatzki.

„Wo steht dein Wagen?"

„Hinter dem Feld da." Tarne wusste, ohne dass sie darüber sprechen mussten, dass er zur Sicherheit die ganze Zeit den Kopf von Braun im Visier gehabt hatte.

„In Duisburg tauchte der Audi auf."

„Aus dem geschossen wurde? Dieselbe Nummer?"

„Genau."

„War zu vermuten. Deshalb hat Braun wahrscheinlich den Treffpunkt verlegt."

„Ich konnte ihn nicht abfangen."

„Wie auch immer. Es kann nicht angehen, dass irgendwer meint, so weit gehen zu können in unserem Land. Wir werden ihn kriegen und wenn es das Letzte ist, was ich tue!"

18

Tarne wachte wie gerädert auf. Er fand sich vollständig angezogen auf einer Couch unter einer grauen ausgefransten Decke. Sein Mund war trocken, sein Rücken schmerzte und sein Arm war eingeschlafen. Der Traum spukte noch in seinen Gedanken herum: Er hatte an einem Billardtisch gestanden, den ersten Stoß ausgeführt, und als die weiße Kugel auf die zum Dreieck aufgebauten bunten anderen Kugeln traf, verwandelten sich die Kugeln in lauter von roter Farbe triefende weiße Tauben, die wegflatterten.

Es war der zweite Morgen nach der ungeheuerlichen Tat. Er konnte es immer noch nicht fassen. Seine Hände kribbelten. Er würde sie am liebsten um den Hals des Täters legen. Ihm war klar, wie irrational er reagierte. Solche Dinge geschahen nun einmal. Jeden Tag. Irgendwo. Aber direkt daneben zu stehen, das war etwas anderes. Es kochte und brodelte in ihm. Egal wie, er würde diesen Kerl zur Strecke bringen. Das schwor er sich. Er schlug sich mit der rechten Faust in die andere Hand.
Sein Blick wanderte durch den Raum. Lose Tapeten an

den Wänden, antiquierte 70er-Jahre-Pop-Art-Muster. Große orangefarbene Kreise. Die Farbe völlig verblasst. Muster, an einigen Stellen abgerissen. Spuren von alten Nägeln. Spinnweben. Schmutzränder, wo einst Bilder gehangen hatten. Diese Unterkunft hatte ihm Sagatzki vermittelt in einem leer stehenden Haus in Essen-Werden. Es hatte einen Innenhof, der nicht einsehbar war. Das Tor zur Hofeinfahrt ließ sich per Fernbedienung öffnen und schließen. Kein Aussteigen und mühseliges Öffnen und Schließen, nur ein kurzer unauffälliger Moment. Es handelte sich um eines dieser typischen dreietagigen Gründerzeithäuser mit Stuckfassade. Da das Haus unbewohnt war und zum Verkauf stand, fielen sie beide beim Hineinfahren nicht weiter auf. Die Nachbarn hielten sie, falls sie bemerkt wurden, bestimmt für Kaufinteressenten. Keiner würde mitbekommen, dass der knallrote Twingo mit den auffälligen gelben Schmetterlingen darauf nicht wieder herauskam.

„Ist noch eine Einbauküche drin", hatte Sagatzki gesagt, als er am späten Abend mit einem großen Karton Lebensmitteln und sonstigen Utensilien aufgetaucht war.

„Halte dich am besten nur in den Räumen auf, die von der Front nicht einsehbar sind, dann kannst du auch Licht machen."

„Ja. Ich werde morgen auf keinen Fall mehr in Manus Wohnung gehen können. Die werden bis dahin wissen, dass wir mal zusammen waren. Aber eigentlich gibt's die Beziehung schon lange nicht mehr", hatte Tarne überlegt.

„Die wissen alles. Die werden auch da nachsehen."

„Ja, war ein echter Fehler, zu ihr zu gehen. Hätte ich mir vorher überlegen sollen. Hoffe, sie lassen sie in Ruhe, jetzt wo ich nicht mehr bei ihr bin. Das Auto kann ich dann auf keinen Fall mehr verwenden.

Ich brauche einen neuen fahrbaren Untersatz."

„Eindeutig. Der Twingo ist verbrannt. Aber lass mich machen. Ich besorge dir was."

Es entstand eine kurze Pause, bis Tarne sich räusperte: „Also, wir dürfen Manu nicht vergessen! Zur Sicherheit sollten wir sie irgendwo anders unterbringen. Aber wie ich sie und ihren Dickschädel kenne, könnte das echt schwierig werden", sagte Tarne.

„Du hast bestimmt recht."

„Aber wo? Ich glaub, sie hat mal was von einer Tante in Viersen erzählt, die nur entfernt zur Familie gehört. Irgendwas Angeheiratetes oder so."

„Das könnte gehen", sagte Sagatzki.

„Ich hab von unterwegs versucht, sie zu erreichen. Sie meldet sich nicht."

„Versuch's weiter!"

„Weißt du eigentlich, woran mich die ganze Situation erinnert. Kommst du nie drauf."

Sagatzki hatte ihm mit fragendem Blick gegenüber gesessen.

„Wie im Film *Der Pate*, wenn die sich auf den Krieg zwischen den verschiedenen Mafia-Familien vorbereitet haben."

Sagatzki hatte genickt, ihm war klar gewesen, dass Tarne nicht so unrecht damit hatte.

„Ich brauche eine Möglichkeit zum Telefonieren, nicht abhörbar, oder ich muss einen ständigen Wechsel in Kauf nehmen", hatte Tarne weiter seine Ideen zur Abhörsicherheit ausgeführt. „Prepaid wäre kein schlechter Ansatz. Du kannst bei Aldi oder im Supermarkt so viele Billig-Prepaid-Handys mit Karte kaufen, wie du willst. Da fragt dich keiner nach einem Ausweis. Wenn du die Karte dann beim Anbieter freischalten lässt, kannst du ohne Probleme mit falschen Daten arbeiten, da dort für Prepaid in der Regel keine Personalausweisdaten abgefragt werden."

Sagatzki hatte gegrinst und das Thema aufgegriffen: „Ja, kannst du machen. Schneller geht's, wenn du in den Second-Hand-Geschäften für Handys und Elektronik bereits aktivierte, gebrauchte Prepaid-Karten kaufst, die oft sogar noch auf eine andere – tatsächlich existierende – Person angemeldet sind. Genau das habe ich mir auf dem Weg hierher überlegt. Habe unterwegs einige dieser Läden abgeklappert. Im Karton liegen zehn gebrauchte Billighandys inklusive SIM und fünf weitere Karten. Natürlich bar bezahlt! Der Vorrat sollte für die nächste Zeit reichen. Telefon und Karte nach Möglichkeit nur einen Tag oder sogar nur für ein Gespräch nutzen und dann entsorgen!" Mit dem Tipp war Sagatzki wieder die Treppe hinunter verschwunden.

Tarne war begeistert, wie effektiv sein Freund die Dinge vorausgedacht und umgesetzt hatte.

So schnell kam man in die Illegalität! Jetzt saß er fest, bis sein Freund wieder auftauchte. Wie nannte man so etwas – konspirative Wohnung? Tarne kramte in dem Pappkarton herum, fischte ein Handy heraus und lief damit nervös auf und ab. Seine Schritte hallten durch sämtliche Räume des bis auf die Einbauküche und ein paar zurückgelassene schäbige Möbelstücke leerstehenden Hauses. Am Vortag hatte er genug Zeit gehabt, das gesamte Haus zu inspizieren. Alle Türen waren offen oder es steckten die Schlüssel in den Schlössern. Er hatte sich auf seiner Erkundungstour von dem einsehbaren Bereich der Fenster ferngehalten. In der Dachgeschosswohnung hatte er, unter einer dicken Staubschicht und vielen Spinnweben begraben, einen Rohrstuhl vorgefunden. Das ehemals kunstvolle Geflecht des Sitzmöbels hatte Löcher und schon vor langer Zeit begonnen, sich zu zerbröseln. Trotzdem hatte sich der Stuhl als recht bequem erwiesen, nachdem er ihn einigermaßen gesäubert hatte. Er konnte nicht lange still sitzen bleiben. Eine angebrochene Rolle Küchentücher lag noch in der Einbauküche. Das Wasser war nicht abgestellt worden. An Kaffee und Kaffeemaschine hatte Sagatzki zum Glück auch gedacht. Immer wieder zog er seine Runden durch das Haus. Sobald er sich der Vorderfront näherte, blieb er im Sichtschatten neben den Fenstern stehen und schaute hinaus. Nichts. Im hinteren Bereich, wo er nicht bemerkt werden konnte, lief er auch durch den Sichtbereich der Fenster. Er drehte wieder und wieder seine Runden. Die Schritte hallten in den leeren Räumen wider. Der Geruch der letzten Mieter hing noch in der Luft. Das war etwas, was ihm überhaupt nicht schmeckte: Tatenlos, hilflos, ohnmächtig gebunden zu sein, ohne aktiv werden zu können. Er hasste das!

Doch so hilflos war er nicht. Er feuerte sich selber an. Über eines der Handys mit gebrauchter SIM-Karte nahm er Kontakt zu Dorfmann auf.

„Ich wollte auf deiner Mailbox eine Nachricht hinterlassen, dass ich was für dich habe. Aber du hattest mich gewarnt. War es nicht eilig?"

„Doch doch, aber ist alles verzwickter. Hast du Konkretes für mich?"

„Natürlich. Was ich habe, könnte wichtig sein…"

„Das ist gut. Dann pack mal aus. Keine Zeit für Privates heute."

Dorfmann verstand sofort und spulte sein Wissen ab.

„Die Fahrzeuge solcher Agenten können nicht einfach auf einer Behörde angemeldet werden, dann wüsste jeder sofort Bescheid. Wenn jemand verdeckt unterwegs ist, kommt man da nicht weiter."

„Aber wieso darf jemand, der undercover

arbeitet, einen umbringen? Das ist ja wie im Kino. So etwas kann es doch bei uns nicht geben!"
„Tja, gute Frage. Weiß ich nicht. Aber auf dieser Ebene kommt das, glaube ich, häufiger vor als wir Normalbürger uns das denken. Alles unter dem Deckmantel der Staatssicherheit. Also, bei dem Typen aus dem Audi handelt es sich um Ralf Müller, Beruf: Kaufmann, Groß- und Einzelhandel für eine Import- und Export-Firma, Konto und Kreditkarte hat er. Aber erst seit einer Woche. Konto existiert auch erst kurz. Keinerlei Kontobewegungen bisher. Zumindest ist das seine Legende. Ich hab mich bei der Firma über Müller erkundigt, er ist dort bei dem Chef und dem Leiter der Personalabteilung bekannt. Aber als ich später noch mal angerufen habe, wollten die unteren Chargen noch nie etwas von einem Müller gehört haben. Also wenn du mich fragst, ist diese Identität verdammt schnell zusammengeschustert worden."

„Danke dir. Sei vorsichtig und vermeide von dir aus jeden Kontakt zu mir. Ich melde mich wieder."
Damit unterbrach Tarne die Verbindung.
Nachdem er die SIM-Karte aus dem Gerät genommen und im WC hinunter zu den Ratten gespült hatte, nahm er seine Wanderung durch das Haus wieder auf.

Nach zwei weiteren endlosen Stunden tauchte Sagatzki endlich auf.

„Ich hab dir einen C-Klasse Mercedes mitgebracht, ist auf meine Firma angemeldet. Schön in schwarz, unauffällig, unsichtbar und bieder wie tausend andere. Das sollte reichen", Sagatzki überreichte ihm ein kleines Schlüsselbund. „Der Wagen steht um die Ecke. Ich dachte, das ist weniger auffällig, wenn ich zu Fuß herkomme, als wenn schon wieder das Tor aufgemacht würde."
„Ich weiß. Wir sind hier im Pott. Hier bekommt

jeder alles mit. Bestimmt hängen irgendwo Hartz-IV-Empfänger, Frührentner oder Hausfrauen am Fenster und passen auf, dass alles seine Ordnung hat. Wie kommst du weg? Soll ich dich fahren?", fragte Tarne.
„Ein Mitarbeiter steht draußen. Eine Straße weiter, gleicher Wagen. Wir haben mehrere davon. Ist praktisch und günstiger im Block zu kaufen. Aber tu mir einen Gefallen: Pass auf Kameras auf! Sieh zu, dass du, falls du von öffentlichen Telefonen anrufst, dich nicht im Sichtbereich von Kameras aufhältst, okay?"
„Ja klar, damit die über deinen Wagen nicht eine Verbindung zu dir ziehen können, meinst du? Und ... Danke für deine Hilfe!"
„Ja, lass gut sein! Noch was: Halt dich heute erst einmal bedeckt!"
„Bevor ich nicht weiß, um was es geht, kann ich sowieso nichts ausrichten. Bin gespannt, was auf der CD ist. Zu Brock, du weißt, der Rechtsanwalt, bei dem Manu arbeitet und dem ich ..."
Sagatzki nickte.
„... also, zu dem kann ich, denke ich, ohne Probleme. Die können nicht jeden überwachen, den ich irgendwann einmal gesehen habe."
„Wollen wir hoffen." Der Zyniker in Sagatzki kam zum Vorschein. „Aber du weißt: Geduld ist alles. Bleib locker."
Das waren für Sagatzkis Verhältnisse mehr Worte an einem Tag als er sonst in einem Monat benötigte. Er, der große Schweiger, verriet dadurch, dass er sich Sorgen um Tarne machte. Tarne begleitete Sagatzki zur Eingangstüre des leeren Hauses, blieb aber im dunklen Korridor. Sagatzki öffnete die Tür nur einen Spalt breit und schlüpfte schnell hinaus, damit niemandem etwas Ungewöhnliches auffiel. Nur ein weiterer Interessent oder Immobilienmakler, der für den Verkauf des Objektes zuständig war.

„Dieses Warten ist eine Tortur für mich, du kennst mich ja!", sagte Tarne. Sagatzki verzog den Mund, nickte kaum merklich, schloss die Tür und verschwand lautlos wie ein Schatten.

Tarne schaute auf das Schlüsselbund. Es hing ein Plastikkärtchen daran mit der Zulassungsnummer des Fahrzeugs und ein weiterer Schlüssel. Tarne nahm an, dass es sich um den Hausschlüssel handelte. Er bestätigte die Annahme durch eine Probe von innen an der Haustüre. Jetzt war er wieder mobil. Ein gutes Gefühl. Er hatte einen fahrbaren Untersatz, konnte das Haus verlassen und bei Bedarf zurückkommen. Vorher, ohne Hausschlüssel, hatte er sich wie ein Gefangener gefühlt. Das war er auch definitiv gewesen. Trotzdem war es besser, in Deckung zu bleiben, bis sein Brief mit der CD bei Brock angekommen war. Sagatzki war ein wirklicher Freund! Aber umgekehrt würde er dasselbe für ihn tun.

Okay, Geduld, dachte sich Tarne, als er wieder durchs Haus schlich. Sagatzki hatte ihm ein Notebook mitgebracht und Filme aus seiner Spezialsammlung. Tarne sah sie sich durch: *The Big Lebowski*, *Die Hard*, gleich vier Teile, und einige mehr. Er entschied sich für den Klassiker *Casablanca*, der auch zu seinen Favoriten zählte, in der Hoffnung, ein wenig zur Ruhe zu kommen. Egal, wenn andere den Film für abgedroschen halten mochten, für ihn war Bogie, wie Humphrey Bogart von seinen Fans genannt wurde, cool. Der hatte Ehre im Leib. Und dann die Großaufnahme mit Ricks ehemaliger Freundin, die mit ihren wilden schwarzen Haaren unter Tränen begeistert die Marseillaise schmettert: An dieser Stelle musste Tarne heulen – wenn er allein war. So viele gute und ehrenvolle Menschen. Das war zwar Kino, aber trotzdem hielt Tarne es für wichtig, dass zumindest *er* in der Realität seine klare Linie beibehielt. Wie Rick oder Bogart, so spürte er, egal was auch passierte, was für Widrigkeiten auftreten würden: Nichts konnte ihn aufhalten. Wenn er sich für einen Weg entschieden hatte, er würde dranbleiben und alles hinbekommen!

19

Völlig unsichtbar im nächtlichen Schatten neben der Hausecke beobachtete Tarne die Häuserfront auf der gegenüberliegenden Straßenseite. Sein Blick wanderte über die schwarz glänzenden Fensterhöhlungen und die Schatten, die die Erker, Türen und Hausvorsprünge der Gründerzeithäuser in Werden warfen. Eine der dunkelsten Stellen zog ihn wie magisch an. Er fokussierte die Augen, kniff sie zusammen, versuchte es erneut und schaute seitlich daneben, um vielleicht doch etwas erkennen zu können. Er fühlte, er war nicht das einzige wache Lebewesen um diese Zeit. War da nicht in Augenhöhe etwas? Ein Fleck, der nicht ganz so dunkel war? Oder war das eine Täuschung? Könnte das ein leichtes Schimmern von Augen oder Zähnen sein? Der Schattenriss? Könnte diese Ausbuchtung ein Arm sein? Mit kaum merklicher Bewegung wurde die hellere Stelle klarer und ließ den Umriss eines Kopfes vermuten. Aus der dunklen Nische schälte sich der Umriss einer Person heraus.

Tarne war unklar, ob er jetzt mehr sah oder ob sich der Fremde vorgebeugt hatte. Instinktiv wusste er, dass es ein Mann sein musste. Er erkannte einen langen

schwarzen Mantel oder Umhang. Das Gesicht wandte sich ihm zu, als wenn der andere wüsste, dass er hier stand. Er meinte, langsam Gesichtszüge zu erkennen. Plötzlich wurde es deutlicher. Es war eine Maske! Tarne war wie gelähmt und er wusste, auch wenn er wollte, er würde sich nicht von der Stelle bewegen können. Der Schweiß rann ihm in Strömen am ganzen Körper herunter.
Er machte eine ruckartige Bewegung mit dem Arm, stieß die durchnässte Decke zur Seite und schlug die Augen auf.
Nach und nach wurde ihm klar, wo er sich befand – in diesem fast leeren Raum seines Verstecks mit den halb abgerissenen Tapeten, das ihm Sagatzki verschafft hatte. Was sollte ihm dieser blödsinnige Traum sagen? Er versuchte, sich die Reste dieser Einbildung aus den Augen zu wischen, als er sich erhob.

Heute war der Tag der Wahrheit, hoffte Tarne. Drei Tage war es her. Wer für die Tat vor seiner Tür verantwortlich war, er würde ihn kriegen. Das ging zu weit. Und eins war klar: Was er sich in den Kopf gesetzt hatte, das würde er erreichen. Wenn er die Spur aufgenommen hatte, war er nicht mehr zu stoppen. Hoffentlich würde er endlich erfahren, um was es ging! Der Inhalt der CD würde ihm mehr verraten.
Und was war mit Manu, wo mochte sie stecken? Oder war das eines ihrer Spielchen, eine Strategie, um ihn zu ärgern? Ja, dachte er, das passt zu ihr. Oft genug hatte sie, weil sie ihn für zu dominant hielt, aus reinem Trotz Dinge bewusst anders gehandhabt als er sich das dachte. Er hatte doch nur sein Ding gemacht. Für sie musste das echt bedrohlich gewesen sein, sodass sie wieder und wieder meinte, sich gegen ihn abgrenzen zu müssen, bis zum Auszug und zum Schlussmachen. Ihm war nie klar geworden, was an ihm für sie so

bedrohlich gewesen sein mochte. Nur um seine Ruhe zu haben, hatte er manchmal sogar versucht, das Gegenteil zu sagen, um sie dazu zu bewegen etwas zu tun, das er sich wünschte. Hin und wieder hatte das geklappt. Ja, so musste es sein. Sie wollte nur das letzte Wort haben. Ihm zeigen, dass es nicht so ging wie er es sich dachte.

Kanzlei am Rüttenscheider Stern über mehrere Etagen. Das Firmenschild: *RECHTSANWÄLTE UND NOTARE, DR. WILHELM HARTMANN, DR. WALDEMAR KAHL, KLAUS BROCK UND KOLLEGEN.* Tarne hatte über die Jahre immer gut mit Brock zusammen gearbeitet und seinen Aufstieg zum eigentlichen Macher der Kanzlei verfolgen können. Heute waren die ersten Namen nur noch die Aushängeschilder, hatten sich schon zum Teil zurückgezogen aus dem täglichen Geschäft. Brock hatte sich als neuer erster Mann fest etabliert. Tarnes Anzug war noch zerknitterter als gewöhnlich und sein 3-Tage-Bart begann zu jucken, als sein Blick im Wartebereich über viele großformatige Farbfotos glitt. Brock mit einem Flugzeug, mit einer Segeljacht, dazwischen verschiedene Auszeichnungen etc. – als wenn er seinen fehlenden Titel mit diesen Dingen ausgleichen wollte. Tarne hatte von Manu über Brocks aufwendigen Lebensstil gehört.

Obwohl die Sekretärin in dieser hochnäsigen Art, die sich manche in diesem Job aneignen, meinte: „Wenn Sie keinen Termin haben, wird das heute nicht gehen", wurde Tarne nach wenigen Minuten ins Büro gebeten. Brock mit seinen beginnenden Hängebacken wirkte wichtig hinter Bergen von abgegriffenen grünen Pappordnern mit heraushängenden Fristzetteln und dem unentbehrlichen Diktiergerät.

„Heute leite ich größtenteils die ganze Kanzlei. Die anderen haben sich schon halb aufs Altenteil

zurückgezogen. Ohne mich läuft hier gar nichts mehr!" Ein selbstgefälliges Grinsen huschte über sein fett glänzendes Gesicht. „Haben Sie schon unseren neuen Werbespruch gesehen? *Wir machen Ihre Scheidung schöner als Ihre Hochzeit!* Genial, nicht? Stammt von mir. Haben wir auf die Planen von einigen Anhängern drucken lassen, und die stehen auf Autobahnbrücken. Sehr erfolgreich, kann ich Ihnen sagen. Nicht dass ich mich mit diesen banalen Fällen befassen würde, aber für die jungen Kollegen. Bringt ganz gut was." Brock konnte seinen Stolz über diese erfolgreiche Aktion nicht verbergen.
Seit bald zehn Jahren kannte er diesen Anwalt jetzt, überlegte Tarne. Er hatte sich ganz schön verändert. BOSS-Anzüge taten es mittlerweile nicht mehr, jetzt trug er Maßanzüge, gut sitzend über leichtem Bauchansatz, Haare zeigten ein beginnendes Grau, kurz rasiert, weil er hoffte, dass durch einen solchen für ihn progressiven Schnitt das beginnende Zurückgehen des Haaransatzes nicht so deutlich auffiel, vermutete Tarne.
Das Foto von Frau und Tochter war verschwunden. Von Manu wusste er, dass Brock mittlerweile geschieden war und keinen Kontakt mehr zu seiner Familie hatte. Er arbeitete viel und verbrachte ansonsten seine Freizeit ausschließlich mit teuren Hobbys. Sein Wahlspruch lautete nach Manu: „Wer viel arbeitet, braucht einen entsprechend wertigen Ausgleich!"
Tarne musste in sich hineingrinsen, wenn er daran dachte, dass Manu und die anderen im Büro hinter seinem Rücken nur von „Klausi" sprachen.
„Das weiß er natürlich nicht, wir müssen ihn siezen!"
Brock schwenkte eine beliebige Akte, legte sie ab, rückte die Brille, die er mittlerweile benötigte, vor und blickte Tarne über den Rand hinweg an.
„Da sind Sie auf was ganz Großes gestoßen!

Wissen Sie eigentlich, was das ist, wo Sie da hineingeraten sind?"
Tarne schwieg.
„Ich dachte bisher immer, wenn diese Geschichten durch die Presse gingen, das Ganze sei ein Bluff. Und die, die darauf reinfallen, melden sich mit einer Selbstanzeige. Aber dass das tatsächlich passiert? Das is'n Ding!"
Das war ein Ding, darum ging es also – um Steuerhinterziehung in der Schweiz. Ein ganz großer Wurf. Tarne ließ sich nichts anmerken, sondern blieb cool, als ginge es um etwas Alltägliches.
Brock wendete sich zu seinem Tresor, öffnete ihn und entnahm die CD in ihrer Plastikhülle und einige DIN-A4-Kopien, die er Tarne reichte.
„Ich habe diese Listen nicht ausdrucken *lassen*. Ich habe das vorsichtshalber lieber selbst ausgedruckt. Ich sage Ihnen das nur, um Ihnen die Brisanz der Angelegenheit zu verdeutlichen."
Tarne sagte nichts, während er die Listen studierte.
Auch Brock schwieg.
Nach einiger Zeit nahm Tarne einen goldenen Füller von Brocks Schreibtisch und kreuzte einige Stellen an. Es war sehr still im Raum. Durch die mit dunkelgrünem Leder gepolsterten Türen drang ebenfalls kein Laut herein, so dass sogar das Kratzen auf dem Papier zu hören war.
„Können Sie mir bitte diese fünf Namen mit den dazugehörigen Beträgen extra ausdrucken?"
„Ich nehme an, Sie organisieren für irgendjemanden eine Übergabe?", fragte Brock.
„Ähem."
„Dann brauchen Sie den Ausdruck als Anreiz oder Beweis, dass da noch mehr ist? Dass Sie tatsächlich etwas anzubieten haben. Ich verstehe. Und wollen nicht gleich alle Karten auf den Tisch legen. Ja, ja."

Brock schob den wertvollen Silberling in seinen PC und klickte sich durch die entsprechenden Menüs, bis der Drucker seine Tätigkeit aufnahm.

„Dann würde ich anbieten, Sie lassen die CD hier. Sie wird hier am sichersten sein. Ich gehe mal davon aus, dass niemand sonst weiß, dass sie hier ist?" Nach kurzem Überlegen stimmte Tarne ihm zu.

„Ja, ich denke auch, das ist die beste Lösung."
Brock nahm aus einer Schreibtischschublade einen wieteren Bogen Papier und sagte: „Aus unserer früheren Zusammenarbeit kennen Sie unsere normalen Tarife", er schwenkte das Blatt mit der Gebührenordnung der Kanzlei und zerknüllte es dann. „Dafür arbeite ich in diesem Fall nicht. Das Doppelte wäre okay? Haben Sie ein Problem damit?"

„Verständlich", sagte Tarne und nickte, um seine Zustimmung zu signalisieren.

Brock steckte die CD in ihre Hülle und ließ sie dann in seinem Tresor verschwinden, den er sofort wieder verschloss. Nachdem er Tarne die neu ausgedruckte Seite mit den gewünschten Daten überreicht hatte, schredderte er den alten Ausdruck mit allen Datensätzen.

„Sicherer so", sagte er dazu, „und viel Erfolg!" Die beiden Männer drückten sich die Hand, wie Verschwörer.

Beim Verlassen der Kanzlei lief er im Korridor fast Manu über den Haufen.

„Was willst du denn hier?"

„Mit deinem Chef über dich sprechen." Selbst in dieser Situation konnte er sich das Feixen nicht verkneifen. „Wo warst du gestern? Ich hab mir Sorgen gemacht, hab versucht, dich den ganzen Abend zu erreichen."

Sie warf den Kopf in den Nacken und sagte mit einem

schnippischen Ton:
„Hab bei einer Freundin übernachtet. Arbeiten war ich nicht. Das ging mir alles zu schnell vorgestern. Dein spontaner Überfall und in was du mich da reingezogen hast. Das war mir alles zu unübersichtlich und gefährlich. Ein bisschen Abenteuer lass ich mir gefallen, aber das war für meinen Geschmack zu viel auf einmal. Ehrlich, ey. Musste über alles nachdenken."
Tarne wurde ernst, senkte seine Stimme zu einem dringenden Flüstern: „Du solltest heute auf keinen Fall mehr nach Hause gehen! Zu gefährlich. Komm am besten gleich mit. Wir müssen dich dringend irgendwo sicher unterbringen."
„Nein!" Sie riss sich los und trat einen Schritt zurück. „Was denkst du dir denn? Plötzlich drängst du dich wieder in mein Leben und meinst, du kannst über mich bestimmen! Ich kann nicht einfach verschwinden. Ich will das auch nicht. Du spinnst wohl!"
„Dir ist der Ernst der Situation nicht bewusst."
„Auf keinen Fall bleib ich von zuhause weg!"
Tarne wusste aus langjähriger Erfahrung, dass sie beharrlich sein konnte. Wenn sie nicht wollte, war sie zu nichts zu bewegen. Sie flüsterte:
„Mach jetzt keine Szene! Ich will nicht, dass die Kollegen etwas mitbekommen."
„Dann sollten wir uns treffen, sofort nach Feierabend. Wann ist das? Was gibt's denn in der Nähe, wo ich dich gut abholen könnte?"
„Na gut, meinetwegen." Ihr Trotz war aber noch zu spüren. Sie zog eine Schnute, freute sich aber insgeheim, dass er sich um sie sorgte. „Also, wenn du vom Stern aus Richtung Gericht runtergehst, ist an der Ecke Alfredstraße ein süßes Lädchen, wo es kleine Gerichte gibt. Eines von diesen neuen Minidingern. Da esse ich oft etwas und du kannst davor kurz halten, halb auf dem Bürgersteig, um viertel nach vier, ja?"

Er nickte und versäumte es trotz der angespannten Lage und der Sorge um sie nicht, einen Blick in ihr Dekolleté zu erhaschen. Mit der Bluse gelang es ihr, reizvoll ihre Rundungen zu präsentieren, da sie die Kleidung für ihren Job immer eine Nummer enger kaufte und einen Knopf mehr geöffnet trug als üblich. Ihr war vor langem klar geworden, dass sie unter ihren Kollegen auf diese Art am besten ihre Interessen durchsetzen konnte.

20

Die Tauben gurrten in der Hitze. Wo er hinsah, überall flatterten sie herum, als Tarne sich dem *Parkhotel* näherte. Obwohl viel getan wurde, sie zu vertreiben: Auf vielen Dächern, Erkern, Vorsprüngen an den Fassaden waren diese Pinne installiert, dass die Tauben nicht landen konnten. Sie durften auch nicht gefüttert werden. Er hatte einmal mitbekommen, wie ein Typ vom Ordnungsamt eine alte Dame zusammengefaltet hatte und ihr ein Bußgeld auferlegt hatte, weil sie Brotkrümel an Tauben verfüttert hatte. Wieder einer von denen, die sich in einer Uniform stark und mächtig vorkamen und das an anderen ausließen, um sich aufzuwerten! Wo kamen die ganzen Tauben eigentlich her? Die Bergleute, die sie mal gezüchtet hatten, gab's doch schon lange nicht mehr!
Tarne bog von der Alfredstraße am auberginefarbigen Parkhotel im Retrozuckergusslook in die Moorenstraße ein. Auf den Stuckverzierungen des Gebäudes drängten sich ebenfalls die kleinen Biester. Er fand den Ausdruck *Ratten der Lüfte* sehr passend.
Julian Eberli, der Bruder des Ermordeten, mit einem Lebensstil, der sich um Frauen, Geld und Spielkasinos

drehte, hatte sich hier verkrochen.
Tarne erkannte sofort in der Reihe der endlos parkenden Fahrzeuge am Straßenrand den grauen BMW, mit dem ihm Hagen und Schmidt gefolgt waren. In diesem zeichneten sich die Silhouetten der beiden ab, die hier Wache schoben. Dumm gelaufen. Tarne stöhnte laut auf und musste dann über sich lachen. Klar wussten die von dem Bruder. Er würde sich eben etwas einfallen lassen. Nur gut, dass sie ihn in seinem neuen fahrbaren Untersatz nicht vermuteten.
Wie sollte er unbemerkt an Eberli herankommen? Vielleicht eines der ungenutzten Mobiltelefone nutzen, es in eine Plastiktüte stecken und in einem toten Briefkasten deponieren? Dann könnte er Eberli von einer öffentlichen Zelle anrufen und ihn dazu bringen, sich dieses Handy zu holen. Aber das Anrufen im Hotel dürfte schwierig sein, da auch dieser Anschluss sicher abgehört wurde. Oder sollte er ihn bitten, das Haus zu verlassen und sich treiben zu lassen? Ohne ihn dadurch nervös zu machen, dass er ihm sagte, dass er überwacht wurde. Außerdem wäre es auch sicherer, falls das Telefon tatsächlich angezapft war. Die beiden LKA-Beamten Hagen und Schmidt würden dann Eberli folgen, und Tarne müsste einen geeigneten rechten Moment abpassen, wann er Eberli von den Verfolgern trennen könnte. Tarne konnte und wollte sich nicht darauf verlassen, dass Eberli clever genug war, seine Verfolger abzuschütteln.

„He Kleiner", sprach Tarne einen Jungen mit einem bunt bemalten und abgegriffenen Skateboard an, „willst du dir einen Fünfer verdienen?"
„Was soll ich dafür tun?" Misstrauen sprach aus der Stimme.
„Nur ein Päckchen in das Hotel bringen."
„Das alles? Zehn Euro!"

„Du bist ja ein ganz Cleverer!" Tarne zückte den verlangten Zehner und honorierte die Geschäftstüchtigkeit des Jungen. In einem Geschäft auf der Rüttenscheider Straße hatte Tarne sich einen alten kleinen Karton erbeten, eines der von Sagatzki erhaltenen Handys hineingelegt und mit ebenfalls erbetteltem Packpapier und Tesafilm verpackt. Die Rufnummer des Handys hatte er in eines der anderen Geräte gespeichert, das er nutzen wollte.

Zehn Minuten später wählte er die gespeicherte Rufnummer des übergebenen Gerätes. Fast augenblicklich meldete sich die Stimme von Julian Eberli.

„Gute Idee. Ich hab dem jungen Mann einen Zehner gegeben."

„Ach", sagte Tarne, „ich hab ihm auch zehn Euro gegeben. Das ist ein ganz schlaues Bürschchen. Also, passen Sie gut auf, ich versuch Sie jetzt von Ihren Überwachern loszueisen, damit wir in Ruhe die ganze Sache besprechen können."

Eine halbe Stunde später verließ Eberli das Hotel. Hagen und Schmidt stiegen aus und folgten ihm. Eberli passierte die Alfredstraße, diagonal durch die gegenüberliegende Tankstelle bewegte er sich in Richtung auf die dahinterliegende Fußgängerzone *Wehmenkamp/ Wegenerstraße* zu. Die beiden Bundesbeamten hielten einen ausreichenden Sicherheitsabstand, um von Eberli nicht bemerkt zu werden. Sie hielten Blickkontakt, als sie beim Überqueren der vier Fahrspuren der Alfredstraße einen großen Teil ihrer Konzentration benötigten. Sie durften auf keinen Fall die Autofahrer beim Überqueren der Straße behindern, um kein wütendes Hupkonzert auszulösen. Sonst könnte der Verfolgte auf sie aufmerksam werden.

Eberli schien sie nicht bemerkt zu haben, als er voraus durch eine Fußgängerzone eilte und kurz danach auf die Rüttenscheider Straße stieß. Schräg gegenüber entdeckte er das von Tarne beschriebene Café. Er trat ein, drängte sich an den am Bestelltresen Wartenden vorbei und verließ den Gastronomiebereich durch den Hinterausgang.

Hagen und Schmidt hatte einen Moment vor der Tür gewartet, sich dann vorsichtig in das Café begeben und nach Julian Eberli Ausschau gehalten. Als sie ihn nicht fanden, hatte Schmidt den Toilettenbereich überprüft, während Hagen vorsichtig, wieder, um nicht als Verfolger erkannt zu werden, einen Blick im hinteren Gastraum hatte kreisen lassen. Als sie Eberli nicht gefunden hatten, lag der Schluss nahe, dass er durch den hinteren Eingang verschwunden sein musste.

Dort hatte Tarne Eberli tatsächlich, wie verabredet, erwartet. Mit Eberli im Schlepptau war Tarne mittlerweile zielstrebig durch den parkähnlichen Bereich in Richtung auf die nächste Seitenstraße hin verschwunden.

Eberli bekam nicht mit, wie hinter ihm Sagatzki, wie üblich in Schwarz, eine Baseballkappe tief ins Gesicht gezogen, ein kurzes, in blaues Plastik gewickeltes Fahrradschloss in dem Moment zwischen die Türgriffe der Glastüren des Hintereingangs schob und einschnappen ließ, als die beiden Verfolger ebenfalls im Hintereingangsbereich erschienen. Es blieb ihnen nichts anderes übrig als hilflos hinter dem Rücken des gut vermummten Sagatzki herzusehen. Ein Anruf hatte Sagatzki auf den Plan gebracht. Seit der ersten Information in der Nacht, als sie sich bei Manu getroffen hatten, stand er abrufbereit als Rückendeckung zur Verfügung. So funktionierte ihre Freundschaft. Es bedurfte zwischen ihnen keiner langen Erklärungen.

Hinter der ruhigen Seitenstraße überquerten Tarne und Eberli einen Parkplatz und kurvten um die besetzten Tische eines Straßencafés herum. Dann durchs Girardethaus – eine große frühere Druckerei, in der vor langer Zeit Presseerzeugnisse wie Stern, Spiegel und Micky Maus gedruckt worden war –, das nach der Pleite mit jeder Menge öffentlicher Gelder zu einem Multifunktionshaus umgestaltet worden war. Viele Geschäfte, Veranstaltungsorte und Gastronomie. Auf der anderen Seite des altehrwürdigen Gebäudes bewegten sie sich weiter durch Biergärten in Richtung Rüttenscheider Brücke, bis Tarne vor dem Irish Pub einen freien Tisch erspähte. Zur Sicherheit setzten sie mit dem Rücken zur Wand.

„Hier wird uns keiner vermuten. Ihre Bewacher werden annehmen, dass wir mit einem Wagen geflohen sind, und Sie haben es nachher nicht so weit zu Ihrem Hotel."

„Nette Anlage hier!"
Die aus Irland importierte Kellnerin, die nur Englisch sprach, nahm ihre Bestellung auf.

„Sie sollten ruhig das Guinness trinken. Wird mit einem Extragasgemisch gezapft, dass es fast so gut wie in Irland schmeckt. Rauchig und etwas bitter, aber ein Genuss! Man muss es mit mehreren großen Schlucken trinken, direkt in einem Hieb das halbe Glas leeren, absetzen und dann tief durch den Mund ausatmen, dann kommt das Aroma voll zur Geltung: Wenn die Luft so an den Geschmacksknospen vorbei strömt…"

„Mir zu bitter."

„… ja, genug davon, kommen wir zur Sache. Was haben Sie mir da eingebrockt? Und tun Sie nicht so unschuldig", fuhr Tarne fort, als er den naiven, Nichtwissen signalisierenden Blick von Eberli auffing. „Und kommen Sie mir nicht mit *Ich weiß nicht, was Sie wollen!* – Klar?"

„Wie viel wissen Sie inzwischen?"

„Ich weiß genug!"

„Sie haben die CD?", fragte Eberli.

„Mmh."

„Sie wissen, was darauf ist?"

„Mmh."

„Na dann. Also, mein Bruder hatte sich finanziell…"

„Die Gründe kenne ich bereits, die interessieren nicht", sagte Tarne.

„Alle Achtung, ganze Arbeit!"

„Haben Sie das gemeinsam mit Ihrem Bruder …?"

„Ja, ich sollte von Anfang an als Rückendeckung im Hintergrund dienen. Wir haben das zusammen ausgeknobelt." Eberli stockte. „Schauen Sie nicht nach rechts. Ich glaube, wir werden beobachtet."

„Muskulöser Mann, 1,80 groß, schwarze Jeans, schwarzes T-Shirt, schwarze Windjacke, Baseballkappe mit Aufschrift *Vietnam Veteran* und Sonnenbrille?"

„Ja, woher …?"

„Arbeitet für mich", sagte Tarne.

„Ist aber ziemlich auffällig."

„Wenn er nicht gesehen werden wollte, hätten Sie ihn nicht gesehen. Zu Ihrer Information noch: Dadurch, dass er sich zeigt, sagt er mir, dass wir uns keine Sorgen machen müssen und alles in Ordnung ist, ihre Verfolger abgeschüttelt sind und aufgegeben haben. Aber erzählen Sie weiter. Lassen Sie sich nicht aufhalten. Ich bin ganz Ohr."

Eberli schwieg einen Moment und setzte dann neu an:

„Gut, ich will Ihnen reinen Wein einschenken.

Es liegt auf der Hand, da Sie die CD und deren Inhalt kennen. Wir, das heißt mein Bruder, hatte den Kontakt zu Ihrer Regierung hergestellt und eine Summe ausgehandelt. Die Übergabe sollte dann hier stattfinden. Aber dann kam alles anders als gedacht. Irgendjemand hat Wind davon bekommen und wollte das verhindern. Den Rest kennen Sie."

„Wie viel?"

„Wie viel was?"

„Welche Summe hatten Sie vereinbart?"

„3,8 Millionen."

„Ganz schönes Sümmchen!"

„Nicht, wenn man den Gegenwert sieht, den Ihr Land an Steuernachzahlungen einstreichen wird. Das wird in mehrere Milliarden gehen. Wir hatten uns das genau ausgerechnet. Uns war klar, dass die darauf eingehen würden."

„Bei den Summen ist verständlich, dass irgendjemand geplaudert hat, und ebenso verständlich, dass die Herrschaften mit den Steuerschulden alles versuchen würden, eine Übergabe zu verhindern. Was soll ich jetzt für Sie tun? Warum Ihr Bruder sterben sollte, ist wohl klar. Wer es war, der den Abzug gedrückt hat, ist nur ein kleineres Problem. Aber wer den Auftrag erteilte und durch wen, durch welche Löcher die Information über die CD zu diesen Leuten gelangt ist, das dürfte schwieriger werden."

Eberli nahm einen Schluck von seinem halben Pint Guinness, das er dann doch bestellt hatte, strich sich den Schaum von der Oberlippe und verzog die Nase.

„Also, den Geschmack kann ich nicht so nachvollziehen wie Sie ihn beschrieben haben."

Tarne sah ihn an, trommelte mit den Fingern auf den Tisch und wartete.

„Schon gut! Also, ich dachte mir, Sie könnten mir bei der Übergabe helfen?"

„Und? Wie stellen Sie sich das vor?"
„Naja, Sie arrangieren alles und ich gebe Ihnen, sagen wir mal, zehn Prozent der Summe."
„Sie meinen, ich soll das Risiko tragen und Sie streichen den Gewinn ein? Mit anderen Worten, falls noch einmal geschossen wird, steh *ich* in der Schusslinie und nicht *Sie*?"
„*Sie* haben doch die CD..."
„Eben, ich habe die CD. Wenn ich auch das Risiko tragen soll..."
„Sie kennen sich hier aus, kennen die Beamtenmentalität in Ihrem Land, können damit umgehen, wissen sich zu schützen."
„So wie ich das sehe, haben Sie zwei Gründe, warum Sie mich beauftragt haben: Weil sie kein Vertrauen zur hiesigen Polizei haben." Insgeheim wunderte sich Tarne, warum Eberli ihm zu vertrauen schien. „Zweitens weil Sie – das wollen wir mal ganz klar sagen – weil Sie Schiss haben, wie Ihr Bruder in die Schusslinie zu geraten."
„Ich beabsichtige, Sie für Ihren Einsatz angemessen zu bezahlen. Sie haben sich doch diesen Beruf ausgesucht, oder?"
„Es ging mir noch nie so schlecht, dass ich Aufträge angenommen habe, die gegen meine inneren Überzeugungen waren. Wenn ich überlege, was Sie da verlangen, geht mir das ziemlich gegen den Strich!"
Tarne versuchte, seine Gedanken zu ordnen. Solange ein Staat zu viele Steuern verlangte und damit zu viele Dinge finanzierte und Geld verpulverte für unsinnige Dinge, dann konnte und wollte er es keinem Bürger verdenken, wenn er versuchte, sein Geld in Sicherheit zu bringen. Das war so die eine Seite. Tarne Blick schweifte in die Umgebung. Rund um sie herum tummelten sich viele entspannte junge Leute, die die Unbeschwertheit des Sommers in der Ruhrmetropole

genossen. Meist in Gruppen zu zweit oder mehreren. Nur wenige waren allein. Eine junge Frau mit schwarzen Haaren und einem freizügigen grünen Kleid sah ihn über den Rand ihres vollen Guinness aus großen verträumten Augen an. Eine andere mit langen gewellten braunen Haaren aß den Schaum von ihrem Latte Macchiato mit einem langstieligen Löffel. Mit verzücktem Blick im Gesicht. Eine Parade aktuell angesagter Sonnenbrillen funkelte und ließ ihre Besitzer cool erscheinen. Insgesamt herrschte eine entspannte glückliche Stimmung. Er wunderte sich, wie viele kleine Details ihm auffielen, obwohl er mit Nachdenken beschäftigt war.

„Aber..."

„Nein, lassen Sie mich einen Moment in Ruhe nachdenken."

Wenn dann der Staat mit dem Geld des Steuerzahlers sozusagen Diebe – und das waren in Tarnes Augen sowohl Eberli als auch sein Bruder ja –, also Verbrecher für Verbrechen bezahlt, dann stimmte da etwas nicht. Wenn er, überlegte Tarne, mal angenommen, als Normalbürger in einer Kneipe ein geklautes Navi erwerben würde, käme er mit Sicherheit wegen Hehlerei dran. Da gäbe es keinen Zweifel.

„Uns rinnt die Zeit davon. Hören Sie mal! ..."

„Ich bin nicht fertig mit meinen Überlegungen. Hören Sie: Ich kann durchaus eine Sichtweise verstehen, die die Interessen des Staates verfolgt. Schon Kennedy hat gesagt: 'Frag nicht, was der Staat für dich, sondern was du für den Staat tun kannst.' Das heißt, wir als Bürger haben dem Gemeinwohl gegenüber die Verpflichtung, jeder nach seinen Möglichkeiten, unseren Anteil dazu einzuzahlen. Auch wenn der Einzelne nicht immer mit der Verteilung der Steuergelder einverstanden sein mag. Wie ich auch. Dann bleibt zu überlegen, ob ein Staat dann zum Hehler werden darf.

So nach dem Motto: Ein Verbrechen – die Steuerhinterziehung – erlaubt ein anderes. Wenn genug herauskommt, ist das gerechtfertigt. Eine ehrenhafte Sache? Was meinen Sie dazu?"

Zwei Tische weiter umarmte ein Mädchen zärtlich einen Jungen mit grünen Haaren. Er schien verschämt, peinlich berührt, aber glücklich und sah zu Boden.

„Sicher interessante Gedanken. Aber sind das nicht eher philosophische oder juristische Spitzfindigkeiten? Fakt ist, wir haben die CD und die sind bereit zu zahlen."

„Ich sehe, Sie bevorzugen die pragmatische Sicht der Dinge. Aber dann muss ich Sie korrigieren: *Ich* habe die CD."

„Okay, *Sie* haben die CD. Das heißt?"

„Kleinen Moment noch!"

Tarne schmunzelte über einen vorbeifahrenden Fahrradfahrer, der seiner Wut über die Fußgänger durch ein lautes Klingeln Ausdruck verlieh.

Er war noch unschlüssig: Wenn er es genau betrachtete, fand er weder das eine noch das andere in Ordnung. Konnte er etwas tun, was er beim besten Willen nicht gerade als ehrenvoll bezeichnen würde? Aber warum sollte man nicht mal ein Auge zudrücken? Gesetz hin oder her. Für den Einzelnen war es oft schlimm genug. Wenn er ehrlich zu sich war, musste er sich eingestehen, dass er hin und wieder mehr als ein Auge zugedrückt hatte. Also warum diesmal nicht auch?

Eberli drängelte erneut:

„Gut, was ist, wenn ich Ihnen 20 Prozent anbiete?"

„Es geht nicht um die Summen, wenn Sie glauben, ich bin zu kaufen. Obwohl das immer meine Meinung war: Jeder ist zu kaufen, es kommt nur auf die Summe oder das Thema an, das für jemand wichtig ist." Was sollte er diesem Nichtsnutz, diesem reinen

Geschäftemacher, seinen Begriff von Ehre auseinanderzusetzen und warum ihm das aus verschiedenen Gründen wichtig war?

„Falls ich mich entscheiden sollte, Ihnen zu helfen, möchte ich hinterher noch in den Spiegel sehen können. Ich habe so etwas wie Ehre im Leib. Wenn man das nicht mehr hat, was hat man sonst noch heute?"

„Was nützt Ehre, wenn Sie sich nichts zu essen kaufen können? Oder besser: Können Sie sich von Ehre einen Ferrari kaufen?"

„Na, na, so geht's nicht weiter! Die Frage lautet dann: Brauche ich wirklich einen Ferrari?"

„Na, egal. Ich bin sicher, auch Sie haben neben Ihrer Ehre etwas, das für Sie mehr Bedeutung hat. Immerhin setzen Sie mich unter Druck, da Sie die CD haben, wie Sie betont haben. Sagen Sie schon: Was ist Ihr Punkt?"

„Hm."

„Vielleicht sollten Sie sich überlegen, was Ihr Land alles Positives mit diesem Geld anfangen kann. Ist das eher ein Ansatz? Sind Sie Patriot?"

„Das ist eines der Probleme, dass ich dem, was unsere Regierung mit den Steuern anfängt, nicht grade zustimmen kann."

„Finden Sie es in Ordnung, dass Sie Ihre Steuern bezahlen und andere, die viel mehr verdienen als Sie, sich darum herumdrücken?"

Tarne lehnte sich zurück und ließ wieder seinen Blick über die Gäste schweifen. Es war sicher link, sich einen solchen Deal auszudenken. Diese beiden Brüder, auch wenn der eine nicht mehr unter uns weilte, waren nicht gerade Ehrenmänner! Aber die Steuerbetrüger, was sollte man von denen halten? Konnte es sein, dass die nicht vor Mord zurückschreckten, um sich vor Entdeckung zu schützen? Oder wollte sich ein anderer die

Hehlerprovision der Regierung unter den Nagel reißen? Eberli wurde schon ganz nervös, bis Tarne endlich hochschaute und forderte:

„Fünfzig Prozent."

„Fünfundzwanzig. Wir haben die ganze Vorarbeit geleistet. Fünfundzwanzig ist das Äußerste."

„Sie verstehen nicht. Es gibt nichts zu verhandeln. Ihr Bruder ist tot. Ich habe die CD. Ich nehme an, mit Ihrem Bruder hätten Sie auch halbe-halbe gemacht, oder? Fünfzig oder gar nicht!"

Jetzt war Eberli an der Reihe zu schweigen. Vermutlich dachte er bei sich: So viel zur Ehre des Deutschen – nur die Summe musste stimmen. Laut sagte er:

„Off the record, darf ich erfahren, was Sie umgestimmt hat?"

Herrlich! Endlich war Tarne in einer Situation, in der er den Spruch aufsagen konnte, den er schon so lange loswerden wollte.

„Natürlich. Aber ich muss nicht antworten. Sie würden das auch nicht verstehen. Nur so viel: Das Ruhrgebiet ist mein Bereich und hier wird nach meinen Regeln gespielt! Sind wir uns einig?"

„Einverstanden!" So schnell wie von Eberli diese Zustimmung kam, so viel Erleichterung sprach aus diesem einen Wort.

„Haben Sie sich Gedanken zur Abwicklung gemacht? Überweisung auf ein bestimmtes Konto? Nummernkonto in der Schweiz? Das ist eher Ihr Fachgebiet. Diese ganzen elektronischen Überweisungen, wie im Kino. Aber da kennen Sie sich besser aus", fragte Tarne.

„Nein. Nichts dergleichen! Wie in alter Zeit: Nur Bares ist Wahres. Die Vorgehensweise überlasse ich ganz Ihnen. Ich bin im Parkhotel zu erreichen und bewege mich nicht von der Stelle, bis Sie sich melden", sagte Eberli.

Tarne wunderte sich: „Wieso das denn? Es gibt doch heute andere Möglichkeiten?"
„Ach was. Was man da in den Filmen sieht, ist mir alles zu unsicher", bestand Eberli auf seinem Wunsch.
„Warum machen Sie sich solche Sorgen wegen des Geldes, es hat schon einige solcher Transaktionen gegeben. Ging alles durch die Presse", sagte Tarne.
„Na ja, wissen wir das? Wissen wir, ob das stimmt? Wer weiß, ob nicht die deutsche Finanzbehörde diese Berichte fingiert hat! Genau aus dem einzigen Grund, dass sich die Leute selbst anzeigen", sagte Eberli.
„Sie meinen wirklich, das war immer ein Fake? Das bezweifele ich", sagte Tarne.
„Wer kann das wissen? Auf jeden Fall: Ich will Bares! Wie Sie das regeln, ist mir egal. Ich vertraue weder den hiesigen Behörden noch den ganzen elektronischen Transaktionen."
„Aber mir vertrauen Sie? Einfach so?", fragte Tarne.
„Mein Bruder hat Ihnen vertraut."
„Was? Ich kannte ihn nicht", wunderte sich Tarne.
„Das macht nichts. Aber er Sie!", sagte Eberli.

Ohne weitere Erklärung erhob sich Eberli und verschwand zwischen den vielen Gästen, die es sich unter den Platanen und Sonnenschirmen an diesem Sommernachmittag gemütlich gemacht hatten.
Mit gerunzelter Stirn blieb Tarne hocken. Wenn er alles geglaubt hätte, was ihm erzählt worden war, hätte es ihn längst erwischt. Er hatte in seinem Job so viele Lügen gehört, dass er ein Gespür entwickelt hatte. Irgendwie schien ihn Eberli nicht anzulügen. Aber was war mit ihm los, wurde er korrumpierbar? Aber

Gangstern das Geld abnehmen und an die Armen verteilen, auch wenn er davon etwas behielt, war ehrbar! Wie ein moderner Robin Hood!

21

Tarne machte sich auf, um Manu wie abgesprochen einzusammeln. Mit zehn Minuten Verspätung erreichte er den vereinbarten Treffpunkt, die Kreuzung Zweigertstraße, Ecke Alfredstraße. Von Manu keine Spur. Der momentan angespannte Zustand ihrer Beziehung ließ ihn vermuten, dass sie stinksauer auf ihn war und sich mit der EVAG auf den Nachhauseweg gemacht hatte. Verflucht! Ihr war einfach die Situation nicht klar! Immer diese Eigenwilligkeit, aber eigentlich war sie nicht unzuverlässig! Bestimmt wollte sie ihn ärgern, war wieder zu ihrer Freundin. Oder sie war in der Kanzlei aufgehalten worden.

„Süßes Lädchen" – wenn er das schon hörte! Jetzt stand er neben einem goldenen Fahrrad, das ein Werbeschild für diese Suppenküche trug. Er ging auf und ab und fluchte weiter vor sich hin. Konnte sie schon zu Hause sein? Sollte er ein weiteres Handy dafür nutzen? Nach weiteren fünf Mal Hin-und-Herlaufen parkte er um die Ecke richtig ein, zog ein Ticket.

Das sollten sich die Leute mal vorstellen! Wie sollte man als Detektiv seinen Job ordentlich ausüben, wenn man ständig Parktickets ziehen musste.

Ein Stück weiter hoch war eine Bude. Tarne kaufte sich eine WAZ und setzte sich anschließend damit und dem Tagesgericht vor die Tür des Lädchens. Ein Mischmasch aus Rosenkohl – sah nur grün aus, war aber lecker. Es war die vegetarische Variante. Er wusste nicht, warum er sich dafür entschieden hatte. Erst beim Essen bemerkte er, wie hungrig er mittlerweile war. Einige junge Angestellte, wie er an ihrem Dresscode erkannte, schlangen neben ihm ein verspätetes Mittagessen herunter. Tarne wunderte sich, wie viele junge Mütter mit Kinderwagen vorbeifuhren. Eine bugsierte ihren Kinderwagen sogar in dieses Winzlädchen. Die anderen Gerichte sahen leckerer aus als seines. Rochen auch betörend gut. Mit dem leichten Wind, der an dieser Ecke verstärkt wehte, ließ es sich in der Hitze gut aushalten. Er sinnierte einem offenen Porsche hinterher, der mit lautem Röhren Richtung Amtsgericht hinunter donnerte, während er die Beine ausstreckte und seine Arme hinter dem Kopf verschränkte. Die Bedienung, eine Dunkelhaarige mit einem engen schwarzen Kleid, das ihre Formen exzellent zur Geltung brachte, lächelte ihm zu.

Er musste Manu finden. Wenn sie nach Hause gefahren wäre, würde er sie vielleicht dort erwischen, andererseits könnten andere sie dort auch vermuten. Ein Anruf auf ihrem Handy mit einem der von Sagatzki organisierten Geräte, einem alten Nokia, dessen Kennung bisher nicht zu Tarne zurückverfolgt werden konnte, führte zu keinem Ergebnis. „Dieser Anschluss ist vorübergehend nicht erreichbar." Bei ihr zu Hause kam kein Kontakt zustande. Ein Anruf in der Kanzlei brachte die Sicherheit, dass sie sich dort pünktlich verabschiedet hatte. Tarne hatte sich einen Stoß gegeben und bei dem vermeintlichen Verehrer von Manu, den sie mal erwähnt hatte, erkundigt, ob er etwas über ihren Verbleib wisse. Allerdings ebenfalls ohne Resultat. Bei welcher Freundin hatte sie gestern übernachtet? Wenn sie wieder dahin unterwegs war? Vielleicht hatte sie recht, er hörte einfach nicht richtig zu. Er wusste gar nicht, welche Bekannten vom alten Freundeskreis übrig geblieben waren. Und selbst wenn – da er nie die Freizeit organisiert hatte, fehlten ihm sämtliche Rufnummern.

„Und? Hat's geschmeckt?", fragte die Bedienung, strahlte ihn an und räumte das Geschirr ab.

„Mmh. Sehr lecker. Danke!"

„Wartest du auf jemanden?"

Tarne freute sich immer, wenn er geduzt wurde. Das erinnerte ihn an seine Studienzeit. Erst wenn er in solchen Situationen nicht mehr geduzt wurde, befürchtete er, alt zu werden.

„Wirklich ein schöner Laden hier. Wusste nicht, seit wann es den gibt. Gefällt mir. Also, wenn du mich fragst..." Er beschrieb Manu so gut er konnte mit ihrer heutigen Kleidung.

Das Strahlen der jungen Frau reduzierte sich etwas.

„Ach die, ja, die stand vorhin hier. Ist dann schnell zu jemandem ins Auto gestiegen. Schien es eilig zu haben. War das deine Freundin?"

„Was war das für ein Wagen?"

Sie packte die Sachen zusammen auf ein Tablett, wischte mit einer Hand über den Tisch und machte sich wieder auf, in den Laden zu kommen.

„Keine Ahnung, ich kenn mich mit Autos nicht aus. Silbern war's, das weiß ich."

Tarne war geplättet. Mist! Er ergriff wieder das Handy und versuchte es erneut mit Manus beiden Rufnummern. Dasselbe Ergebnis. Was hatte das mit dem Mann und dem silbernen Wagen auf sich? War das ein Kollege oder ... konnte das Müller sein? Scheiße, dann wäre sie in seiner Hand. Er wollte sich das nicht ausmalen.

Jetzt war alles egal. Dann konnte er auch bei sich zu Hause den AB per Fernabfrage abrufen. Vielleicht gab es da etwas Neues.

„Sie haben fünf neue Anrufe", plapperte die Automatenstimme, während Tarne sich bemühte, etwas zu verstehen, weil sich gerade ein Porsche mit einem Motorradfahrer mit großem Gedröhne ein Rennen lieferte, in Richtung Amtsgericht, als die Ampel auf Grün schaltete.
Zweimal Rechtsanwalt Brock, jedes Mal gleichlautend, präzise und knapp. „Bitte dringend um Ihren Rückruf." Einmal „Gestern um 12:30" und „Gestern um 14:00". Seinen Vermieter, der irgendetwas wollte, drückte er sofort weg. Dann folgte Hesse: „Es ist vielleicht wichtig. Ich weiß nicht, wie ich dich erreichen kann. Aber mir ist zu dem Toten etwas eingefallen. Ruf mich bitte in der Wache an, ja?"
Das konnte wichtig sein. Hesse musste er auf jeden Fall so bald wie möglich anrufen. Vielleicht ging es zwischendurch einmal. Aber erst weiter hören, ob etwas von Manu dabei war.

Genau das kam auch. Zum Schluss war Manu zu hören, heulend! Heute um 16:48. „Bitte ruf mich schnell an. Auf dem Handy." Ein Schniefen und Schluchzen und ein abruptes Ende der Aufnahme. Tarne schaute auf seine Armbanduhr. Das war vor 7 Minuten. So lange hatte er also für sein Essen gebraucht. Vorhin war keine Verbindung zustande gekommen. Jetzt drückte er sofort die Wiederwahltaste.

Bei Brock war er doch gewesen, wieso der noch bei ihm angerufen hatte? Dem war es wohl nicht schnell genug gegangen. War dem nicht klar, dass Tarnes

Festnetzanschluss bestimmt angezapft war? Durch seinen Anruf bei Tarne konnte die Verbindung zu ihm deutlich werden. Damit wurde Brock mit seiner Kanzlei kein sicherer Ort zur Aufbewahrung für die Daten mehr. Dieser Blödmann. Konnte der sich das nicht denken? Musste man jedem erst alles erklären? Er, Tarne, war zwar gestern in der Kanzlei gewesen, aber er hatte peinlich genau darauf geachtet, dass er nicht überwacht wurde. Gut, Manu arbeitete dort, das konnten sie wissen. Das führte aber nicht unbedingt zu einer Verbindung zwischen Brock und ihm. Hoffentlich ging das gut.

Brock war abgehakt. Hesse konnte warten... Dringlich war Manu! Irgendetwas lief komplett verkehrt: Ihre verzweifelte Stimme klang verdammt nach Problemen. Das bedeutete Gefahr! Adrenalin strömte durch seinen Körper. Gab ihm Energie, Kraft zu kämpfen. Aber er konnte nichts tun. War hilflos. Das machte ihn rasend. Am liebsten hätte er das Handy auf die Straße geworfen, wäre drauf herum gesprungen wie Rumpelstilzchen oder hätte sich mit jemandem geprügelt. Er wollte etwas kaputt schlagen. Wie hatte er sie da mit hineinziehen können? Das hatte er nicht gewollt. Alle hatten ihn gewarnt. Sagatzki sowieso, Hesse auch. Warum hatte er nicht auf sie gehört. Sich überschätzt. Es besser gewusst. Gedacht, er kriege das hin. Die Gefahr unterschätzt. Aber was half das noch! Was konnte passiert sein? Wer war der Kerl, der sie da mitgenommen hatte? Scheiße!

22

Tarnes Betätigung der Wiederwahltaste hatte Erfolg. Diesmal kam die Verbindung zustande. Bis in die Haarspitzen unter Dampf schrie Tarne in das Telefon: „Hallo? Manu? Was ist los?"
Eine fremde, schneidende Stimme fragte: „Sind Sie Tarne?"
„Und wer sind Sie?"
„Unwichtig."
„Mir schon. Dies ist der Anschluss von Frau Görtz. Wo ist sie?"
„Ganz ruhig, Tarne. Bleiben Sie ganz ruhig", ließ sich der Fremde mit seiner aggressiven Stimme vernehmen.
„Mit wem spreche ich? Antworten Sie mir."
„Gut, gut. Wenn Sie wollen, nennen Sie mich Müller", lenkte dieser ein.
„Der Müller mit den Audi? Dann haben Sie Eberli erschossen? Vor meiner Tür?" Tarne hatte viele Fragen, wollte viele Antworten. Wer war dieser Kerl wirklich? Was versteckte sich hinter dieser angenommenen Identität, über die Dorfmann ihm berichtet hatte, dass sie erst kurz existiere? Für wen arbeitete dieser

Müller? War er auf eigene Kasse unterwegs? Aber jetzt war anderes wichtiger. „Geben Sie mir sofort Frau Görtz", sagte Tarne in ruhigem, bestimmten Ton. „Jetzt passen Sie gut auf! Ich werde es nur einmal sagen. Wenn Sie Ihre Freundin gesund wiedersehen wollen, dann tun Sie, was ich Ihnen sage. Klar? Also: Sie machen sich sofort auf, nehmen die CD…" Tarnes Fähigkeit, in Gefahrensituationen plötzlich umschalten zu können, hatte ihm schon gute Dienste erwiesen. Er bekam einen kühlen klaren Kopf. Er war ganz ruhig. Es kam auf sein Verhandlungsgeschick an. Daran konnte das Leben von Manu hängen.

„Stopp, zuerst geben Sie mir Frau Görtz. Ich will wissen, ob es ihr gut geht."

„Noch", das Gegenüber machte eine Pause, „geht es ihr gut."

Tarne stellte sich auf eine längere Diskussion ein, da hörte er Manu mit gefasster Stimme:

„Bist du das?"

„Baby, alles okay mit dir?" Ihm war nicht bewusst, wie viel Zärtlichkeit er in diese Worte gelegt hatte. Er hörte sie schlucken, bevor sie ein leises „Ja" herausbekam.

Bevor er ihr ein paar tröstende Worte zuflüstern konnte, schnarrte wieder die drohende Stimme.

„Also…"

„Ich habe die CD nicht." Er musste den Kerl hinhalten. Das waren Bedingungen, die nicht zu erfüllen waren. Vielleicht konnte Dorfmann anhand des Telefonats den Aufenthaltsort feststellen. Tarne war klar, dass er wenig Chancen gegen diesen Typen hatte, wenn er nicht hart und sicher auftrat. Müller hatte bewiesen, dass ihm ein Menschenleben nichts bedeutete.

„Machen Sie keine Witze, Sie müssen sie haben! Ich weiß, dass Sie sie aus dem Schließfach

abgeholt haben", sagte Müller.
„Sie ist sicher untergebracht. Ich kann sie besorgen, das dauert aber…" Tarne ließ die Antwort in der Luft hängen.
„Ich gebe Ihnen eine Stunde, keine Minute länger." Er machte erneut eine Pause und fuhr mit doppelter Schärfe und Lautstärke fort: „Keine Kopien anfertigen, klar? Sonst bekommen Sie Ihre Lady das nächste Mal in Einzelteilen zurück. Also halten Sie sich an das, was ich sage."
„Sie verstehen nicht! Selbst wenn ich es wollte, könnte ich nicht erfüllen, was Sie wollen. Ich komme erst wieder zu den Geschäftsöffnungszeiten an die CD!"
Er konnte die CD nicht früher besorgen. So bekam er auch eine größere Frist, um sich eine Lösung zu überlegen.
Es entstand ein längeres Schweigen auf der anderen Seite. Dann ließ sich Müller wieder mit seiner gleichbleibend kalten Stimme vernehmen:
„Eine Bank? Haben Sie sie in ein Bankschließfach gebracht?"
„Kein Kommentar."
„Auch egal, besorgen Sie die CD! Ich erwarte Ihren Rückruf auf diesem Anschluss sofort nach zehn Uhr morgen früh. Und keine Zicken. Denken Sie daran, wenn Sie Ihre Freundin gesund wiedersehen wollen!"
Der Erpresser unterbrach die Verbindung.
Tarnes Ohr glühte. Am liebsten hätte er diesen Müller oder wer sich hinter diesem Namen verstecken mochte, am Hals durch die Leitung gezogen. Er schaute auf seine Uhr. Es war 19.00 Uhr. Fünfzehn Stunden Vorbereitungszeit. Bis er Müller anrufen musste.

23

Ein Hüsteln war zu hören. Mehr nicht.
„Sind Sie es?"
„Wer sollte es sonst sein?"
Unverkennbar die Arroganz im Ton.
„Natürlich. Verzeihung!"
„Es macht uns Sorgen, wie die Angelegenheit sich weiterentwickelt!" Der Anrufer registrierte den Pluralis Majestatis der höheren Etagen, wie man ihn heute nur noch von Ärzten und Krankenschwestern kannte. Dieses absolut selbstverständliche Wir – das Selbstbewusstsein seit Generationen mit großen Löffeln gefressen.
„Es scheint Ihnen aus dem Ruder gelaufen zu sein. Wer ist dieser, wie heißt er … ach ja, Tarne eigentlich?"
„Wir haben alles im Griff."
„Nach unserer Meinung sieht es nicht danach aus."
„Wir bekommen das hin."
Eine Pause. Ihm war klar, dass der Auftraggeber diese Kommunikationstechnik bewusst einsetzte, um seine Zweifel an der Kompetenz des Untergebenen durch-

klingen zu lassen. Druck zu machen, Angst zu erzeugen. Er erkannte das. Es wirkte trotzdem. Skrupel waren ihm normalerweise unbekannt, trotzdem wurde ihm kalt. Er dachte an die Macht, die hinter dieser Menschengruppe steckte.

„Schön, das zu hören. Sonst müssen wir uns nach jemand anderem umsehen. Bisher waren wir zufrieden mit Ihnen. Wieso hat unser Mann das Objekt erledigt? Ohne zu wissen, wo die Daten sind!"

„Der Mann ist nicht wichtig! Das war dämlich, wir haben ihn gemaßregelt. Er wird es wiedergutmachen."

„Das hoffe ich, für mich sind *Sie* der Verantwortliche! Und wer ist dieser ... ach ja, Tarne? Unsere Interessenten sind darüber nicht erfreut, dass das so gelaufen ist."

„Der Mann ist nicht wichtig, die Daten sind wichtig."

„Unsere Interessenten sind bereit, so gut wie jede Summe aufzubringen."

„Das Objekt hat einen Bruder, der nimmt zurzeit Angebote entgegen."

„Vermasseln Sie es nicht wieder, äh, sorgen Sie dafür, dass Ihr Mann es nicht erneut vermasselt."

„Wir wollen Angebote an den Bruder machen."

„Aber vergewissern Sie sich, dass er die Daten hat! Und sehen Sie zu, dass dieser komische Tarne verschwindet und sich da heraushält. Drohen Sie ihm gegebenenfalls oder zahlen Sie ihm einen angemessenen Preis."

24

Tarne hatte fünfzehn Stunden, um Manus Rettung vorzubereiten. Tausend Gedanken gingen ihm durch den Kopf. Eine Idee nach der anderen verwarf er wieder. Aber eines war ihm klar, er konnte sich in keinem Fall auf die Polizei oder diese andere Organisation verlassen. Diesem Braun und seinem LKA traute er nicht. Die wollten die CD. Wer weiß, ob es da nicht mehr Typen wie diesen Müller gab. Aber Hesse, er musste Hesse anrufen. Was hatte der Neues erfahren? Vielleicht war es wichtig. Erst zur Ruhe kommen. Durchatmen. Was war zu tun? Dorfmann. Der konnte bestimmt anhand des Handys den Aufenthaltsort feststellen. Am besten direkt zu Dorfmann fahren, ohne anzurufen. War sicherer. Wer weiß, ob sie nicht auch seine Nummer hatten. Wenn er zu ihm hinfuhr, konnte er darauf achten, ob bei Alexander Dorfmann eine Personenüberwachung stattfand. In der Hoffnung, Tarne über einen Kontakt zu ihm ausfindig zu machen. Oder ob ihm selbst jemand folgte. Wenn nicht, konnte er von dort aus alles Weitere organisieren. Dorfmann hielt sich immer lange in der Uni auf. Kein Wunder, er ging erst nachmittags hin. Hatte dann mehr Ruhe zum

Arbeiten. Dafür dann bis spät in die Nacht. Für ihn war sein Beruf eher sein Hobby. Langsam bekam Tarne Struktur in seine nächsten Schritte.

Den Weg zur Uni Bochum kannte Tarne in- und auswendig. A 40, Ruhrschnellweg – zum Lachen! Ruhrschleichweg eben! Trotz der ständigen Staus gab es keinen besseren Weg mitten durch das Ruhrgebiet. Tarne trommelte mit den Fingern auf das Lenkrad ohne den gewünschten Effekt des schnelleren Vorankommens. Während seines Studiums hatte er jede Ausfahrt bei Stau ausprobiert, jeden Schleichweg. Quintessenz: Es gab keine Alternative, die schneller gewesen wäre. Man musste sich damit abfinden. Zwischendurch strich er sich mit zwei Fingern über die rechte Augenbraue, wie zur Beruhigung. Der Mercedes von Sagatzki schleppte sich unauffällig zwischen all den anderen Wagen voran, viele auch vom selben Fabrikat und gleicher oder ähnlicher Farbe. Schwarz, grau, braun-silbermetallic, in allen Abstufungen, alles ein Brei. Für Tarne, vor allem in seinem momentanen Zustand, war es viel zu langsam. Am liebsten hätte er eine dritte Spur aufgemacht, in der Mitte oder rechts daneben. Einfach ein Blaulicht hervorholen und aufs Dach setzen. Das wäre was. Trotz der Anspannung vergaß Tarne nicht, immer wieder Rückspiegel und Umgebung zu scannen. Ein Verfolger war nicht auszumachen.

Trotz der Baustelle, die seit Jahren an dieser Stelle bestand, nahm er die Ausfahrt Bochum-Stahlhausen, um auf den Ring zu kommen. Dann die Abfahrt zur Uni, auf das Uni-Gelände, an den Parkhäusern vorbei, bis ganz unten, dann am Fuß des letzten Gebäudes, GA, parken. Um diese Zeit war viel frei. Erst nachdem sich Tarne vergewissert hatte, dass in keinem der wenigen parkenden Fahrzeuge oder in der Umgebung Personen auszumachen waren, die zu Dorfmanns Überwachung abgestellt sein könnten, verließ er sein Fahrzeug. Es war niemand und nichts Auffälliges auszumachen. Auch gefolgt war ihm niemand.

Durch die Glastür in die Uni – wo sagte er, sei sein Büro, unter der Treppe? Auch im Gebäude liefen ihm nur noch wenige Studenten und Angehörige des Mitarbeiterstabes über den Weg. Nach kurzem Suchen fand Tarne die richtige Tür. Auf dem kleinen Schild mit den Steckbuchstaben stand *Dipl.-Inf. A. Dorfmann, Technischer Dienst*.

Zwei giggelnde Studentinnen verließen gerade das Büro und winkten Dorfmann zum Abschied zu, der ihm über mehrere Monitore hinweg entgegenlugte. Das Klicken der Tastatur endete abrupt. Tarne registrierte in seiner Eile nicht, wie die beiden ihn mit bewundernden Blicken musterten. Das war mal ein anderer Typ Mann als die Studenten und Dozenten, an die sie gewöhnt waren.

Dorfmann überfiel Tarne sogleich mit dem üblichen Spielchen:

„Moritz-Eiskonfekt, das ist es wirklich! Kennst du noch? Den ganzen neuen Mist, den's da gibt, das braucht keiner und das kommt nicht annähernd daran..."

Weiter kam er nicht.

„Sorry – keine Zeit dafür", sagte Tarne und fuhr unter Dampf gleich fort: „Manu ist entführt worden, die wollen sie im Austausch gegen eine CD mit Daten von Steuersündern. Die habe ich im Moment nicht mehr in Reichweite. Ich dachte, es wäre sinnvoll, sie zur Sicherheit an einen Anwalt zu schicken, aber ich fürchte, das stellte sich als Fehler heraus. Über die Verbindung zu dieser Kanzlei haben die Manu gefunden. Es ist

zum..."
„Scheiße!"
„Das kannst du laut sagen." Nach diesem lapidaren Kommentar begann Dorfmann sofort über die Chancen und Wahrscheinlichkeiten zu dozieren, die Gekidnappte lebend und unverletzt wiederzusehen. Als er bemerkte, dass dies nicht zur Beruhigung von Tarne führte, bemühte er sich, den Ernst der Lage abzuschwächen:
„Bei uns im Land ist das selten, dass so etwas vorkommt. Zumindest, was man weiß, und die Chancen sind gut. Weil in Deutschland grundsätzlich kein hohes Strafmaß zu erwarten ist. Du weißt, wie es ist: Hier heißt es immer, *der arme Böse, hatte eine schlimme Jugend...* und schon gibt es ein psychologisches Gutachten und das wirkt sich strafmindernd aus."
„Ja, ja...", versuchte Tarne den Redefluss erfolglos zu unterbrechen.
„Ich meine eben, in den Staaten sähe das eher schlecht aus." Dorfmann redete weiter. „Wenn das dort vorkommt, wird der Gekidnappte schon nicht überleben, weil er im Falle, dass der Kidnapper erwischt wird, als Zeuge fungieren kann. Das kann dort dann in einigen Staaten zur Todesstrafe führen..."
Tarne folgte den Ausführungen, versuchte mühsam, sein Genervtsein zu verbergen, und wartete, dass Dorfmann auf den Punkt kam.
„... das ist in diesem Fall anders, man weiß nicht wirklich, ob nicht der Dienst dahintersteckt und den Müller, oder wie er heißen mag, deckt. Egal, ob er – wie der Chef des SEK sagt – auf eigene Rechnung arbeitet oder nicht. Du weißt nicht, ob nicht doch ein anderer Dienst, welcher es auch sein mag, dahintersteckt und der Agent nicht alleine arbeitet."
„Tja...", setzte Tarne erneut an, als Dorfmanns Redefluss versiegte. Dorfmann schob Akten auf seinem

Schreibtisch hin und her. Seine Hilflosigkeit war mit Händen greifbar. Eine Reaktion auf Tarnes Anspannung.

„Egal, ob oder ob nicht, der Dienst wird es vertuschen, auch wenn die dafür morden müssten, ich glaube, das ist denen egal. Mal ganz ehrlich. Lass uns sehen, was wir haben und was wir tun können!"

„Du kannst keinem trauen", sagte Dorfmann.

„So weit war ich schon", sagte Tarne, „aber was können wir tun?"

„Was haben wir denn?" begann Dorfmann. „Wir haben erstens: diesen Braun, LKA, Leiter der SEK für den Ankauf dieser CD, dann zweitens..."

Tarne unterbrach ihn und fuhr fort: „Zweitens: Müller. Du hattest diese Identität herausgefunden. Der Typ, von dem Braun behauptet, er gehöre einem anderen Dienst an. Bei dem wissen wir nicht, für wen der dann arbeitet, auf eigene Kasse oder im Auftrag."

„Das könnten einflussreiche Leute sein, jemand von den Steuerflüchtlingen, einer von der CD?"

„Wer war da alles drauf?", fragte Dorfmann.

„Das glaubst du sowieso nicht. Aber ich denke, das Spekulieren führt uns nicht weiter. Kannst du ermitteln, wo dieser Müller war, als ich über Manus Handy mit ihm gesprochen habe?"

Ohne Pause, ohne Luft zu holen, setzte Dorfmann wieder an, froh, etwas beitragen zu können:

„Also, seit 1986, als das noch analoge Mobilfunknetz in Betrieb ging ... also, das hieß übrigens damals noch nicht Mobilephone oder Handy, sondern, du wirst es nicht glauben, aber die sagten damals dazu *Fernverständigungsmittel...*"

„Ja, ja. Was ist heute?"

„Naja, die haben ständig die ..., also, ich muss da ein bisschen ausholen." Er schaute Tarne an, sah an der gerunzelten Stirn, wie ernst die Lage war, und fuhr fort: „Okay. Ich will mich kurz fassen." Die weitere Verbreitung und vermehrte Nutzung führte dazu, dass die Unternehmen für ihre Marketingstrategie immer mehr den Nutzen der sogenannten Kommunikations- und Aufenthaltsprofile erkannten."

„Ja, klar…"

„Warte, ich komm dazu, die sammelten immer mehr Daten…"

„Ich weiß, und jetzt gibt's die neue europäische Entscheidung, dass das nicht mehr rechtens ist…"

„… lass mich, ich komme schon dahin, was uns interessiert. Also die sind so weit, dass sie ständig die laufenden Datensätze speichern, mit anderen Worten, jeder Kontakt mit Zielnummer, genauer Zeit, Identifikationsnummer des Gerätes, und … das ist das Gute für uns … der Funkzelle, in der sich der Teilnehmer befand."

„Und wie kommen wir daran?"

„Also, diese Daten liegen erst einmal bei den Netzanbietern zum einen, und das Handy selbst, je nach Software, kann auch die eigene Position bestimmen und sendet das oft, ohne dass der Besitzer das weiß, an alle möglichen Anbieter von irgendwelchen Diensten wieter. So was wie Google Maps oder so."

„Und? Kannst du oder kannst du nicht…?" Tarne wäre am liebsten handgreiflich geworden. „Ich hab noch 14 Stunden, dann werde ich wieder Kontakt zu dem Kerl, Müller, haben. Also mach hin!"

„Klar, warte, es kommt noch besser." Dorfmann griff sich eine seiner Cola-Light-Fläschchen aus einer Kiste und löste den Verschluss.

„Auch eine?" Tarnes Nicken merkte man die steigende Ungeduld an.

Dorfmann schob ihm die offene Flasche zu und angelte eine neue für sich, während er weiter sprach:

„Inzwischen ist man so weit, dass man drei

unterschiedliche Technologien zur sogenannten *Geolokation* nutzt. Erstens satellitengestütztes GPS, zweitens WLAN-Netze, die sich in Reichweite befinden, und drittens die genaue Position der GSM-Funkzelle, in die das jeweilige Handy zum Zeitpunkt der Verbindung eingebucht ist."

„Das heißt? Kannst du feststellen, von wo der Kerl angerufen hat oder kannst du nicht? Und wo ich ihn erreicht habe?"

„Klar kann ich! Was denkst du denn. Mit einer der Datenquellen ist die Bestimmung eher ungenau. Sagen wir mal so im Umkreis von einigen Kilometern. Wenn wir auf alle drei Informationsquellen zurückgreifen können, dann kann ich die Position exakt bis auf ein paar Meter bestimmen."

„Super. Wie lange brauchst du? Frage ist nur, ob der Kidnapper noch da ist, wo er war, als ich mit ihm sprach?" Tarne beantwortete sich die Frage gleich selbst: „Wahrscheinlich eher nicht. Aber könnte trotzdem ein Anfang sein. Ein Hinweis."

„Hast du das Handy da, mit dem du telefoniert hast?"

Tarne warf das Handy auf den Tisch.

„Gibt es hier noch antiquierte Telefonzellen, wie früher? Ich müsste ein paar Anrufe erledigen. Ich will deins lieber nicht benutzen. Die öffentlichen werden vermutlich nicht angezapft sein, oder?"

Dorfmann Finger eilten schon wieder über die Tastatur und das Leuchten der Bildschirme spiegelte sich in seinen Augen.

„Man weiß nie. Aber selbst wenn die dich über die Verbindung ausmachen sollten. Hier kommst du immer ungesehen weg, denke ich."

25

Zur selben Zeit, als Tarne in Bochum durch die Ruhr-Uni tigerte, trainierte sein Freund Sagatzki in Essen. Alles Idioten! Alle hielten ihn für eine gut funktionierende Kampfmaschine. Dabei wollte er nur seinen Körper fit und geschmeidig halten! Sagatzki ging in seinem Studio umher, trainierte und probierte neu erworbene Maschinen aus. Verstohlen bewunderten einige Kunden sein Muskelspiel, aber natürlich nahm er es wahr. Einige strengten sich sehr an, bis an ihre Grenzen. Der Schweiß lief in Strömen. Die Klimaanlage funktionierte gut. Sonst wäre es kaum auszuhalten.

Nach außen wirkte er cool, unbewegliches Gesicht, er kannte seine Wirkung, war bemüht, niemanden sehen zu lassen, dass ihn ganz andere Gedanken und Bilder aus der Vergangenheit bedrängten. Hin und wieder kam ein schreckliches Erlebnis hoch. Dann wirkte er nicht locker wie sonst. Er hatte seinen Vater dahinsiechen sehen. Das unglaubliche Leiden und den fortschreitenden Zerfall der ehemals starken Persönlichkeit seines Vaters. Der Vater, den er sein Leben lang bewundert hatte für seine Größe und seinen Mut. Fast zwei Meter groß, und zum Schluss war er immer mehr geschrumpft. Die Krankheit hatte ihn dahingerafft. Es würde sich niemand von seinen Kunden vorstellen können, wie er darunter gelitten hatte. Das mitansehen zu müssen. Zum Schluss hatte er ihn gebadet. Ihn in die Wanne hinein- und herausgehoben. Der große Kerl, den er als Kind nicht umfassen konnte, war leicht wie eine Feder geworden. Ein verschrumpeltes kleines Männchen. Es war fürchterlich, das mitansehen, miterleben zu müssen, immer wenn er seine Eltern besucht hatte. Mit diesen Gefühlen konnte er nicht umgehen. Normalerweise gelang es ihm gut, diese verletzliche Seite nach außen hin zu überspielen. Er bemühte sich, lieber an etwas anderes zu denken. Er, Sagatzki, brauchte etwas, das er anpacken konnte. Er war ein Mann der Tat.

Und sein Job? Eigentlich hielt er sich für einen faulen Menschen. Da sein Körper gestählt war, war für ihn der logisch nächste Schluss, aus dem Geld machen, was da war. Er hatte ein Vorbild, Arnold Schwarzenegger. In einem TV-Bericht hatte er gesehen, mit wie viel Ehrgeiz der es geschafft hatte: sich Ziele gesetzt und diese erreicht hatte. So erfolgreich wollte er nicht werden. Ihm reichte das, was er mit dem geringstmöglichen Einsatz erreichen konnte. Da er sowieso trainierte, war es das Bequemste, ein eigenes Studio zu haben, und da er mit weniger Zeitaufwand im Personenschutz mehr verdienen konnte, war das der nächste logische Schritt gewesen. Inzwischen war das Studio mehr ein Hobby oder diente als Fassade für seine sonstigen Tätigkeiten.

Meist hatte er keine Lust, sich mit den Leuten abzugeben, die ihn umgaben. Viele von denen waren für ihn sowieso Idioten. Er wollte am liebsten nur seine Ruhe haben. Vielleicht sagte er deshalb so wenig oder zumindest nur dann, wenn es absolut nötig war. Zumindest hatte er einen ziemlich guten Freund. Robert Erich Tarne. Im Augenblick sahen sie sich häufiger. Es war wie immer, Tarne kam aktuell nicht ohne ihn aus. Er musste ihn gerade mal wieder aus einer gefährlichen Situation heraushauen. Aber dafür hatte man Freunde. Sagatzki stellte das nächste Trainingsgerät auf seine Bedürfnisse ein und wollte die Übungen beginnen. Der Gedanke an seinen Freund Tarne hatte ihn besser gestimmt. Ein Lächeln huschte über sein Gesicht, als er in die Brusttasche seines Jogginganzuges griff, einen vergilbten und abgegriffenen Zettel herauszog, der an den Knicken auseinanderzufallen drohte. Er faltete ihn auseinander und las:

In den alten Kulturen in Japan wurde der Begriff 'Ehre' deutlich hochgehalten und fand Anwendung bei den Samurai. Definitionsgemäß wurde damit das Ansehen beschrieben, das eine Person in den Augen ihrer Mitmenschen genoss. Man kann somit sagen, dass es sich bei dem Begriff 'Ehre' in diesem Zusammenhang um einen Verhaltenskodex handelte. Heute gibt es kaum noch Samurai. Aber noch heute gilt es in Japan als ehrlos, und zwar in allen Bevölkerungsschichten, wenn man Geld offen überreicht. Es ist üblich, das in einem geschlossenen Umschlag zu tun, und es gehört sich nicht, es nachzuzählen. In unserer westlichen Mentalität scheint dagegen das Geld selbst den Stellenwert von Ehre übernommen zu haben.

Er wusste, dass er damit gemeint war. Er, der Samurai. In Tarnes Augen und in den Augen der anderen. In diesem Textausschnitt aus der Examensarbeit Tarnes. Ein echtes Trauerspiel, dass Tarne mit der Arbeit anscheinend nie fertig werden würde. Zufrieden mit sich und der Welt setzte er sein Training fort.

Er kniete sich richtig rein. Schweiß perlte über seine Stirn. Das Schmunzeln auf seinem Gesicht vertiefte sich, als er daran dachte, wie sie mal einen Kaffee im Café Click getrunken hatten:

„Stell dir vor", hatte Tarne erzählt, „da kommen zwei ausländische Mitbürger..."

„Ist das der momentan politisch korrekte Terminus?"

„Glaub wohl", oder eher noch: „Mir egal!", hatte Tarne geantwortet.

„Man weiß nie."

„Jetzt lass mich erzählen, so wortreich kenne ich dich gar nicht..."

„Man tut, was man kann", hatte Sagatzki gegrinst.

„Auf jeden Fall, ich war wegen einer Überwachung in Dortmund. Da war also eine dunkle Fußgängerunterführung und danach eine offene Strecke. Nachts, nicht mal so spät. Die Leute waren schon alle von der Arbeit zu Hause, natürlich beim Fernsehen oder so. Also ziemlich einsam. Kommen zwei auf mich zu, schwarze Haare, dunkle Augen, unrasiert. Soweit ich das in der Finsternis sehen konnte. Laternen leuchteten weit im Hintergrund. Der eine zeigt mir ein Messer und droht: *Eh, du, gib mir dein Geld und Handy!*" Tarne betonte den Text entsprechend. „Ich sag nichts, lass die beiden näher kommen. *Wat is, mach schon, gib!*, faucht der andere und der erste fuchtelt mir mit dem Messer vor dem Gesicht rum. Ging so weiter, als ich nicht

sofort reagierte, meinte er noch: *Kuckst du, gib Geld! Hau dich gleich eine!* Aber ich blieb ruhig, auch als der andere stänkerte: *Mach hin, Mann! Mach nich auf starken Mann! Komm, komm…"*
„Ich ahne, was kommt." Aus Sagatzkis Grinsen war ein genüssliches Schmunzeln geworden.
„Genau, ich nehme blitzschnell mit beiden Fäusten, eine oberhalb, eine unterhalb, seinen Messerarm in eine Scherenstellung. Leg alle Kraft in die Bewegung. Einen Arm rauf, einen runter. Man hörte richtig das Knacken der Knochen. Das Messer flog im hohen Bogen ins Dunkel. Meinen rechten Ellenbogen habe ich ihm ins Gesicht geknallt und als die Hand des anderen Arms zu meinem Kopf hochzuckte, hab ich ihm richtig in die Eier getreten. Er fiel um wie ein Stein und lag zusammengekrümmt und wimmernd auf der Wiese."
„Und der andere?"
„Der lief weg. Ich hab ihm hinterher gerufen: *Eh, du Feigling, bleib stehen, willst du deinem Kumpel nicht helfen?* Aber der drehte sich nicht mal um. Da haben die sich den Falschen ausgesucht."
„Haben die Übungsstunden bei mir sich bezahlt gemacht", hatte Sagatzki gesagt.
„Würde ich so sehen."
„Zumindest hat's die Richtigen erwischt."

Aus seinem Büro hörte er ein Rumoren. Erst eine halblaute Stimme:
„Den kannst du heute nicht stören, der hat seinen Moralischen." Eindeutig nicht für ihn bestimmt. Dann schallte lauter die Stimme eines Mitarbeiters:
„Ey, Samurai, da will dich jemand sprechen!"
Die wussten doch, dass er nicht gestört werden wollte, wenn er trainierte.
„Geht jetzt nicht!", sagte er und legte Autorität

in seine Stimme.

„Soll dringend sein", kam eine vorsichtige, zögerliche Antwort.

Wie alle Gefühle, versuchte er seinen aufkeimenden Ärger zu kontrollieren. Er brach das Training ab, wischte sich die Hände an seinem Handtuch ab. Trocknete den Schweiß von der Stirn. Machte sich langsam auf den Weg hinüber ins Büro. Nahm sich Zeit, setzte sich erst hinter seinen Schreibtisch, lehnte sich zurück und legte die Beine darauf. Dann erst, nach mehrmaligem ruhigen Durchatmen erlaubte er sich, den Hörer entgegenzunehmen.

Es war Tarne. Er klang gehetzt.

„Er hat Manu!"

Es bedurfte nur dieser kurzen Information, um Sagatzki einsatzfähig zu machen. Alle Muskeln waren sofort angespannt, in einer exakten geschmeidigen Bewegung schwang er seine Beine wieder zu einem festen Stand auf den Boden.

26

Hauptkommissar Harald Hesse vergewisserte sich mit einem Blick auf das Kärtchen, das er in seiner Brieftasche trug, dass er die richtige Ziffernreihenfolge an dem Türöffner eingab, um in die Abteilung bei der Kripo Essen zu gelangen, in der sein Büro lag. Ohne diese Hilfe hatte er sonst, zum heimlichen Spaß seiner Kollegen, immer wieder die Kombination vergessen. Die Zahlen im Eingabefeld auf den einzelnen Knöpfen waren so abgegriffen, dass sie kaum zu erkennen waren. Er nahm an seinem Schreibtisch Platz und stöhnte vor sich hin, als er durch die aufstehende Verbindungstür das Gebrabbel seiner Kollegen Krause und Bergmann vernahm, die sich über die letzten Bundesliga-Ergebnisse austauschten. Er schob einen Stapel abgegriffener grüner Aktenordner zur Seite und richtete das Bild mit seiner Frau und seinen beiden Kindern neu aus.

„Hallo Chef." Krause war durch die Geräusche, die Hesse durch sein Kommen verursacht hatte, aufgescheucht worden und in sein Büro gekommen. „Hast du in dein Fach geguckt? Da ist ein Fax gekommen vom LKA, die beschweren sich bitterböse über unsere unkooperative Art. Das sei nicht die übliche amtliche Vorgehensweise."

„Sollen sie, die können mich mal. Wenn ich das höre, die da oben wissen gar nicht, mit was wir zu kämpfen haben. Völlig weltfremd. Die sollten nur eine Woche hier sitzen und das miterleben. Den täglichen Wahnsinn, den wir haben! Noch 'ne Aufgabe, und noch 'ne Aufgabe, und dies und das beachten und das Gesetz obendrein. Genau genommen dürfen wir gar nichts mehr. Die Verbrecher können sich alles erlauben und wenn wir Luft holen, machen wir uns schon strafbar! Nimm zum Beispiel die Einsatzkräfte, die sich mit den Hooligans rumprügeln müssen. Unsere Jungs werden wegen jeder Kleinigkeit angezeigt, dass sie nicht vorschriftsmäßig vorgehen oder zu viel Gewalt ausüben. Mensch, wie sollen die sich denn verhalten, wenn die Fußballrowdys sich gegenseitig umbringen? Und dann sind wir es schuld, wenn wir durchgreifen, um Schlimmeres zu verhindern. Wir sind dann die Bösen, die zu viel Gewalt anwenden. Verdammt! So schaffen die es noch, uns die letzte Freude zu nehmen, den Fußball. Ist doch wahr, seit Schalke…"

„Ja, Chef, hast recht!" Krause zog sich schnell zurück. Er wusste, wenn Hesse so drauf war, sollte man besser abziehen. Das versprach ja ein Nachtdienst zu werden.

„Soll ich die Tür schließen?"

„Ja, mach mal!"

Hesse trat ans Fenster und warf einen Blick auf die Grugahalle gegenüber. Die nächtliche Beleuchtung ließ das Gebäude in seiner ganz besonderen architektonischen Form gut sichtbar erstrahlen. Früher hatte er sich einen Jahresausweis für den Grugapark geholt, das waren noch Zeiten! Da war die ganze Familie oft durch die Gruga gestreift. Bis spät in die Nacht hinein. Manchmal waren ihnen Rehe über den Weg gelaufen.

Aber diese Zeiten waren längst vorbei. Inzwischen war es so weit, dass seine Frau es satt hatte, dass er so viel arbeitete. Und die Kinder machten längst, was sie wollten. Aber wer weiß, vielleicht hatte seine Frau recht und er war daran nicht unschuldig...

„Ich sollte zurückrufen? Was gibt's?", meldete sich Tarne am Apparat.

Hesse kannte seinen Freund gut genug, um sofort zu hören, dass etwas nicht stimmte. Er klang, als wenn er unter starkem Druck stehen würde.

„Ja, ich wollte dir sagen, dass ich Eberli kenne. Als ich die Fotos auf dem Tisch liegen hatte, fiel es mir ein. Ich nehme an, ich bin schuld, dass er bei dir vor der Tür erschossen wurde."

„Was? Wie das?"

„Ich habe *dich* ihm empfohlen. Er hatte mich gefragt."

„Was? Wie? Gefragt?" Tarne war durch das Telefon als ein einziges Fragezeichen zu erkennen. Er zog die Stirn kraus und fuhr sich mit zwei Fingern der freien Hand über die Augenbraue.

„Klar, so ist das nicht zu verstehen. Ich sollte dir wohl den Hintergrund erklären."

„Könnte hilfreich sein!" Tarne klang aggressiv.

„Ist was nicht in Ordnung?", fragte Hesse.

„Nein, alles okay. Nur wenig Zeit. Erzähl wieter."

„Ist alles kein Geheimnis. Ich war mit einer Kommission zusammen in der Schweiz. Wir haben da innerhalb eines Kongresses darüber beraten, wie es zwischen den Ländern in Zukunft gehandhabt werden soll mit der Steuergesetzgebung der Schweiz. Was unsere Vorstellungen und Wünsche sind und was die Kollegen sich so denken. Ob es Kompromisse geben könnte. So das Übliche, du verstehst, ja? In diesem

Zusammenhang kam ich mit Eberli zusammen. Der war als ein Vertreter der Schweizer Banken dabei. Irgendwann nach Feierabend in einer Hotelbar kamen wir ins Gespräch und in diesem Zusammenhang fragte er nach jemand Zuverlässigem. Der ihm bei Ermittlungen in NRW würde helfen können. Da habe ich natürlich dich genannt. Ja, so war das."

„Danke, Danke, echt nett, aber übertreib nicht!"

Tarne strich sich erneut über die Stirn.

Hesse verstand ihn sofort:

„Ja, ich weiß. Kannst du nicht annehmen. Hörst du nicht gerne. Tust nur deine Pflicht und so. Okay. Aber so sehe ich dich eben. Wozu das Ganze führt, konnte ich nicht wissen."

Tarne ging darüber hinweg.

„Vertrauen gegen Vertrauen, es geht tatsächlich um Steuerfragen. Eberli wollte, das heißt sein Bruder will Informationen an die Landesregierung verkaufen."

„Ach, das ist es! Ich dachte mir schon so was. Ist unser Freund Norbert Walter-Borjans wieder aktiv. Der kriegt bestimmt noch das Bundesverdienstkreuz, so viel wie der schon an Einnahmen über gekaufte Daten für NRW generiert hat. Finanzen für unser Land auffrischen. Und du hängst mittendrin?"

„Kann man so sagen. Kann ich dich was fragen?"

„Klar…" Hesse konnte sich seinen Freund in diesem Moment gut vorstellen, wie er, wie immer, wenn er nervös war, an seiner Augenbraue herumfuhrwerkte. „Affäre Zumwinkel? Du erinnerst dich? Da war die Steuerfahndung dran. Eine Frau war da, glaube ich, die Leiterin. Wurde nicht in der Wohnung von deren Tochter eingebrochen? Die Leiterin hatte, soweit ich mich erinnern kann, eine Mordsangst, dass ihrer Tochter was passieren könnte. War so, oder?"

„Hab auch so etwas gehört damals. Das war

denen oben nicht so recht, dass da so eine große Affäre draus gemacht wurde. Warum fragst du?", wollte Hesse wissen.
„Da glaubt man immer, hier gäb es das nicht wie Mafia und so. Wie in den Filmen, tja, weit gefehlt, was?" Tarne redete absichtlich drum herum. Er wollte seinen Freund, der nun einmal bei der Polizei war, nicht direkt kompromittieren. Durch zu viele Informationen würde er als Polizist nicht anders handeln können und eingreifen müssen.
„Soweit ich das gehört habe, gab es öfter Fälle, wo Dinge totgeschwiegen wurden, von erheblichen Steuerschulden. Wenn die Personen reich genug sind und damit einflussreich genug, da ..."
„... verläuft alles im Sande, willst du sagen?" beendete Tarne den Satz.
In einer so hektischen Art hatte Hesse ihn noch nie erlebt. „Hm. Kommt immer wieder mal vor, denke ich. Übrigens, noch etwas, du hast recht, was den schnellen Einsatz der Polizei betrifft: Wir hatten einen Hinweis bekommen, von oben. Quelle wurde nicht genannt. Eberli sollte aufgegriffen werden, bevor ihm etwas zustoßen konnte – aber hatte nicht mehr gereicht!"
„Aber woher?"
„Ich vermute, ein SEK, in solchen Fällen. Üblicherweise ist das Finanzministerium des jeweiligen Landes dafür zuständig. Die kamen nicht mehr schnell genug an ihn ran. Weil die das irgendwie versaubeutelt haben, hat sich das LKA mit einer neuen Sondereinheit eingeschaltet oder wurde eingesetzt. Keine Ahnung."
Sie schwiegen einen Moment, dann platzte Tarne wieder heraus:
„Was ich noch gehört habe: In einem Fall in Baden-Württemberg, glaube ich, Stuttgart oder so, da wurden Fahnder im Alter von vierzig oder fünfzig Jahren in den vorzeitigen Ruhestand versetzt wegen

psychischer Probleme, die sie nicht hatten."
„Mmh. Hab ich auch gehört."
„Mit anderen Worten, man hat die für verrückt erklärt!" Tarne klang entrüstet.
„So kann man es sagen: Ich glaub, in Münster gab es so einen Fall auch mal."
„Ich möchte nicht wissen, was da alles unter der Oberfläche schlummert, von dem wir nichts wissen und nie hören werden."
„Hm."
„Dein *Hm* kling für mich wie eine Zustimmung. Also mit anderen Worten: Auch vor Mord schrecken die nicht zurück?"
„Das habe ich persönlich zwar noch nicht gehört … aber wer weiß? Ehe du da weiter in Schwierigkeiten gerätst, lass uns das Ganze lieber offiziell regeln."
„Das geht doch nicht! Oder kannst du mir garantieren, dass alle, die dann davon erfahren, loyal sind?"
Schweigen.
Das war es also, weshalb Tarne sich ihm nicht ganz anvertraute. Er hatte Angst!
„Siehst du, nee, kannst du nicht!", kam von Tarne folgerichtig.
„So direkt würde ich das nicht sagen wollen…", versuchte Hesse seinen Freund zu beruhigen.
„Schon gut, reicht."
„Aber, was willst du allein ausrichten? Wir hätten als Institution Polizei mit unserem Apparat viel mehr Möglichkeiten!"
„Nee, du weißt gar nicht, um was es geht. Da muss ich alleine durch. Es muss nur *eine* undichte Stelle geben – *das* Risiko gehe ich nicht ein!"
„Wie du meinst. Aber… so kannst du das nicht sehen, wo kämen wir da hin? Ich glaube, dass nicht alle so sind. Es gibt noch ehrliche Polizisten."

„Ja, bei dir weiß ich das", lenkte Tarne ein.
„Was willst du mir eigentlich sagen?" Hesse spürte, wie Tarne herumdruckste. „Ich merke doch, dass da etwas ist. Was bedrückt dich?"
„Ist besser, wenn du es nicht weißt", sagte Tarne.
„Vielleicht kann ich was tun?", sagte Hesse.
„Ja, vielleicht, aber ich will kein Risiko eingehen."
„Was?"
„Ich glaube, ich muss damit alleine klarkommen, trotzdem Danke!"
Tarne hatte aufgelegt und Hesse lauschte noch in den Hörer. Hoffentlich machte sein Freund keinen Unfug! Der klang ja, als wenn er die ganze Zeit unter Adrenalinschub stand. Hesse fühle sich ohnmächtig. In dieser Welt war man dem ganzen System hilflos ausgeliefert. Als wenn jeder ein Einzelkämpfer war und sich irgendwie durchschlagen musste.

27

Tarne stand in einem der weitläufigen Flure der Ruhr-Uni Bochum an einer öffentlichen Telefonbox und kramte die Visitenkarte Brauns aus der Tasche. Er gab die Ziffernfolge der Rufnummer ein. Mal sehen. Vielleicht gab es dort etwas zu holen. Beim Leiter des SEK, der zum LKA gehörte. Der nur eines im Sinn hatte: Die Finanzkassen aufzufüllen. Warum sollte er Braun etwas vormachen? Entweder er steckte mit dahinter, dann war es egal, dann wusste er sowieso alles. Und wenn nicht, dann... vielleicht konnte er helfen. Wer weiß!
„Schön, dass Sie sich melden. Sie sind ja völlig von der Bildfläche verschwunden, wie haben Sie das gemacht? Gute Arbeit! Eberli hatten wir ebenfalls kurzfristig aus den Augen verloren – stecken Sie dahinter?" Tarne fiel nicht auf den Schmus herein, auch als Braun sich dranhielt: „*Sie* machen *unsere* Arbeit. Wie wäre es, wenn wir zusammenarbeiten? Sie können uns vertrauen! Eigentlich müsste ich Sie sofort festnehmen. Aber wir wollen, dass das Ganze so unauffällig wie möglich über die Bühne geht."
„Sind Sie fertig?"
Tarne stand unter Druck bis in die Haarspitzen.

„Der Mörder von Eberli, der Schütze oder wie auch immer Sie Ihren Mitarbeiter nennen wollen..."
Braun versuchte etwas zu erwidern.
„... Nein, lassen Sie mich reden. Er hat meine Freundin entführt und setzt mich unter Druck. Ja, ich weiß, ich habe die CD mit den brisanten Daten."
„Das läuft im Moment ganz gewaltig aus dem Ruder. Ich hoffe, Ihnen ist klar, dass nicht wir dahinter stecken? Ich kann Ihnen versichern, dieser Mann ist nicht aus unseren Reihen."
„Sicher bin ich mir in dieser Sache bei nichts mehr", sagte Tarne.
„Ich kann Sie gut verstehen. Aber ich bitte Sie, lassen Sie *uns* das regeln. Wir haben Erfahrung mit solchen Übergaben. Ist nicht das erste Mal. Wir sind da ein eingespieltes Team", sagte Braun.
„Das sieht man. Dieser Müller? Gehört also nicht zu ihrem Team? Wo kommt der dann her?"
„Nein, bestimmt nicht. Es ist da ein anderer Dienst ebenfalls an diese Angelegenheit gesetzt worden. Von ganz oben...", sagte Braun.
„Unsere Angie? Meine Info ist, dass das Finanzministerium von NRW dafür zuständig ist?"
„Das ist alles völlig richtig. Natürlich sind die Länder für diese Transaktionen zuständig."
„NRW tut sich da ja häufig besonders hervor", warf Tarne ein.
„Kann sein. Kann auch sein, dass der von ganz oben Anweisung erhielt. Wer weiß das so genau, ja. Aber das haben Sie nicht von mir", sagte Braun.
„Die Kanzlerin gibt solche Aufträge?"
„Natürlich nicht. Was denken Sie denn, mein Freund? Wo kämen wir da hin! Grundsätzlich können SEKs von vielen ins Leben gerufen werden, grundsätzlich natürlich auch von der Kanzlerin, von Ministern oder Regierungspräsidenten. Aber es scheint so, als

wenn da ein Kollege, ähm, Agent dazwischen war, der, wie soll ich sagen... der scheint wohl auf eigene Kasse zu arbeiten. Aber jetzt sind wir da und jetzt geht alles seinen geordneten Gang. Wir kennen inzwischen seine Identität. Es ist nur eine Frage der Zeit, bis wir ihn haben. Dann erfahren wir bestimmt auch mehr über seinen oder seine Auftraggeber."
„Das wäre interessant. Zu erfahren, auf wessen Lohnliste er steht, was? Aber das wussten Sie bestimmt schon bei unserem Treffen. Warum haben Sie mir das nicht gleich gesagt?"
„Sagen wir mal so, mir sind bei solchen Dingen die Hände gebunden", sagte Braun.
„Soll ich Ihnen und Ihrem Verein vertrauen? Vielleicht gibt es bei Ihnen noch einen Kollegen, der auf eigene Rechnung absahnen will?"
„Seien Sie vernünftig. Lassen Sie *uns* das regeln!"
„Nein. Da funkt mir keiner dazwischen! Wer weiß, wer bei Ihnen mitmischt!"
„Ich kann Ihnen versichern, dieser Müller gehört erstens zu einem anderen Dienst und zweitens: Wir würden so nicht vorgehen", sagte Braun und fuhr fort, ohne sich wieder von Tarne unterbrechen zu lassen, „auch wenn ich meine Kompetenzen überschreite, aber die Information, die ich Ihnen jetzt gebe, können Sie sowieso auch in der Presse nachlesen. Also, Sie wissen ja, dass sich unser Finanzminister besonders hervorgetan hat, was den Ankauf solcher Daten betrifft. NRW hat schon acht Mal zugeschlagen. Also, acht von insgesamt elf Fällen sind über seinen Düsseldorfer Schreibtisch gelaufen. Nicht umsonst nennt die einschlägige Presse ihn einen Hehler. Andere feiern ihn als Helden. Der erste Ankauf einer CD seinerzeit wurde über den BND abgewickelt. Sonst sind wir vom LKA aber eigentlich zuständig. Bei dem ganzen Hin und Her

hat der Finanzminister gedacht, er gründet seine eigene Spezialeinheit. Wollte alles in der Hand behalten. Hat fünfzehn Leute zusammengetrommelt, zwar auch Spezialisten für Steuerfahndung vom LKA, die diese Dinge für ihn abwickeln sollten, aber eben nicht uns. Wir wurden einfach übergangen. Die hatten natürlich alle nicht die Erfahrung wie wir. Und unter diesen Typen war wohl ein faules Ei. Als das schieflief, haben sie uns wieder dazu geholt. Wir waren ja eigentlich auch immer dafür zuständig."
Tarne hatte Braun ausreden lassen, mit aller Beherrschung, die ihm zur Verfügung stand. Für ihn wurde in Brauns Worten der Konkurrenzkampf um die Zuständigkeit deutlich, auch glaubte er eine gewisse Schadenfreude herauszuhören.

„Das ist alles schön und gut. Aber Sie wissen, wie es ist", schrie Tarne ihn inzwischen fast an, „heute kann man einen Mord für tausend Euro auf der Straße kaufen. Und hier geht es um Unsummen, da spielt Geld keine Rolle. So einen kleinen Agenten wie diesen Müller bezahlen die aus der Portokasse, Peanuts sozusagen. Wenn die dadurch verhindern können, dass ihre Daten an das Finanzamt gehen. Wer garantiert mir denn, dass in Ihrer Crew nicht auch so ein faules Ei steckt? Das kann ich mir nicht erlauben!"

„Für meine Leute garantiere ich. Offiziell würde dieser Dienst so etwas nie genehmigen, das ist illegal. Auch wir müssen uns an die Gesetze halten."

„Das hab ich alles schon mal gehört! Wer soll das glauben? Wenn Müller käuflich ist, dann sind es auch andere." Tarne steigerte sich immer mehr in seine ohnmächtige Wut hinein.

„Bitte hören Sie mir zu. Ich will ehrlich mit Ihnen sein. Ich sag Ihnen mal, wie das bei uns geht, damit Sie sehen, dass Sie mir vertrauen können. Okay?"

„Ich höre", knurrte Tarne.

„Wenn irgendjemand, nehmen wir Eberli, irgendjemanden innerhalb des deutschen Polizeiapparates anspricht, dann passiert Folgendes: Der Angesprochene bittet Eberli, ihm nichts weiter zu sagen, sondern sagt ihm nur, dass eine Vertrauensperson, kurz VP, zum Beispiel mit dem Namen Michael sich bei ihm melden wird. Zuständig ist dann das KK25 für organisierte Kriminalität. Dieser Michael als VP ist und bleibt dann der Einzige, der die Identität des Informanten, in diesem Fall Eberli, kennt. Bei dem ganzen Deal bekommt der Betroffene zusätzlich zu eventuellen finanziellen Absprachen, wenn gewünscht, eine neue Identität. Aus dem einfachen Grunde, damit so etwas wie in diesem Fall nicht passiert."

„Ja und? Das soll mich beruhigen? Hat in diesem Fall nicht geklappt, oder?", schnappte Tarne.

„Da haben Sie recht, aber nur, weil durch Zufall … oder besser, weil einige Leute zu übereilig waren. Eine neue Spezialeinheit nicht richtig ausgebildet war. Nicht ausreichend überprüfte Mitarbeiter rekrutiert hatte. Hätten uns gleich nehmen sollen wir haben die Erfahrung in diesem Gebiet. Aber jetzt haben wir das wieder im Griff, wir sind am Ruder", sagte Braun „überlegen Sie mal, wenn wir Mist bauen, wird uns nie wieder eine CD angeboten werden. Deshalb sind wir daran interessiert, dass alles glattgeht." Braun wurde langsam auch ärgerlich und fuhr fort „Glauben Sie, was Sie wollen, aber machen Sie nicht diesen Fehler. Wenn Sie nicht sicher sind, dass Sie das hinkriegen, sollten Sie lieber uns ranlassen. Wir sind die Profis!"

„Was glauben Sie, was ich bin…?" Tarnes Stimme überschlug sich fast. „Ich muss das selbst regeln, sonst sehe ich Manu nie lebend wieder!"

28

Dorfmann legte los, als Tarne noch nicht die Türe geschlossen hatte.

„Also, ein Handy lässt sich nur so lange orten, wie es eingeschaltet ist."

„Sagatzki schon hier?" unterbrach ihn Tarne. Sah aber, dass sie nur zu zweit in Dorfmanns kleinem Büro waren.

Dorfmann wunderte sich nicht im Mindesten über Tarnes Frage, da ihm, ohne dass darüber gesprochen werden musste, klar war, dass sein Büro zur Einsatzzentrale für Tarnes Aktion umfunktioniert war. Unbeirrt führte er weiter aus: „Genau genommen, sollte man heute die Akkus rausnehmen, sonst kann je nach Software ein Signal abgegeben werden, und damit kann derjenige geortet werden."

„Ja, ja, und?"

„Zu dem Zeitpunkt bewegte sich das Handy von Manu im Umkreis von einem Kilometer um den Hauptbahnhof in Bochum. Nach eurem Gespräch wurde es sofort abgeschaltet und zwar völlig. Vermutlich der Akku entfernt, wie gesagt." Dorfmann guckte zwischen seinen Haarsträhnen hindurch über den Rand seiner Brille.

„Wenn es wieder eingeschaltet wird, kannst du es orten?"

„Sicher", sagte Dorfmann.

„Wir haben vereinbart, dass ich sie, also ihn, anrufe um Zehn, kurz nach Zehn vielleicht morgen früh."

„Das sind jetzt", Dorfmann suchte nach der Zeitangabe auf einem seiner Monitore „genau dreizehn Stunden und zwanzig Minuten", stellte er fest und sah Tarne an.

Tarne lief in dem kleinen Büro auf und ab. Strich sich mit der rechten Hand über die Stirn. Dorfmann sah richtig, wie er sich das Gehirn zermarterte. Nach Lösungen, Möglichkeiten suchte. Wie üblich in ihrer Zusammenarbeit steuerte Dorfmann das bei, was er am besten konnte. Informationen. Auch in der Hoffnung, Tarne zu beruhigen:

„Ich hab ihn, sobald er seinen Akku einlegt und einschaltet. Ich könnte über mehrere Ebenen seinen Standort auf zehn Meter genau bestimmen. Aber ich vermute, er wird in Bewegung bleiben."

„Ist anzunehmen. Er ist Profi."

29

Manu saß auf einem Doppelbett, auf das sie gefallen war, als der Mann sie in dieses Zimmer gestoßen hatte. Ein Kerl, den sie noch nie gesehen hatte. Der sie gezwungen hatte mitzukommen. Sie kam erst langsam aus ihrer Starre heraus.

„Guck genau hin!", hatte der aufgedunsene, untersetzte Typ auf der Zweigertstraße geflüstert, als er sich plötzlich an sie gedrängt hatte, „weißt du, was das ist?"
Er hatte sein hellgraues Jackett geöffnet und ihr die darunter versteckte Pistole gezeigt. Gleichzeitig hatte er mit der anderen Hand ihren Arm wie in einem Schraubstock gehalten, so dass sie sich nicht hatte losreißen können, und gezischt:

„Keinen Laut!" Schon hatte er sie in einen Audi gedrängt. Es war alles sehr schnell gegangen. Sie war so schockiert gewesen, dass sie nur den Mund aufgemacht hatte, aber es war kein Ton herausgekommen.
„Du glaubst nicht, wie schnell ich an die Knarre komme", hatte er geflüstert. Er hatte brutal genug ausgesehen, ihr eine zu klatschen.
Laut hatte er gesagt:

„Was für eine Überraschung. Kleines, dass ich dich hier treffe! Komm, wir fahren!" Niemand schien etwas bemerkt zu haben. Nur die Kellnerin des Suppenlädchens hatte mal kurz aufgesehen. Manu hatte so nah bei ihm gestanden, dass sie feststellen konnte, dass er superglatt rasiert war und ganz große Poren hatte. Seine Haut hatte richtig geglänzt. Was einem alles auffiel in einem kurzen Moment! Er hatte die Tür verriegelt und war sofort losgebraust.

Gelähmt und stumm vor Schreck hatte sie im Wagen gesessen, bis der Entführer ihr ein Handy hingeschoben und sie angeherrscht hatte:

„Hier, sag was! Sag, er soll dich zurückrufen!"

Robert war nur auf seinem AB zu erreichen gewesen und viel rausgekriegt hatte sie da nicht. Gerade mal eine kurze Ansage auf seine Mailbox. Ihr Hals war so zu gewesen, dass sie kaum schlucken konnte.

Dann waren sie auch schon in Bochum gewesen, hinter dem Hauptbahnhof. Der Fiesling war in die Ferdinandstraße eingebogen. Sie hatte das Straßenschild gesehen. Er war aber schnell weiter gefahren.

Der Typ hatte es nicht für nötig gehalten, ihr die Augen zu verbinden. Als wenn er gedacht hätte, dass sie sich nichts merken könnte. Denkste! In der langen Zeit der Beziehung mit Robert hatte sie begriffen, dass winzige Hinweise wichtig sein konnten. Das Haus, in das er sie gebracht hatte, lag an einer großen Straße. Hier hatte sie kein Schild ausmachen können. Es gab vier Schellen, die unterste und oberste waren unbeschriftet. An der zweiten stand *Sommer*, an der darüber *Thai*. Ihr Entführer hatte einen Schlüssel gehabt und sie sofort die Kellertreppe hinunter genötigt.

Manu sah sich im Zimmer um. Sie stand auf und inspizierte das Fenster. Die Beleuchtung hinter den roten Chiffongardinen tauchte das ganze Zimmer in ein dunkles rötliches Licht. Als sie die Gardinen zur Seite schob, fiel gleißendes Neonlicht auf ihr Gesicht. Statt eines Fensters befand sich in Deckenhöhe eine Art Lichtschacht wie in manchen Kellerräumen, durch den ein minimaler Rest an Tageslicht hereinfiel. Flucht war auf diesem Weg sinnlos, der Schacht viel zu schmal und zusätzlich von einigen im Mauerwerk verankerten Eisenstangen verbarrikadiert. Eine ähnliche Öffnung fand sie im Badezimmer, wenn man dieses winzige Kabuff so bezeichnen konnte. Aber es gab einen Seifenspender und lauter kleine rosafarbene frische Frotteehandtücher in einem Gestell aus silbern glänzenden Metallstangen. Dazu passend stand unter dem Waschbecken ein Korb, halb gefüllt mit gebrauchten Handtüchern.

Was jetzt? Also, in den Filmen, die sie gesehen hatte, suchten sich die Leute in solchen Situationen eine Art Waffe. Aber selbst wenn sie etwas finden sollte, sie war nicht James Bond! Sie hatte gegen diesen kräftigen Kerl keine Chance! Aber Stopp, nicht in Selbstmitleid verfallen! Das brachte nichts.

Sie ging zur Tür und drückte die Klinke. Natürlich abgeschlossen. Vielleicht fand sie etwas, mit dem sich die Türe öffnen ließ.
Dem Bett gegenüber stand ein Sideboard mit Deckchen, einem Plastikblumenstrauß und einem Fernseher. Dort fand sie in den Schubladen Krimskrams, Pornofilme und einen Stapel ungebrauchter Handtücher. Was gab es noch? Die Kopfseite des Bettes war mit einer Art Baldachin aus dunkelrotem Nylongewebe behängt. Dieses Gewebe hüllte eine Nachttischlampe ein, die ebenfalls schummeriges Licht verteilte. Auf beiden Seiten neben dem Bett stand jeweils ein Korbsessel. Ein Papierkorb, mit Plastiktüte ausgekleidet, war leer.

Manu inspizierte den Nachttisch und fand einen Karton mit einem Großvorrat an Kondomen sowie einiges an Sex-Spielzeug, wie Dildos in Neonfarben, Handschellen und Peitschen. Verdammt, wo war sie hingeraten? Sie riss den Stoff von der Lampe. Der ganze Raum wurde in grelles Licht getaucht, sodass die kitschigen Bilder der nackten Frauen an den Wänden und die ganze Erbärmlichkeit des Etablissements sie ansprangen. Robert Erich Tarne, immer wieder musste sie auf ihn reinfallen. Dieser Mistkerl, in was hatte er sie da hineingezogen! Hilflos ließ sie sich auf das Bett fallen. Gegen ihre Tränen kam sie nicht an. Irgendwann beruhigte sie sich und ihr fiel ein, dass in den Filmen für die Frauen die Hilfe immer von außen kam. Aber wie sollte Robert sie finden? Ihr Handy hatte ihr dieser Typ sofort abgenommen und bis auf das kurze Telefonat hatte es keinen Kontakt mehr zu irgendjemandem gegeben. Aber eins beruhigte sie etwas: Von ihr schien dieser Kerl nichts zu wollen. Er hatte sie nicht angerührt, ihr nichts getan. Brauchte er sie als Druckmittel? Wollte er etwas im Austausch gegen sie haben? Irgendwie hatte sie das nicht mitgekriegt. Hoffentlich hatte Robert das, was dieser Typ von ihm wollte. Oder konnte es besorgen. Er war ihre einzige Chance. Sie wusste nicht mehr, wie oft sie in ihrem kleinen Gefängnis wieder und wieder alles durchforscht hatte. Irgendwann, erschöpft von dem Schock, den Grübeleien und der sinnlosen Suche nach einem Ausweg, fand sie nach Stunden endlich Ruhe im Schlaf.

30

9:00 Uhr morgens. Brock, den ersten heißen Kaffee in der Hand, ließ seinen Blick aus dem Fenster der Kanzlei über das muntere Treiben unten auf dem Rüttenscheider Stern schweifen. Ein genüssliches Schnalzen kam über seine Lippen, als er mit seinem Blick einer Gruppe von drei jungen luftig gekleideten Mädchen folgte. Eine davon hatte es ihm angetan. Er stand auf ihre Aufmachung, High Heels, enger, kurzer Rock. Offene, an den richtigen Stellen spannende Bluse. In Gedanken hörte er das Klicken ihrer Schritte und begann sie auszuziehen. Nach seiner teuren Scheidung hatte er eine teure Geliebte. Irgendwie war bei ihm immer alles teuer. Aber abgeneigt war er diesen Reizen nie. Im Gegenteil. Er hatte den Eindruck, je älter er wurde, umso mehr fühlte er sich zu den jungen Dingern dort unten hingezogen.

Gleich würde Tarne erscheinen. Er hatte heute vor neun Uhr angerufen und sich angekündigt. Wirkte gehetzt, unter Stress. Schien es wirklich eilig zu haben. Wenn Brock zurückdachte, wie er Tarne seinerzeit kennengelernt hatte. Damals waren gerade beide in der

Anfangszeit ihrer Karriere gewesen. Tarne erschien ihm von Anfang an als ein ganz erfolgversprechendes Bürschchen. Genau genommen hatte er sich dann in all den Jahren doch nur durchgemauschelt. Aber Tarnes aktueller Fall, das war ein großer Wurf. Was machte er sich Gedanken über den Kerl? Der blieb gegen ihn immer ein kleines Licht, hat eben Glück gehabt. Wichtiger war doch, wie er, der große Stratege, Klaus Brock, seine Angelegenheiten sauber über die Bühne kriegte. Alle wichtigen äußeren Accessoires, die man heute braucht, hatte er inzwischen: seine Breitling, seine Maßanzüge, bei denen er peinlichst darauf achtete, dass immer eines der Ärmelknopflöcher nicht geknöpft war, damit jeder sehen konnte, dass die wirklich zu knöpfen waren und nicht aufgesetzt. Solche billigen Anzüge von der Stange waren für die anderen da. Es schauderte ihn fast, wenn er daran dachte, dass er früher BOSS-Anzüge getragen hatte. Hemden mit handgesticktem Monogramm und handgefertigte italienische Schuhe gehörten bei ihm schon lange zum selbstverständlichen Outfit. Dabei drehte er seinen Arm und schaute mit Stolz auf einen seiner goldenen Manschettenknöpfe. Er wusste, dass manche Frauen darauf standen. Das im wahrsten Sinne des Wortes geil fanden. Je gelassener man damit umging, umso besser wirkte es. War sein Motto. Was ihn momentan bewegte, war die Idee, sich einen zweiten Vornamen zuzulegen. Er hatte viele verworfen. Aktuell präferierte er Klaus *Johannes* Brock, oder *Johannes* Klaus Brock. Das sollte dann in der Abkürzung so klingen wie John F. Kennedy! Was war wohl klingender: Johannes K. Brock oder Klaus J. Brock? Und wenn er keinen Doktortitel hatte wie seine Kollegen, warum sollte er sich nicht ebenfalls einen Titel besorgen? So etwas konnte man kaufen. Von irgendwelchen Freikirchen in Amerika oder sonstwo, hatte er gehört. Ansonsten feilte er an einem Bundesverdienstkreuz herum. Noch ein paar Finanzspritzen an einflussreiche Persönlichkeiten des öffentlichen Lebens, die dann Empfehlungen aussprechen würden. Mit diesen Informationen von der CD war das bestimmt zu regeln. Dieser Idiot Tarne wollte scheinbar tatsächlich eine Übergabe durchführen, so ein Trottel! Mit diesen Daten ließ sich viel mehr Geld machen, wenn man die Betroffenen selbst ansprach. Manche lernten es eben nie! Tarne hatte sich kurzfristig telefonisch angemeldet, um die CD abzuholen. Aus irgendeinem Grunde schien er es plötzlich eilig zu haben. Vielleicht konnte er ihn umstimmen? Aber andererseits, dieser kleine Spinner hatte so etwas wie Ehre in der Birne. Da war wohl nichts zu machen.

Als an seiner Tür geklopft wurde, erhob sich Brock, ging Tarne entgegen mit einem breiten Strahlen im Gesicht, hielt seine Hand, umfasste mit der anderen seine Schulter und zog ihn in sein Büro hinein mit den Worten:

„Mein lieber junger Freund, schön, Sie zu sehen! Haben Sie sich Gedanken über die Vermarktung der Daten gemacht?"

Wie Tarne diese joviale Art inzwischen auf den Keks ging. Aber egal, Brock war zwar kein Sympathieträger, für ihn aber ein funktionierender geschäftlicher Kontakt.

„Sie haben Manuela entführt und drohen mit ihrer Ermordung, falls sie die CD nicht bekommen!"

Tarne skizzierte mit wenigen Worten die ganze Geschichte inklusive Mord und Geheimdiensten. Obwohl er sich bemühte, die Contenance zu behalten, verformte sich Brocks Gesicht bei dieser Hiobsbotschaft langsam zu einer Maske der Enttäuschung.

„Ich nehme an, Sie wollen die Polizei aus der Sache heraushalten?" Hoffentlich bemerkte Tarne nicht

das Zittern in seiner Stimme. Das könnte alles verderben!
Tarne war daran gewöhnt, mit vielen unterschiedlichen Menschen, auch unseriösen Zeitgenossen, umzugehen. Egal, was er von Brock hielt, ihre Zusammenarbeit hatte bisher gut geklappt. Sie hatten immer an einem Strang gezogen. In diesem Moment deutete er die Mimik Brocks falsch. Er sah darin das Entsetzen Brocks über die Entführung von Manu, der langjährigen Angestellten der Kanzlei.

„Im Augenblick brauche ich nur die CD", sagte Tarne.

Brock nickte, lehnte sich zurück und verschränkte seine Hände.

„Mann, oh Mann, was für eine Situation! Hätte nie gedacht, mal direkt an einer solchen Transaktion beteiligt zu sein. Denken Sie mal an die Schwarzer. Das war ein Hammer. Und wie die dann versuchen, sich herauszureden..."

Er registrierte die Nervosität Tarnes.

„... und Uli Hoeneß! Wenn man bedenkt, was der lediglich zahlen soll, das ist nur für Steuerschulden, die fünf Jahre zurückliegen. Wenn man weiter denkt, dann wären das bei dem an die Hunderte von Millionen." Brock machte eine Pause, schob eine Akte auf seinem Schreibtisch hin und her. Tarne wartete ab.

„Ich könnte mir vorstellen, dass solche Leute bereit wären, ein ganz schönes Sümmchen zu zahlen, wenn diese Informationen nicht an die staatlichen Stellen geliefert würden. Was meinen Sie?" Tarne schüttelte den Kopf.

„Die CD bitte! Es ist wirklich eilig."

Ja, ja, das hatte Brock sich gedacht. Das war nicht Tarnes Stil. Hatte er von Tarne auch nicht anders erwartet. Leider.

„Sie wollen also den Austausch tatsächlich

vornehmen? Alleine? Denken Sie mal daran, was man mit den Daten alles anfangen könnte. Und..." Brock strahlte über seinen Geistesblitz „... solange der Entführer die Daten nicht hat, wird er Frau Görtz nichts tun. Sonst hätte er kein Druckmittel mehr."

„Das kann sein", sagte Tarne, „aber die Daten sind mir im Moment völlig egal. Für mich zählt nur Manu!" Dabei trommelte er mit den Fingern auf der Kante des Schreibtisches.

Es kostete Brock erhebliche Mühe, sein Gesicht nicht die Enttäuschung zeigen zu lassen. Wie in Zeitlupe erhob er sich und klappte das nachgeahmte Ölbild eines englischen Lords, der als sein Vorfahre fungieren sollte, zur Seite, öffnete den Safe und entnahm die Scheibe.

„Es ist Ihre Show." Resignation schwang in seinen Worten mit. Er hielt den Silberling in seiner durchsichtigen Plastikhülle in beiden Händen, als wenn er rotglühend wäre, und reichte ihn Tarne.

„Ist das die richtige CD? War das nicht ein Rohling von Sony?"

Brock ging über den Einwurf hinweg.

„Eines muss ich sagen, das mit der Post war eine gute Idee. Das sollten Sie sich patentieren lassen. Alle Achtung. Falls Sie noch etwas haben... immer gerne. Sie sind bei mir gut aufgehoben. Das wissen Sie ja. Ihre Leute werden den beteiligten Diensten bekannt sein und bestimmt überwacht. Die Verbindung zwischen uns ist nirgends aufgetaucht. Also sicher! Und viel Erfolg! Bringen Sie mir Frau Görtz heil zurück." Er wusste über die Macht der Schmeicheleien, auch wenn es ihm schwerfiel, sie sich zusammenzubasteln und möglichst geschickt zu verteilen.

„So machen wir's!" Mit diesen Worten stürmte Tarne aus Brocks Büro.

31

Der Himmel breitete sich in einem nahtlosen Blau über der Ruhr aus, wie um Tarne zu verspotten. Seine Stimmung war eher düster. Die Morgenluft roch würzig frisch. Von ihm konnte man das nicht gerade sagen. In den letzten Stunden hatten sie sich die Köpfe heiß geredet. Sich die Gehirne zermartert. Nach Lösungsmöglichkeiten gesucht. Sagatzki, Dorfmann und er. Heute schien es wieder ein rekordverdächtiger Hitzetag zu werden. In der Nacht hatten sie alle Eventualitäten durchgespielt. Er stand die ganze Zeit mehr oder weniger unter Strom. An Schlaf hatte keiner gedacht. Auch wenn es das Vernünftigste gewesen wäre. Egal, welche Vorschläge seine Freunde eingebracht hatten, er war eisern geblieben. Nur er alleine würde zur Übergabe erscheinen. Egal wie und was Müller verlangen würde, er würde das erfüllen. Alles andere würde das Leben Manus gefährden. Zuallererst Manu. Das hatte Vorrang vor allem. Sagatzki konnte ihm den Rücken decken. Sollte aber so weit wie möglich im Verborgenen operieren. Im Verlauf des Nachmittags war Regen angesagt. Tarne wusste genau, was dann passieren würde. Dieselben Menschen, die wochenlang über die andauernde Wärme gequengelt hatten, würden zwei Stunden später über den Regen ebenso meckern. So waren die Leute im Ruhrpott eben. Gar nicht mal aus Unzufriedenheit, sondern nur, um etwas zu sagen. „Na, aber der Regen getz, dat is ja auch nix. Könnte ma wieder aufhöan!" Solche Gedanken halfen ihm im Moment, runterzukommen und die Energie für den Augenblick zu sparen, wenn er sie brauchen würde. Er schüttelte den Kopf.

Die CD in der Tasche, war der Anruf bei Müller um zehn Minuten nach zehn erfolgt. Wie besprochen, hatte die Position Müllers lokalisiert werden können. Bochum, Hattinger Straße diesmal. Aber natürlich war nichts und niemand mehr zu finden gewesen, als Sagatzkis Mitarbeiter vor Ort angekommen waren. Die Anweisungen Müllers waren kurz und präzise gekommen. Er hatte sich auf keine Rückfragen eingelassen. Ganz wie zu erwarten gewesen war.

Tarne hatte sofort nach dem Anruf die erste S-Bahn S6 in Richtung Düsseldorf nehmen sollen. Zusteigen Essen-Hauptbahnhof, hatte Müller verlangt. Alleine. Im Fahrstuhl der Anwaltskanzlei, auf dem Weg nach unten, hatte er die Smith & Wesson auf Funktionsfähigkeit überprüft, Patronen rein, Trommel drehen, Mechanismus getestet. In seiner rechten Jackentasche untergebracht. Er wollte kein Risiko eingehen. Zum Ausbalancieren des Gewichts der Waffe verstaute er in der linken Jackett-Tasche sein Schlüsselbund und die CD.

In der vormittags mäßig gefüllten S-Bahn nach Düsseldorf hatte Tarne sich, wie gefordert, einen Fensterplatz in Fahrtrichtung auf der linken Seite erobert. Ruhig durchatmen. Entspannen, sagte er sich. Werbeschilder mit silbernen Rahmen wiesen auf irgendeine Frühstücksmarmelade und etwas unglaub-

lich Lebenswichtiges über die Bahn hin, das er weder richtig erkennen konnte noch interessierte es ihn. Er konnte sich auch nicht vorstellen, dass es irgendjemanden interessieren würde. Tarne fragte sich eher, wie viel Dreck sich in den bunten Sitzpolstern angesammelt haben mochte und welche Idioten in so einem Unternehmen auf die hirnverbrannte Idee kommen konnten, in öffentlichen Verkehrsmitteln solche Sitzpolster einbauen zu lassen, auf denen täglich Hunderte von Leuten sitzen mussten. Diese Herren fuhren sicher nur mit Privatwagen durch die Gegend. Immer wieder versuchte Tarne sich abzulenken. Banale Gedanken, die helfen sollten, sich zu entspannen. Aber es half alles nichts. Er saß wie ein Flitzebogen vorgebeugt, scharrte mit den Füßen und seine Beine federten unentwegt, als wenn er das Restless-Legs-Syndrom hätte. Wie aus weiter Ferne hörte er das Geschwätz der Fahrgäste um sich herum, das vereinzelt zustande kam. Schweiß lief ihm über den Rücken und unter den Armen herab. Die Hitze oder die Aufregung? In der Erwartung des Zusammentreffens, in dem es um alles ging.
Wie ging es weiter? Was würde passieren, war dieser Müller schon im Zug oder würde er erst zusteigen? Und würde Manu bei ihm sein? Über eines war Tarne sich im Klaren: Nur wenn Manu freikäme, würde er die CD übergeben. Der Druck in seinem Inneren nahm zu, je länger er in dieser verfluchten Bahn saß.

Nach dem Termin bei Brock hatte er während einer Konferenzschaltung mit Sagatzki und Dorfmann nach dem ersten Gespräch, das Müller abrupt unterbrochen hatte, versucht, noch einmal Kontakt zu diesem aufzunehmen. In der Hoffnung, mit einer weiteren Ortung eine ungefähre Richtung, in die Müller sich bewegte, zu ermitteln. Aber seit dem letzten kurzen

Kontakt hieß es unter dem Anschluss nur: *Teilnehmer im Moment nicht erreichbar.*

Seine Faust umklammerte das Handy in seinem Schoß, als wenn es der Hals von Müller wäre. Er sollte einen Anruf von Müller erwarten, der dann weitere Instruktionen geben würde. Er hatte noch seine Stimme mit den vehement geäußerten Anweisungen im Ohr: „Halten Sie Ihr Handy bereit und achten Sie auf den linken Bahnsteig!" Daher konnten sie die Konferenzschaltung nicht aufrechterhalten. Mit Sagatzki und Dorfmann hatte er eine andere Verbindung überlegt. Sie näherten sich der Station Essen-Stadtwald. Tarne gab, wie vereinbart, ins Handy die SMS *STADTWALD* ein. Ein Wunder, dass seine Finger nicht zitterten und er die Buchstaben richtig traf. Dann löschte er es, ohne zu senden, und gab die nächste Station ein. So blieb sein Handy frei für den erwarteten Anruf Müllers. Nichts passierte. Immer wieder sah er sich um, ob ihn jemand beobachtete. Jemand im Zug, zwischen den anderen Fahrgästen, der Müller unterstützte. Station gelöscht. Tarne sah aus dem Fenster links in Fahrtrichtung, tippte *KETTWIG* ein. Löschte das Wort, als er in der Station nichts Auffälliges bemerkt hatte. So ging er weiter vor. Als sie sich der Station Hösel näherten, gab Tarne wieder die Bezeichnung ein. Auf freier Strecke zwischen den Stationen registrierte Tarne, dass der angesagte Wetterumschwung tatsächlich eintrat. Wolken zogen auf. Der Himmel verdunkelte sich.

Beim Einfahren des Zuges in die Station Hösel erkannte er Manu und einen Mann auf dem linken Bahnsteig. Sonst hielt sich auf diesem Bahnsteig niemand auf. Der Zug in Richtung Essen war erst wieder in etwa dreißig Minuten fällig.

Tarnes Handy vermeldete einen eingehenden Anruf.

„Aussteigen und auf dem Bahnsteig stehenbleiben", kam der Befehl. Die Verbindung wurde sofort wieder unterbrochen.

Tarne sah durch das Zugfenster, wie Manu eng an jemanden gepresst dastand. Das musste Müller sein. Der Kerl umarmte sie mit einen Arm, Hand an ihrem Nacken. Hielt sie an den Haaren fest. In der anderen Hand hielt er ein Handy, das er gerade herunter nahm und in seiner Jackentasche verschwinden ließ. Für andere Reisende, die vom Bahnsteig in Richtung Düsseldorf hinüberblickten, sah es wie eine liebevolle Geste, eine halbe Umarmung aus. Nicht so für Tarne. Aber das war jetzt egal. Müller ließ die Hand, die vorher das Handy gehalten hatte, jetzt in der Jackentasche und presste sie gegen Manu.

Tarnes Konzentration erforderte alle seine Kräfte. Sein Blick war scharf wie der eines Adlers. Er nahm jede Kleinigkeit wahr. Alles konnte für sein Handeln, seine nächsten Schritte wichtig sein. Blaue Adern, die auf Müllers Handrücken hervortraten, verrieten ihm, dass Müller genauso unter Anspannung stand wie er. Müller hatte eine verkrampfte Haltung eingenommen, um Manu am Schopf festzuhalten. Das Blau seiner Adern stand in Kontrast zu Manus blonden Haaren. Ihr Anblick, wie ein Häufchen Elend, ließ Tarne das Handy fast zerquetschen, als er auf „Senden" drückte. Die vorbereitete Botschaft folgte ihrem angedachten Weg. Er ließ das Handy in seine rechte Jackentasche gleiten und zog den Revolver daraus hervor. Er lehnte sich dabei zur Seite, dass niemand sehen konnte, was er in der Hand hielt. Bevor er sich erhob, schob er den Revolver unauffällig hinten in seinen Hosenbund. Das Gewicht der Waffe im Rücken fühlte sich gut an. Beruhigend. Tarne bemerkte, dass seine Hände schwitzig wurden. Das kannte er sonst nicht. Diesmal ging es um Manu, nicht nur um ihn selbst.

Tarne drängelte sich als Erster zur Tür vor. Drehte sich dabei mehrmals zum Fenster um. Versuchte, die beiden im Blick zu behalten. Er fühlte das Metall des Türgriffs, den Öffner und drückte mit seinem ganzen Gewicht gegen die Tür, noch bevor sie sich öffnen ließ. Koste es, was es wolle, er würde Manu da rausholen. Und wenn es das Letzte wäre, was er täte. Das war er ihr schuldig, egal, wie es aktuell zwischen ihnen stand. Dann für die lange und gute Zeit, die sie hatten, und natürlich, weil er sie in diese Gefahr gebracht hatte.

Tarne sprang aus dem Zug, rannte einige Schritte, blieb stehen und sah sich um. Spähte durch die Fenster des Bahnwagens und fixierte die beiden auf dem gegenüberliegenden Bahnsteig. Die wenigen Menschen, die nach ihm den Zug verließen, stolperten fast über das unerwartete Hindernis. Sie eilten dann an ihm vorbei, verließen den Bahnsteig sofort. Sie rannten so schnell, als wollten sie dem aufkommenden Regen entgehen. Trocken vor dem Gewitter nach Hause kommen. Tarne blieb allein zurück und starrte auf das Paar schräg gegenüber. Zwischen ihnen lagen die beiden Gleise, in Richtung Düsseldorf auf seiner und in Richtung Essen auf ihrer Seite. Getrennt wie das Königspaar, das nicht zusammenkommen konnte, schoss es ihm durch den Kopf.

Ganze Wolkenberge begannen die Szenerie zu verdunkeln. Er konnte nicht erkennen, ob Müller eine Waffe gegen Manu drückte. Er vermutete es. Aber beide standen zu eng nebeneinander, so dass er nichts Genaues sehen konnte. Der Moment zog sich in die Länge, Tarne gingen alle möglichen Szenen durch den Kopf, die er in Filmen gesehen hatte. Manchmal konnte es einfach sein. Eine Kugel löste mehr Probleme als jedes Wort. In Gedanken schwang er die Jacke zur

Seite, riss die Smith & Wesson .38 Special heraus, legte in einer Bewegung an, zielte und betätigte den Abzug. Er sah schon, wie Müller zu Boden knallte und noch etwas über den Bahnsteig rollte. Aber nichts dergleichen geschah. Er war eben nicht Clint Eastwood und durch die wenigen Übungsstunden auf dem Schießstand mit Sagatzki würde er bestimmt nicht so treffsicher zielen wie Dirty Harry. Wohl eher noch Manu treffen oder beide verfehlen und Müller würde Manu erschießen.

Inzwischen war der Bahnsteig menschenleer, bis auf die beiden drüben und ihn auf dieser Seite. Zwischen ihnen die beiden Bahnstrecken, wie ein tiefer Graben.

„Bleiben Sie da stehen. Werfen Sie die CD rüber! Ihr Püppchen kommt dann zu Ihnen, sobald der nächste Zug durch ist", schallte es über den leeren Bahnhof herüber.

So hatte Müller sich das gedacht. Wollte er mit dem nächsten Zug wegfahren? Oder hatte er einen Wagen draußen vor dem Bahnhof und der Zug diente der Irreführung? Tarne musste Zeit gewinnen!

„Manu? Wie geht es dir? Alles okay bei dir?", schrie Tarne über die Gleise.

Er hörte etwas. War sich nicht sicher, ob sie es war. Die Windböen, die sich langsam zu einem Sturm entwickelten, rissen ihr die Worte vom Mund und verzerrten alles.

„Lauter! Ich hör dich nicht", schrie Tarne.

„Ihr geht's gut, Mann. Sie ist ein bisschen mitgenommen", mischte sich Müller ein.

Auch diese Sätze wurden in Wortfetzen über den Bahnhof verweht. Tarne reimte sich den Inhalt zusammen.

„Ich will das von ihr hören!", schrie er gegen den Wind an. „Manu, du musst lauter rufen!"

Tarne stand ganz nah am Bahnsteigrand. Er sah auf die Gleise hinunter. Er biss die Zähne so fest aufeinander, dass sein Kiefer knirschte. In seiner Hilflosigkeit ballte er die Hände zu Fäusten, öffnete und schloss sie wieder. Sein Magen zog sich zusammen. Er überlegte, ob er über die Gleise stürmen sollte. Aber es war einfach zu weit. Bis er drüben wäre, hätte Müller alle Zeit der Welt, Manu etwas anzutun oder auf ihn zu schießen. Die Chance, damit etwas zu erreichen, war zu gering. Müller schien seine Gedanken zu ahnen. Vielleicht verriet ihn die Körperspannung, die Beine in Sprungposition.

„Stopp! Machen Sie keinen Fehler", schrie Müller. „Werfen Sie die CD rüber! Ich hab's eilig!"

Tarne langte in die Jackentasche, fühlte das Kühle der Plastikhülle der CD an seinen Fingern und ergriff das wertvolle Stück.

„Soll ich wirklich?"

„Klar, Mann, mit dem Cover ... wie ein Diskus ... machen sie hin", drängte Müller aus vollem Hals.

„Und wenn sie nicht ankommt?", rief Tarne.

Die Windböen entwickelten sich zum Sturm. Das Grollen des herannahenden Gewitters.

„Was?", schrie Müller zurück.

Tarne schrie lauter: „Welche Garantie habe ich, dass Sie sie dann freilassen?"

„Seien Sie nicht albern. Was soll ich mit ihr noch?"

Die Gleise und Oberleitungen begannen zu summen. Der nächste Zug näherte sich.

„Los, machen Sie schon!", brüllte Müller über die Distanz.

„Bei dem Sturm? Soll ich nicht lieber rüberkommen?", machte Tarne einen letzten Versuch.

„Nein!", schrie Müller gegen den Sturm an. „Auf keinen Fall! Los jetzt!"

Ohne auf die Durchsage zu achten, vernahm Tarne undeutlich etwas, wie „ICE umgeleitet ... Bahnsteig zurücktreten ... hält nicht ..."

Müller hatte recht. Was blieb ihm anderes übrig. Er musste erfüllen, was der Kerl wollte. Manus Augen waren vor Angst weit aufgerissen. Sie starrte ihn an, wie ein Ertrinkender den letzten Rettungsring. Tarne verstand sie. Ihre Mimik verriet ihm, wie sie zwischen Angst und Wut hin und her schwankte. Hoffentlich machte sie nicht in letzter Sekunde einen Fehler. Wenn sie sich mit Müller anlegte, konnte alles noch schlimmer werden. Aber Müller hielt sie eisern umklammert, so dass sie keine Chance hatte, sich loszureißen. Er musste es hinter sich bringen, ehe etwas schiefging. Tarne zog die CD aus der Tasche.

„Du bist gleich frei. Ich komm gleich rüber", rief er ihr zu und versuchte sie mit seinem Blick zu beruhigen. Ein Donnergrollen des Gewitters rollte heran. Erst wenn Manu in Sicherheit war, konnte er sich diesen Kerl vornehmen, diesen Psychopathen, der Menschen im Auftrag und gegen Bezahlung tötete. Diesen mistigen Drecksack. Wenn er ihr ein Haar gekrümmt hatte. Er würde ihn kriegen. Ihn einstampfen. Wenn Müller hatte, was er wollte, würde er Manu stehen lassen wie einen alten Kartoffelsack. Sich nicht weiter mit ihr abgeben. Sie war dann wertlos für ihn. Sogar eine Last. Solche Kreaturen mordeten nur, wenn etwas ihren Zielen im Weg stand. Für diese Leute waren Menschen Gegenstände, die sich beliebig an die Seite schieben oder, wenn nötig, ausschalten ließen. Wenn Manu frei war und in Sicherheit, dann war Müller mit der CD weg. Aber dann konnte er, Tarne, sich alle Zeit der Welt nehmen, um diesen Kerl zu finden. Und er würde ihn finden. Ihn zur Verantwortung ziehen. Jetzt blieb ihm nichts anderes übrig als zu tun, was Müller wollte. Tarne drängte die Gedanken von sich, konzentrierte sich auf diesen Moment, fühlte

nichts mehr. Er hielt die CD in der Hand wie eine Frisbeescheibe und holte zum Wurf aus.
„Halt … nicht …", schrie Müller auf einmal und gestikulierte wild mit der freien Hand, um sich über das Getöse hin verständlich zu machen.
Tarne blickte rechts und links die Gleisstrecken entlang. Da tauchte mit einem zusätzlichen Röhren die Front des angekündigten ICE in Richtung Essen auf. Tarne konnte nur einen winzigen Moment lang die spiegelnde Front sehen, dann war die Nase des Zugs schon an ihm vorbei. Fenster auf Fenster mit Gesichtern darin raste vorüber und nahm ihm die Sicht auf Manu und den Entführer. Der Luftzug wirbelte den Dreck von den Gleisen hoch. Papiertaschentücher, Zigarettenschachteln und eine Bierdose flogen durch die Gegend. Eine Plastiktüte vollführte einen Tanz. Durch das Getöse hindurch ein alles überlagernder, durchdringender Schrei Manus. Der Zug war weg und Manu kniete am Bahnsteigrand vornübergebeugt, hatte die Hände vor das Gesicht geschlagen und schrie ohne Unterbrechung. Von Müller keine Spur. Bis auf Manus Schreien waren für einen Moment alle anderen Geräusche in den Hintergrund getreten.
Tarne ließ die CD, ohne zu überlegen, in seine Jacke gleiten, gab sich einen Ruck, sprang auf die Gleise, sprintete zur anderen Seite und zog sich mit beiden Händen an der gegenüberliegenden Bahnsteigkante wieder hoch. In diesem Moment hätte er alle Geschwindigkeitsrekorde gebrochen. Er hatte nicht den kleinsten Hauch einer Idee, was passiert war, und wollte nur eins: zu Manu. Er sprang auf Manu zu, bückte sich, zerrte sie von der Bahnsteigkante weg zu sich hoch und schloss sie in seine Arme. Ihr Schreien ebbte ab, ging in ein Schluchzen über.
„Robert…", kam ihre Stimme ganz leise. Er hielt sie und fühlte ihre Nähe, Wärme, spürte ihr Herz

klopfen. Sie lebte, war frei und ihr war nichts geschehen. Es war vorbei. Alle Spannung fiel von ihm ab. Das Adrenalin hatte seine Aufgabe erfüllt. Jetzt war er ganz ruhig. Mit aller Vorsicht strich er ihr über die blonden Locken, die noch strubbeliger als sonst ihren Kopf umrahmten.
„Alles ist gut. Ich bin bei dir", sagte Tarne.

Während er versuchte, ein paar tröstende Worte zu murmeln, ließ er seinen Blick über den Schienenstrang schweifen. Was war geschehen? Müller musste im letzten Moment vor den Zug gefallen sein, dass der Zugführer nichts davon mitbekommen hatte. Tarne entdeckte blutige Fleischreste, in Kleidungsfetzen verwickelt, Päckchen, die irgendwie rostig aussahen, auf den Schienen und im Schotter verteilt waren. Ein Schuh lag dreißig Meter voraus neben der Bahntrasse. Heraus ragte etwas, das wie ein Beinstumpf aussah. Tarne hatte gehört, dass der Körper beim Aufprall auf den Zug bei einer solchen Geschwindigkeit, er vermutete etwa hundertzwanzig Stundenkilometer, zerplatzen würde. Die Därme sollten dann langgezogen über viele Holzschwellen gespannt liegen. Für einen Aufprall bei einer derartigen Geschwindigkeit waren menschliche Körper nicht geeignet. So hatte sich dieser Kerl, der sich Müller nannte, das bestimmt nicht gedacht. Tarne drehte Manus Kopf weg und barg ihn an seiner Brust.

Plötzlich war der schwarz gekleidete Sagatzki mit einem Mitarbeiter neben ihnen, umfasste und steuerte sie beide zum Ausgang.
„Wir müssen hier weg. Alles wird gut. Alles geht in Ordnung!"
„Wo warst du so lange?", flüsterte Tarne.
„Besser spät als nie", sagte Sagatzki.

„Wir haben parallel, wie vereinbart, jeden Bahnhof angesteuert, um schnell da sein zu können. Als dann die SMS kam, wussten wir zwar, wo es passieren sollte, aber auf dem Weg dahin kam alles zusammen", erklärte Sagatzkis Angestellter. „Schneller ging es nicht. Wir haben drei Ampeln bei Rot überfahren und so gut wie jede Verkehrsregel übertreten."
Zu dritt schirmten sie Manu gegen die Blicke der sich vereinzelt viel zu früh für den nächsten Zug nähernden Menschen ab. Niemand hatte den Unfall mitbekommen. Sagatzki und sein Kollege schoben die beiden zwischen den neuen Fahrgästen, die die Treppe hinaufgingen, hindurch. Wie um den Leuten etwas mitzuteilen und Ruhe zu verbreiten, wiederholte Sagatzki gebetsmühlenartig:
„Wir bringen dich zum Arzt. Es wird alles gut!"
Als wenn einer jungen Frau einen Moment schlecht geworden wäre. So etwas konnte immer einmal vorkommen. Das war nichts Besonderes.
Sie führten Manu zwischen sich aus dem Bahnhof. Der Sturm hatte sich gelegt, der Donner beruhigt. Nur das Zirpen der Grillen erfüllte die schwül-heiße Luft. Die ersten dicken Regentropfen seit Wochen fielen auf sie herab und verdampften gleich wieder. Schräg am Straßenrand mit einem Reifen auf dem Bordstein stand ein weiterer von Sagatzkis schwarzen unauffälligen Mittelklasse-Mercedes mit zwei offenen Türen. Daneben wartete ein weiterer gut trainierter Helfer des Samurais in schwarzer Kleidung. Es fing richtig an zu gießen und eine angenehme Abkühlung machte sich bemerkbar. Das stetige gleichmäßige Rauschen des Sommerregens begleitete sie, als Tarne Manu auf den Rücksitz half. Tarne richtete sich auf, als Sagatzki ihm von hinten die .38 Special aus seinem Hosenbund zog.
„Die brauchst du jetzt nicht mehr!"

32

Heute war es umgekehrt, Tarne wirkte in der Küche und Manu wurde durch sein Geklappere wach. Die Spritze des Arztes hatte ihr eine längere Ruhepause verschafft. Ein Sonnenstrahl traf durch die Ritzen der Rollos ihre Augen. Sie kniff sie wieder zu und stöhnte. Sie war zu Hause. Dann fiel ihr dieses Zimmer ein, in dem sie gefangen gehalten worden war. Sie richtete sich im Bett auf, als ihr bewusst wurde, was geschehen war. Die Beine angezogen und mit den Armen umfangen, stütze sie ihren dröhnenden Kopf auf die Knie. Wie war sie in ihr eigenes Bett gekommen? Ihr fiel plötzlich auf, dass sie ihr langes Schlaf-T-Shirt anhatte. Wer hatte sie ausgezogen? Hatte Robert sich um sie gekümmert? Sie erinnerte sich an die beruhigende Stimme eines Arztes. Alles war verschwommen. Ach du Scheiße! Langsam kam alles wieder in ihr hoch.

Als sie in die Küche trat, ihren weißen Frottee-bademantel eng um sich geschlungen, konnte Tarne seinen sorgenvollen Gesichtsausdruck nicht verbergen.
„Was ist?"

Er deutete ein unterdrücktes Husten an, schüttelte den Kopf und streifte sich einmal mit der Hand über das Gesicht, wie um seine Miene wegzuwischen. Sie sah wirklich schrecklich aus. Dunkle Schatten rund um die Augen. Die Haare hingen ihr strubbelig um den Kopf herum.

„Du siehst aus wie der leibhaftige Tod…" Tarne schlug sich die Hand vor den Mund, als ihm bewusst wurde, was er gesagt hatte, und brachte hervor: „Oh … Äh … tut mir leid!"

Normalerweise kannte Tarne sie so, dass er sofort einen Spruch von ihr bekommen hätte, im Sinne von: *Das ist ja wieder typisch für so einen Gefühlskrüppel wie dich.* Dann wäre sie mit einem *Oh Gott, ich muss fürchterlich aussehen!* sofort ins Badezimmer gerannt. Heute blieb sie apathisch mit hängenden Armen stehen und die Tränen begannen ihr die Wangen herunterzukullern.

Tarne hätte lieber tausend Probleme mit seiner klaren Logik rational gelöst. In diesem Moment war ihm klar, dass sie etwas anderes brauchte. Er sprang auf und schloss sie in die Arme. Er hielt sie fest, bis sie sich beruhigt hatte. Als sie sich die Tränen abgewischt und die Nase geputzt hatte, fiel ihr der gedeckte Tisch auf und sie brachte ein erstes vorsichtiges Lächeln zustande:

„Hast *du* dir aber Mühe gegeben! Oh, sogar Pancakes und Ahornsirup. Hast du die extra besorgt? Das ist lieb von dir! Hab ich seit Jahren nicht gegessen."

Die Sonne überstrahlte den Tisch. Der Geruch von Kaffee hing in der Luft. Manu goss den Sirup über einen Pancake und steckte ein Stück in den Mund.

„Mhh." Sie verdrehte vor Genuss die Augen. Tarne spielte den Clown. Er wollte verhindern, dass die Erinnerung an gestern so schnell zurückkam. Er klopfte wie verrückt mit seinem Löffel auf das im Eierbecher drapierte Frühstücksei. Mit irrem Blick verfolgte er die Risse, die entstanden, pellte die Schale am Kopf ab und grinste Manu darüber an.

Manu zeigte mit einem Finger auf ihn und verschluckte sich am Kaffee. Beim Versuch, die Tasse zurückzustellen, verschüttete sie etwas davon.

„Ich muss immer lachen, wenn du dein Ei aufpulst. Du als harter Kerl... das passt nicht zu dir."

Tarne freute sich, dass er ein Lächeln auf ihr Gesicht gezaubert hatte, und spielte den leicht Gekränkten:

„Meinst du, ich sollte es lieber köpfen? Das macht doch keinen harten Kerl aus, oder?"

Plötzlich wurde Manu wieder ernst:

„Kann man uns hier finden?"

„Du brauchst dir keine Sorgen mehr zu machen. Es ging nur um diesen einen Typen. Sonst ist alles okay. Es gibt niemanden mehr, der dir oder uns etwas tun will. Es ist alles geregelt."

Tarne ging in der Rolle des Beschützers auf. Jetzt konnte er sie trösten. Ihr seine Stärke, seinen Einfluss und Schutz beweisen.

„So einfach, auf einmal?"

„Ja. Ich stehe mit der offiziellen Sondereinheit in Verbindung. Der Leiter hat mir versichert, dass er für die weitere Sicherheit garantieren wird. Er hat Mitarbeiter abgestellt, denen er vertraut, die dich bewachen werden, wie einen Politiker. Ich habe das mit deren Leiter ausgehandelt. Schau aus dem Fenster. Siehst du den dunkelblauem Kombi da?"

Manu war neben ihn ans Fenster getreten und blickte mit großer Neugierde zwischen den Gardinen hindurch.

„Und der da auf der anderen Straßenseite raucht, da hinter dem Baum, das ist sein Kollege. Später kommt eine Ablösung."

In ihrem Blick war Skepsis zu erkennen.

„Und sollte irgendjemand die umgehen, dann kannst du dich darauf verlassen, dass Sagatzki aufpasst."
„Der auch? Wo ist der denn?"
„Den siehst du nie. Aber ich weiß, dass er da ist. Verlass dich drauf! Das ist die beste Absicherung. Das ist das Mindeste, was ich nach all dem für dich tun kann!"

Plötzlich fiel Manu etwas ein:
„Woher wusste der Kerl von mir und ... wo er mich finden konnte?"
„Das ist mir im Moment noch unklar." Tarne zögerte kurz. Er fürchtete, sie wieder zu ängstigen, dachte sich aber, dass Ehrlichkeit am besten sei. „Aber die haben alle Möglichkeiten zu erfahren, was sie wollen. Vielleicht kann ich das noch klären. Mal sehen." Es fiel ihm schwer, was er ihr sagen wollte: „Also, Manu, wenn ich alles im Nachhinein sehe, muss ich sagen, dass es unverantwortlich war, dass ich dich da mit hineingezogen habe. Wenn ich klar bei Verstand gewesen wäre, hätte ich mir denken können ... denken müssen, was passiert. Tut mir echt leid. Ich kann verstehen, wenn du endgültig die Schnauze von mir voll hast. Ehrlich."
Sie schaute ihn mit großen Augen an.
Mit aller Vorsicht fragte er dann:
„Und, wie ist der mit dir umgegangen. Hat er dir was getan?"
„Nein, der war zwar fies und ruppig zu mir, aber er hat mich nicht belästigt. Bei mir ging es ihm nicht um Sex oder so was."
Manu berichtete dann, an was sie sich alles erinnern konnte. Die Beschäftigung mit den vielen einzelnen Details schien ihr gut zu tun. Durch die Ablenkung entspannte sie sich etwas.

Tarne fühlte sich auf der rationalen Ebene viel sicherer.
„Ich denke, das wird eine Art privater Puff gewesen sein. Müller..."
„So hieß der...?"
„Zumindest war das seine letzte Identität. Wer das wirklich war, wissen wir noch nicht. Ist letztlich auch egal. Kann ein ehemaliger Mitarbeiter eines anderen Nachrichtendienstes gewesen sein. Der hat sein eigenes Süppchen gekocht. Hat gedacht, er könnte auf die Art großes Geld verdienen. Jedenfalls hatte er Kontakte zum Milieu und daher die Möglichkeit, dich dort unterzubringen. Vermutlich hat jemand aus der Schweizer Bank oder einige von den Steuerbetrügern diesen Nachrichtendienst unterwandert und ihn als Killer beauftragt. Denn er war es, der Eberli vor meiner Tür erschossen hat!"
„Unglaublich! Dass so etwas möglich ist. Hättet ihr mich denn da gefunden, wo ich war?"
„Wir hätten dich gefunden. Das kannst du glauben. Als Müller morgens anrief, war es von dort oder aus der Nähe. Dorfmann..."
„Der hat auch mitgemischt?"
„Natürlich!"
„Nur um mich zu finden?"
„Ja klar!"
Manu lächelte und Tarne war stolz.
„Dorfmann hat den Standort des Handys bestimmt, und das war in Bochum, Hattinger Straße. Oder einer Seitenstraße. Ich denke, wenn wir uns da umgesehen und umgehört hätten, wären wir schnell zu der richtigen Adresse gekommen. Zumal die Messung ziemlich genau war, so zwischen zehn bis fünfzig Metern. Also wäre alles gut ausgegangen, wenn er dich da gelassen hätte!"
Dass Müller sicher nicht von dort telefoniert hätte, wenn er vorgehabt hätte, sie dazulassen, verschwieg er,

um sie nicht im Nachhinein zu beunruhigen. In dem Fall hätten sie lange nach ihr suchen können. Dann hätten sie sie ohne Information von Müller niemals gefunden.

Es entstand eine Pause, bis Manu wieder ansetzte:
„Ich glaub, ich muss über das alles sprechen, was da gestern passiert ist. Oder?"
„Du musst nicht ... vielleicht besser nicht?"
„Doch, ich glaube, das ist wichtig... Das geht mir nicht mehr aus dem Kopf.
Tarne brummte nur.
„Ich weiß nicht ... ich hab dich gesehen, dann war ich erleichtert, aber ... ich glaub, ich hab mich dann irgendwie losgerissen, als der Zug kam ... und dabei hab ich ihn wohl gestoßen..."
Er sah sie fragend an.
„... oder er ist gestolpert, ich weiß nicht ... und gefallen. Das Geräusch wie ein dumpfes Krachen ... ich hör's immer noch ... ich glaub, das werde ich nie vergessen. Es ging alles so schnell."
Das klang wie eine Frage, als suchte sie nach einer Erleichterung.
„Hm, bei dem Lärm, durch den Zug, kam auf meiner Seite nur dein Schreien an..."
Tarne nahm die WAZ zur Hand, die er schon beim Einkauf durchgeblättert hatte, und begann zu zitieren, in der Hoffnung, dass die nüchterne Berichterstattung ihr half, Abstand zu bekommen.
„Sie mal, was hier steht, *Unfall oder Selbstmord*."
„Klingt wie ein echter Titel der Bildzeitung!", sagte Manu.
„Kann man sagen." Tarne zitierte weiter:

Ein unbekannter Mann ist um 11:30 Uhr

von einem umgeleiteten durchfahrenden *ICE* in Richtung Essen erwischt worden. *Er muss sofort tot gewesen sein. Der Zugführer erinnerte sich im Nachhinein, einen dumpfen Schlag gehört zu haben. Er hatte dem aber zu dem Zeitpunkt keine Bedeutung beigemessen, weil er annahm, dass es sich um den Donner des Sommergewitters gehandelt habe. Als er von dem Unfall erfuhr, erlitt er einen Zusammenbruch. Er beteuerte immer wieder, dass er in der vorgeschriebenen Geschwindigkeit gefahren sei. Er musste ärztlich versorgt werden. ... Die Identität des Opfers konnte bis Redaktionsschluss nicht ermittelt werden.*

„Klingt alles so nüchtern…", sagte Manu.
„Ich finde es eher sehr reißerisch, eher wie BILD."
Dann kam, anders als Tarne gehofft hatte, alles vom Vortag hoch, ihr Gesicht verzog sich, sie brach in Tränen aus. Sie stützte den Kopf in ihre Hände, ihre wilden Haare fielen nach vorne und hüllten sie wie ein Vorhang ein.
Tarne rückte den Stuhl zurück, wollte sie trösten, in den Arm nehmen, aber sie stieß ihn weg.
„Lass mich, das bist alles du schuld! Nur wegen dir komm ich in solche Situationen. Ohne dich wäre das nie passiert! Immer musst du den Starken spielen!"
Plötzlich saß sie da, starrer Blick geradeaus, wie in die Unendlichkeit, ihre Hände links und rechts neben dem Teller aufgelegt.
Tarne legte seine Hand auf ihre.
„Alles okay mit dir?"
„Alles okay? Alles okay?", brach es aus ihr he-

raus. Sie zog ihre Hand weg.
„Nichts ist okay! Was denkst du dir eigentlich. Dein Scheißfall! Du und du und du! Was mit mir ist, interessiert den Herrn ja gar nicht. Immer wieder werde ich in diesen Scheiß hineingezogen."
Tarne setzte an, um etwas zu erwidern. Aber er wusste genau, was jetzt kam, sie würde sagen: 'Sag nichts'...
„Sag nichts! Ich will nichts hören! Du redest dich sowieso wieder raus. War alles nicht so! Und: Du hast es gut gemeint. Hab ich alles so oft gehört! Und wenn ich unsere Beziehung sehe, was war das denn..."
Er konnte voraussagen, wie es weiterging, jetzt kam der *Nie-siehst-du-mich!*-Teil.
„Du willst doch gar nicht mich! Du brauchst nicht mich. Was du brauchst, ist jemand, der dich und deine Interessen unterstützt!"
Ihr Blick irrte hin und her. Arme und Hände waren in einer ständigen Bewegung, mit wilder Gestik beschäftigt.
„Einen Kumpel, eine Mama, einen Fan, was weiß ich? Aber nicht mich. Mich hast du doch nie wahrgenommen, außer als Unterstützung für deine Macho-Themen."

Tarne wurde klar, was hinter ihrem Ausbruch stand. In früheren Zeiten, in ihrer Beziehung wäre er gekränkt gewesen, schließlich hatte er sie gerettet und sich ihren Dank erhofft.
Manu ließ es ohne Gegenwehr geschehen, dass er sie wie ein kleines Kind umarmte.
Sie kuschelte sich regelrecht an und schluchzte in seinen Armen. Wenn es ihr half, sollte sie ruhig auf ihm herumhacken. Sie hatte recht, wenn er an die Fehler dachte, die er in dieser Angelegenheit von Anfang an begangen hatte.
„Schscht... Schscht..."

„Sag nicht *Schscht* zu mir."

„Schscht…"

Tarne war nicht für solche Situationen gemacht. Lieber würde er sich in dunklen Kneipen mit wilden Kerlen herumprügeln. Aber was soll's, er musste da durch.

„… überleg doch", setzte er an, „wir können das Ganze auch von einer anderen Seite sehen. Schau mal, weißt du noch, als wir diese ganzen Motten hatten?"

„Du meinst, als die sich in diesen getrockneten Orangenschalen eingenistet hatten und in allen Lebensmitteln waren? Klar."

„Und … was haben wir gemacht? Haben wir alle…"

„Das ist was anderes! Das kannst du doch nicht vergleichen!"

„Ungeziefer gehört zerdrückt, zertreten, zerquetscht, erschlagen! Du kennst mich, du weißt, wie wütend es mich macht, wenn ich in Situationen komme, in denen ich hilflos werde und mich ohnmächtig ausgeliefert erlebe. Vor allem, wenn es ungerecht ist. Und das war es ja wohl."

„Also…!"

„Denk mal nach. Wir als Menschen sind anders. Wir als Spezies unterscheiden uns dadurch, dass wir ein Bewusstsein haben. Und was können wir damit? Wir können eigenverantwortlich handeln. Wir können entscheiden, was wir tun. Ob das gut oder böse ist. Er hat bekommen, was er verdient hat. Die Motten haben nur nach ihrem Instinkt für ihr Überleben gesorgt, oder?"

„Ich wusste immer, dass du hart sein kannst, aber das ist grausam."

„So ist das Leben. Ausgleichende Gerechtigkeit. In Amerika würde er vielleicht die Spritze bekommen, bei uns Lebenslänglich, wenn überhaupt, und dann bei guter Führung nach sechs Jahren auf Bewährung entlassen. So spart der Staat – die Bürger – wir – das

Geld."

„Also! ... So kannst du das nicht sehen!"

„Ich sehe das so! Schlimmer wäre noch, was auch möglich wäre, er hätte sich da heraus gemauschelt, wäre straffrei ausgegangen. Wäre dir das lieber?"

Tarne machte eine Pause.

„Außerdem hätte ich ihn ohne den geringsten Skrupel erschossen, wenn ich dich dadurch frei bekommen hätte!"

Sie schwieg.

Er sah die versiegenden Tränen in ihren weit geöffneten Augen.

33

Tarne bog von der Alfred- in die Moorenstraße ein. Da stand der graue BMW mit Brauns zum Schutz von Eberli abgestellten Kollegen in der Nähe des Hotels mit dem hochtrabendem Namen *Parkhotel* und dem hauseigenen *Sailor's Pub*, wie es in goldenen Lettern an der auberginefarbenen Fassade stand. Er fuhr unauffällig mit dem bei den Agenten nicht bekannten schwarzen Mercedes aus Sagatzkis Wagenpark an ihnen vorbei. Weiter unten fand er einen Parkplatz und stieg aus. Tarne ging einmal um den Block und näherte sich erneut dem BMW von hinten, lief, als wenn er es eilig hätte, und riss plötzlich die hintere Wagentür auf:
„Hallo, meine Herren. Bleiben Sie ruhig sitzen. Wie ich höre, suchen Sie mich. Sie wollen mich sprechen?" Hagen und Schmidt fuhren herum und weit aufgerissene Augen und offene Münder starrten ihn an. Beide langten nach ihren Waffen.
„Aber meine Herren, das lassen wir lieber! Wie wollen Sie das Ihren Auftraggebern erklären, wenn Sie den Lieferanten der CD umlegen. So einen Fehler machen wir nicht zweimal!"
„Scheiße!", Schmidt fielen ein paar Pommes samt

Mayo und Ketchup aus der Pommesschale heraus, die er gerade noch zu fassen bekam, bevor sie gänzlich in den Abgrund stürzte. Er versuchte, sich die Schweinerei von seiner Hose zu wischen. Der ganze Wagen stank nach altem Fett aus der Frittenbude.
„Sie haben es gemütlich hier. Riecht gut. Aber ganz im Ernst, mit diesen Anzügen würde ich mich nirgends mehr sehen lassen. Sonst nimmt Ihnen keiner ab, dass Sie vom LKA sind. Alle werden denken, dass Sie eine *Heiße Kiste* betreiben." Er grinste und fuhrt nach einer wirkungsvollen Pause fort: „Hier bin ich also. Was gibt's? Was wollen Sie wissen? Wie Sie sehen, weiß ich jetzt, um was es geht." Tarne machte eine Kunstpause und fuhr dann fort: „Aber verraten Sie mir eins: Ich dachte immer, diese ganzen Ankäufe von solchen Daten wären erfunden, eine Art Bluff, und die, die darauf hereinfallen..."

„... Sie meinen, die Regierung spekuliert auf die Selbstanzeigen und es gibt keinen Datenankauf? Nein, nein, da kann ich Sie beruhigen, das war alles echt. Wir waren immer dabei!", reagierte Hagen. Er schien der Pfiffigere zu sein.

„Das wundert mich aber – bei Ihrem professionellen Einsatz", sagte Tarne.

Empörte Blicke. Schmidt lehnte sich weiter nach hinten, dabei fiel ihm doch noch die ganze Pommesschale samt Inhalt vom Schoß, und er packte Tarne in all seiner Wut an der Schulter.

Tarne sah erst auf die Hand, dann Schmidt in die Augen und fuhr erst fort, nachdem Schmidt seine Hand zurückgezogen hatte. Schmidt schaute betreten nach unten auf den Schlamassel im Fußraum. Pommes, Mayo und Ketchup lagen malerisch verteilt zwischen und auf seinen Schuhen.

„Genug jetzt, ich sage Ihnen, wie es läuft! Also: Ich bin als Vertreter hier, erst wenn es Geld und

Sicherheit gibt, gibt es die CD", sagte Tarne.
Hagen, der Wortführer, hatte sich als Erster gefasst:
„Sie brauchen sich keine Sorgen zu machen. Wenn die Regierung sich auf so einen Deal einlässt, dann wird sie Wort halten. Sie kann sich nicht erlauben, das nicht zu tun, sonst wird sich in Zukunft jeder überlegen, ob er sich auf einen solchen Deal einlässt. Das wäre das Ende für weitere gewinnbringende Datenankäufe. Wir bieten Informanten eine neue Identität. Sie glauben nicht, wie viele Leute es in Deutschland gibt, die mit einer falschen Identität leben. Das war nicht nur zu DDR-Zeiten so mit den ganzen RAF-Leuten, die dort untergekommen sind. Das ist heute noch genauso."
Quatsch du nur, dachte Tarne, wenn du aufgeregt bist und meinst, das merkt auf diese Weise keiner.
„Das mag sein, aber mein Auftraggeber möchte lieber auf Nummer sicher gehen. Dafür ist bisher zu viel schiefgegangen. Und noch was: Sie wissen, nur Bares ist Wahres. Geben Sie mir Ihre Handynummer! Ich werde Sie darüber erreichen und Ihnen mitteilen, wo wir die Übergabe durchführen. Entweder so oder gar nicht."
Ihre große Nervosität zu verbergen, schauten sich beide an. Ratlosigkeit.
„So schnell geht das nicht", versuchte Hagen die Sache hinauszuzögern, „wir haben keinen Beweis dafür, dass Sie im Besitz solcher Informationen sind. Sie könnten uns wer weiß was erzählen."
Tarne zog das gefaltete DIN-A4-Blatt aus der Tasche und sagte: „Dies ist eine Kostprobe. Wie Sie sehen: ein bekannter Name. Das sollte helfen, das Ganze zu beschleunigen, oder?"
Hagen nahm das Blatt entgegen und faltete es auseinander. Schmidt langte hinüber und drehte das Papier in seine Richtung, so dass beide lesen konnten.

„Ach du Scheiße", entfuhr es Schmidt. Hagen setzte neu an. „Aber Bargeld? Das ist nicht üblich. Das wird schwierig, dauert auch länger."

„Reden Sie nicht drum herum. Soweit ich weiß, hatten Sie doch schon einen Fall, der in bar abgewickelt worden ist, oder?"

„Sie meinen den Fall Lutz Otte? Erinnern Sie mich nicht daran. Das war ein Aufwand. Stellen Sie sich das nicht so einfach vor. Die ganze Summe musste erst auf ein Privatkonto angewiesen werden. Die Auszahlung erfolgte dann im Beisein von Zeugen, wobei die Summe von einer Maschine vorgezählt wurde. Und dann bedenken Sie noch den Aufwand wegen des Geldwäschegesetzes. Da musste noch von der Regierungsstelle in der Bank angerufen werden, um zu bestätigen, dass es sich nicht um Geldwäsche handelte", erklärte Hagen, „das ist doch wirklich nicht nötig, dass wir diese Prozedur wiederholen."

„Na super, dann wissen Sie ja, wie es geht. Klären Sie alles Weitere mit Ihrem Chef. Ich bin sicher, Sie kriegen das hin – Sie *müssen* das hinkriegen…", sagte Tarne.

Bevor Hagen und Schmidt in ihrer Verblüffung etwas erwidern konnten, verschwand er so schnell wie er aufgetaucht war um die Ecke.

34

Der Asphalt in den Seitenstraßen brach immer mehr auf. Jedes Jahr im Frühjahr wurde ein offener Lkw der Stadt mit heißem Teer und zwei Arbeitern herumgeschickt und alles notdürftig geflickt. Statt grundlegender Erneuerung des innerstädtischen Straßennetzes wurden aber immerhin die A 40 mit *Flüsterasphalt* belegt und neue Lärmschutzwände hochgezogen. Natürlich in Gegenden, in denen die *bessere Gesellschaft* wohnte. Für irgendwelche protzigen Großprojekte holten sich die Politiker Europagelder und füllten das benötigte Restkapital aus dem Geldsäckel der Stadt auf. Jeder dieser Kerle, so ging es Tarne durch den Kopf, setzte sich ein Denkmal mit seinem persönlichen Bauprojekt! Selten kam ein so eindrucksvolles Ergebnis dabei zustande wie der Umbau des Folkwang-Museums durch den Architekten David Chipperfield. Das war mal nicht auf Stadtkosten gegangen. Das war durch eine Spende der Krupp-Stiftung finanziert worden. Damit hatte sich Berthold Beitz vor seinem Tod ein Denkmal gesetzt. Er hatte als Dankeschön der Stadt seinen eigenen Boulevard bekommen: Die frühere Bamlerstraße hieß jetzt

Berthold-Beitz-Boulevard. Die alten Schilder hatte man daneben hängen lassen und mit rotem Klebeband den früheren Namen durchkreuzt. Als Tarne das zum ersten Mal gesehen hatte, hatte er vor Lachen fast einen Unfall gebaut. Sagatzkis Benz ließ sich bei diesem herrlichen Wetter gut fahren. Tarne ließ die Fenster runter und stellte die Klimaanlage aus. Er liebte es, wenn ihm der Wind um die Ohren blies. Wie konnten die Leute unbedingt Klimaanlagen in ihren Autos haben wollen? Inzwischen war es hier genauso heiß wie in Spanien. Was hatten die Leute nur mit ihrem Lamento über die Klimaerwärmung? War doch schön, sparte man den Urlaub!

Neben sich hatte er ein weiteres Prepaid-Handy aus dem Fundus, den Sagatzki in sein Versteck in Werden geschleppt hatte. Noch nicht in Betrieb genommen, um nicht vorzeitig seine Position zu verraten. Heute sollte die Übergabe stattfinden. Seine Mundwinkel umspielte ein Lächeln. Endlich war er auf der Gewinnerbahn! Er hielt kurz auf dem Seitenstreifen, baute das Handy zusammen und wählte durch. Hagen meldete sich beim ersten Klingelton:

„Tarne? Sind Sie das? Was soll der ganze Aufwand?"

„Mein Auftraggeber will das so. Haben Sie das Geld?"

„Klar. Wie abgemacht. Aber stellen Sie sich das nicht so einfach vor bei einer Behörde!"

Tarne fuhr los: Besser, wenn er unterwegs war, jetzt, wo er geortet werden konnte.

„Dann mal los. Wo sind Sie jetzt?"

„Alfredstraße, Höhe Moorenstraße."

„Gut, dann fahren Sie die Alfredstraße hoch, Werdener Berg runter, nach Werden rein, ich melde mich wieder."

Tarne warf das Handy aus dem Fenster, aktivierte ein neues, ließ zehn Minuten verstreichen und meldete sich erneut bei den beiden.

„Also, weiter geht's, gegenüber St. Ludgeri Links-Turn an Kika's vorbei und zurück. Rechts zum Baldeneysee."

„Mann, reicht's nicht bald?", ließ Hagen sich vernehmen.

Tarne bekam trotz vorgehaltener Hand von Hagen mit, wie Schmidt im Hintergrund unkte:
„Pass auf, der macht einen auf See und gondelt dann mit dem Boot..."
„... locker bleiben, Jungs... weiter Lerchenstraße Richtung Stadtwaldplatz..."
Tarne schickte sie durch die ganze Stadt. Er fand es nicht leicht, gleichzeitig in Bewegung zu bleiben, damit ihn niemand festnageln konnte. Die hatten den ganzen technischen und personellen Apparat zur Verfügung, mehr Kollegen im Hintergrund.

„Ich verabschiede mich, meine Herren. Melde mich später wieder."

Während Tarne weiterfuhr, tauschte er mit einer Hand die SIM-Karte im Gerät aus und wählte die programmierte Rufnummer erneut.

„... und weiter geht's... vom Hauptbahnhof an der alten VHS vorbei – bitte achten Sie auf den Fortschritt der Abbrucharbeiten: selbstverständlich unter Anwendung aller Umweltauflagen" – Tarne bekam immer mehr Spaß bei der Stadtrundfahrt – „... rechts dann Steeler Straße, Berg hoch Richtung Steele. Sie sehen den Wasserturm linker Hand voraus? Etwa noch 100 Meter?"

„Sehen wir."

Bei der ganzen Kurbelei spürte Tarne, wie der Schweiß seinen Körper hinunterrann. Das Hemd klebte am

Rücken. Tarne hatte jetzt auch seine Zielposition für die Übergabe erreicht. Er stellte den Motor ab, schaltete die Warnblickanlage an, schälte sich aus seiner Jacke und schleuderte sie auf den Rücksitz. Während er weiter das Handy ans Ohr hielt, stieg er aus, winkte mit der freien Hand andere Autofahrer vorbei und öffnete den Kofferraum. Er nahm das Warndreieck aus seiner Verpackung, ging einige Schritte zurück und stellte es gut sichtbar auf. Zur Sicherung für alle andern Fahrzeuge, die sich von hinten näherten.

„Okay. Fahren Sie bis auf die Mitte der Brücke, wo die Abfahrt von der A 40 herauskommt, und halten Sie da!"

„Hier ist Halteverbot."

„Klar ist es das, tun Sie es einfach! Nehmen Sie die Tasche und gehen Sie an den Rand der Brücke!"

Hagen lehnte sich über die Brüstung und sah Tarne unten auf dem Seitenstreifen stehen, das Handy am Ohr und eine Hand erhoben, die winkte. Ein Warndreieck war drei oder vier Autolängen vorher aufgestellt.

„Los, los, werfen Sie die Tasche herunter!" – „Nun mach schon!", hörte er gleichzeitig aus dem Handy und durch den Lärm des Verkehrs schwach von oben.

Tarnes Wagen unter der Brücke war von oben nicht zu sehen. Langsam stauten sich Fahrzeuge auf der Bahn, da Tarne unter der Brücke eine Spur blockierte. Einige hupten, die meisten schienen es für eine Panne zu halten und versuchten, sich einzufädeln.

Hagen wuchtete die Tasche über die Brüstung und ließ sie fallen. Im selben Moment ließ Tarne sein Handy fallen, zertrat es, zerrte die Tasche hoch und wollte unter der Brücke verschwinden.

„He, was jetzt? Was ist mit der CD?", rief Hagen von oben.

Tarne zog sie aus der Tasche, hielt sie hoch, winkte

damit und legte sie neben dem Seitenstreifen auf den Boden.
Wie bei aufgescheuchten Hühnern gab es oben am Geländer ein Hin und Her. Bei dem allgemeinen Verkehrslärm konnten die beiden sich kaum verständigen. Dann hörte Tarne ein mächtiges Quietschen von Autoreifen und ein Hupkonzert auf der Brücke – offenbar agierten die Herrschaften in ihrer Sorge, die CD mit den wichtigen Daten nicht zu bekommen, wie Chaoten.
Tarne sprang in seinen Wagen, nachdem er vorher die Tasche in den offenen Kofferraum geworfen und die Klappe zugeschlagen hatte, gab Gas und reihte sich mühelos in den laufenden Verkehr ein. Richtung Bochum.
Tarne nahm sofort die nächste Abfahrt. Stoppenberg. Dann links und die erste rechts. Man soll die zuverlässige Post für sich arbeiten lassen! Das hatte beim letzten Mal recht gut geklappt.
Er hielt und parkte damit zwei Autos zu, die ordnungsgemäß in ausgezeichneten Parkboxen aufgereiht standen. Es sollte nur schnell gehen. Die würden schon nicht in diesem Moment weg wollen. Tarne hatte den Platz extra unter Bäumen ausgesucht, die die Sicht nach oben versperrten, falls es eine Luftüberwachung geben sollte.
In durch Adrenalin erzeugter euphorischer Stimmung hielt er vor der winzigen Post hier, die für seine Zwecke ideal geeignet war. Sie wurde von einem Pärchen betrieben, das ganz liebevoll miteinander umging. Sie Asiatin. Ein Kind gab es auch, wusste Tarne von früheren Besuchen. Tarne hatte einige Kartons oder „Fertigpakete" besorgt, oder wie die Post das nannte. Er ging zum Auto zurück, starrte einen Moment reglos auf den Inhalt der Tasche, führte automatisch sein Ritual mit der Augenbraue aus, begann dann die Kartons

auseinanderzufalten und die Geldpacken stapelweise darin zu verstauen.

Dabei überprüfte er jeden Stapel mit dem Messgerät, das er von Sagatzki erhalten hatte, auf Sonden und fluchte dabei, wenn es nicht klappte, wie es sollte. Aufkleber zum Schließen waren beigefügt. Anschließend schleppte er alle Pakete in die Filiale. Die freundliche Frau half ihm bei der Beschriftung. Rechtsanwalt Klaus Brock, Am Rüttenscheider Stern, Essen. Postleitzahl 45130, wie er sich vom letzten Mal erinnerte. Er vergaß auch nicht den Zusatz *Persönlich*, dreimal dick unterstrichen. Diese Methode sollte er sich patentieren lassen. Belastendes Material einfach zur Post und man war sauber! Egal was Tarne privat von Brock hielt, in seinem Status als Rechtsanwalt hatte die Zusammenarbeit immer gut geklappt. Also, auf ein Weiteres! Lieber nicht noch einmal einen seiner Freunde mit hineinziehen. Er wollte keinen erneut so unüberlegt belasten oder sogar gefährden.

„Sie waren doch schon einmal hier! Soll ich Ihnen helfen? Das ist viel zu viel für einen alleine", bot die nette Asiatin ihm sofort an, als er die große Anzahl an Kartons aufeinander gestapelt herein balancierte. Wenn du wüsstest, was da drin ist. Adressen aufgeklebt, bezahlt, wieder ins Auto und weiter. Höchstmögliche Sicherheit, Daten gegen Cash und das Geld in Sicherheit. Genau wie Eberli es sich gewünscht hatte.

35

Einige Tage später, kurz vor der Tagesschau erschien Tarne glücklich und entspannt, eine Flasche Dom Pérignon schwenkend, bei Manu in ihrer Wohnung. Am Ruhrstein. Er hatte ein paarmal über seinen wie üblich zerknautschten Anzug gestrichen in dem vergeblichen Versuch, ihn einigermaßen zu glätten. Die Wachposten vor der Tür waren inzwischen abgezogen. Es interessierte sich niemand mehr für sie, nachdem alles gelaufen war. Sie waren wieder unter sich im kuscheligen Bredeney.
Sobald er die Wohnungstür hinter sich geschlossen hatte, bestürmte Manu ihn:
„Schön, dass du mich nicht wieder ein halbes Jahr warten lässt. Habe mich sehr gefreut, dass du diesmal schon nach drei Tagen anrufst. Nun erzähl schon. Wie ist es gelaufen?"
Tarne winkte ab.
„Lass uns die Nachrichten sehen. Du wirst schon verstehen. Alles der Reihe nach und in Ruhe. Hol erst einmal zwei Gläser für uns!"
Bei eingeschalteter Werbung saßen sie gemütlich auf der Couch. Manu drängte wieder:

„Ich möchte gerne wissen, wieso du dich auf diesen Deal einlassen konntest, das ist doch nicht vereinbar mit deiner Berufsehre! Das passt nicht zu dir. Ich versteh das nicht. Ganz und gar nicht." Er lehnte sich zurück und legte beide Arme weit von sich gestreckt auf die Rückenlehne des Sofas.

„Das spielt doch keine Rolle!"

„Oh doch, für mich spielt das eine Rolle", sagte Manu.

„Ja, ich war hin- und hergerissen. Bin ich käuflich? Mache ich das, um auch mal Glück zu haben, völlig egoistisch? Ich hab da gesessen mit Eberli, im Irish Pub, und wusste nicht ein und aus. Ich hab überlegt und der wollte mir dazwischen quatschen. Dann dachte ich, ich mach es wie Robin Hood! Ehe ich diesem Gangster alles lasse. Dann fiel mir die Geschichte ein, als ich damals den Budenbesitzer habe laufenlassen, weißt du noch? Als ich für die Versicherung die Leute überprüft habe. Das war ähnlich. Korrekt war das nicht, aber sagen wir mal: menschlich und irgendwie ehrenvoll, oder? Wenn man's genau nimmt, ist das nicht so einfach, auf welcher Seite man steht?"

„Das hat mir wirklich sehr gefallen, was du damals gemacht hast, aber ist das nicht in diesem Fall ein bisschen dünn? Das nimmt dir doch keiner ab", sagte Manu.

„Dann nenn mich korrumpierbar, dann bin ich es eben! Ich habe mir überlegt, einen Teil für meine Ausgaben, mein Honorar und das Risiko, aber dann, wie Robin Hood, mal sehen, für was ich das besser einsetzen kann als unser Staat. Genau genommen geht es doch ums Überleben. Heute. In dieser Welt. Und wenn man sieht, was alles wie blöd läuft und man nichts daran ändern kann, bleibt einem ja nichts anderes als die Augen zu verschließen. Ich möchte bei dem, was ich tue, in Zukunft noch in den Spiegel schauen können, ohne vor mir selbst das kalte Grausen zu kriegen. Ich wollte es halt richtig machen. Aber was ist richtig ... oder recht? Das ist in dieser Welt inzwischen schwer zu unterscheiden. Meine Selbstachtung behalten. Dazu gehört auch, nicht aufzugeben. In meinem kleinen Rahmen, soweit es geht, die Welt in Ordnung bringen."

„Du und ordnen? Ha, dass ich nicht lache!"

„Wir reden wieder einmal aneinander vorbei", sagte Tarne.

„Von wegen Ehre, du bist Erfüllungsgehilfe der herrschenden Kaste ... bis auf Ausnahmen eben." Manu warf ihm einen skeptischen Blick zu und fragte: „War's das oder kommt noch was?"

Tarne riss sich zusammen, bemüht, seine Kränkung nicht zu zeigen, und fuhr fort:

„Ein Detail noch: Eberli kannte mich bereits vorher, das weißt du noch nicht. Also der Ermordete, nicht der Bruder, und vertraute mir!"

„Was? Wie das denn?"

Tarne berichtete ihr die Zusammenhänge.

„Also wollte Eberli von vornherein zu dir? Und du solltest ihm helfen? Er wusste von dir durch Hesse? Und kam nicht mehr dazu, weil er vorher erschossen wurde?"

„Genau! Sein Bruder hatte rudimentäre Andeutungen gemacht, die mir erst klar wurden, als Hesse mich aufklärte. Deshalb kam der Bruder dann zu mir. Die wollten sich ursprünglich zusammen bei mir treffen."

„Ist ja irre! Immerhin waren sie richtig bei dir. Du hast alles toll geplant und perfekt durchgezogen. Wie immer. Wo ist das Geld denn nun?"

„Rate mal. Kommst du nie drauf!", sagte Tarne.

„Nun sag schon!", quengelte Manu.

„Klausi!"

„Wie? Klausi?", fragte Manu.

„Na, dein Chef", erklärte Tarne.

Manu erbleichte und Mund und Augen wurden immer größer.

„Du und sprachlos. Das habe ich ja noch nie erlebt", lachte Tarne.

„Bist du denn...", stammelte sie entsetzt. Nun wurde *sein* Gesicht zu einem einzigen Fragezeichen. Manu fuhr fort: „... dann ... bin ich ... jetzt arbeitslos."

„Was? Wieso?"

Sie fand zu ihrer alten Mitteilsamkeit zurück.

„Du hast sie doch nicht alle! Ich wusste es doch. Du hörst mir nie zu. Ich habe dir schon oft gesagt, dass der so gut wie pleite ist. Sich völlig verspekuliert hat. Jetzt versteh ich alles. Du Idiot. Der ist ab in die Karibik. Mit deinem Geld!"

„Das ... das gibt's nicht! Das kann nicht wahr sein!"

„Gibt's jawohl doch! Da war dir einer über! Sag mir mal eins, wieso hast du es nicht an deinen Freund Sagatzki geschickt. Mit dem machst du sonst alles. Steckst doch immer mit dem zusammen. Oder an Dorfmann oder an dich selbst oder an mich? Du hast doch genug Menschen, denen du vertrauen kannst? Was hat dich geritten, ausgerechnet meinem Chef zu vertrauen?"

„Frag ich mich jetzt auch. Verflucht!" Tarne sprang auf und schlug mit der Faust an die Wand. Der Schmerz brachte ihn zur Ruhe. Er presste hervor:

„Ich wollte niemanden mit hineinziehen, falls noch etwas schiefgeht. Verdammt, verdammt!"

„Ich hab dir doch gesagt, was der für einer ist. Hörst du nie zu?"

Tarne knirschte vor sich hin: „Ich dachte ... das hat schon einmal geklappt mit der Post an Brock. Ich weiß, er ist ein krummer Hund. Aber für ein halb illegales Geschäft der Richtige. Schließlich ... die berufliche Zusammenarbeit war immer korrekt."

„Und jetzt? Was wirst du tun? Was ist mit dem Bruder? Dem Schweizer? Der wird jetzt hinter dir her sein! Seinen Anteil haben wollen. Das ist wieder ein echter Tarne! Das ganze Theater und alles umsonst! Und obendrein jede Menge Ärger!"

Tarne war blass und still geworden, während im Hintergrund die Bundeskanzlerin in den Nachrichten zu Wort kam:

„Ja, ich kann bestätigen. Wir haben die CD mit den Angaben über die deutschen Steuersünder für 3,8 Millionen Euro erworben. Wir gehen von Steuernachzahlungen in Milliardenhöhe aus."

„Unglaublich. Diese Nachrichten. Da bringt ein Mitarbeiter von denen jemanden um und die gehen drüber hinweg, als wenn das nichts wäre", sagte Manu.

„Ich sag nur, unsere Regierung. Da halten die dicht. Hauptsache, die können bei den Steuersündern abkassieren", sagte Tarne. Völlig zerknirscht, aber in seinem Element, wenn er etwas zu erklären hatte.

Manu schaute plötzlich besorgt und fragte: „Was wird denn mit Eberli? Wenn der sein Geld nicht bekommt?"

„Sein Risiko. Aber die Hälfte von nichts ist nichts", sagte Tarne und begann sich wieder zu entspannen. Der Gedanken ließ ihn lächeln. Wenn ihm auch wehmütig war.

„Aber wenn der dir jetzt ein paar Killer hinterherschickt?" Manus Augen waren vor Schreck geweitet und sie hielt sich die Hände vor den Mund.

„Hast du etwa Angst um mich?" Tarne lachte laut und versuchte sie in den Arm zu nehmen.

Sie stieß ihn weg und sagte:

„Ach du. Du nimmst mich nie ernst. Aber, wenn doch...?"

„Selbst wenn der mir ein paar Schläger auf den Hals hetzen würde, damit komme ich klar. Aber der weiß auch, dass ich ihn an die Schweizer Staatsanwaltschaft verraten könnte. Die Ermittler dort sind ganz heiß auf solche Leute. Den letzten, den sie erwischt haben, hat das Schweizer Bundesstrafgericht zu 36 Monaten verurteilt. Da kennen die nichts. Dann könnte er sich da nicht mehr sehen lassen. Also wird er sich ganz schön bedeckt halten und hoffen, dass niemand etwas erfährt", beruhigte Tarne sie.

Nach einer kurzen Pause überlegte er laut weiter: „Du sagst, Brock ist in die Karibik? Weißt du das genau? Ich könnte, wenn sich alles beruhigt hat ... ich werde ihn finden. Vielleicht ist dann noch etwas übrig von dem Geld? Ich werde es mir zurückholen."

„Ach was. Das hab ich nur so gesagt. Karibik oder was auch immer. Kann auch Jersey sein oder Andorra oder irgendein anderes Land", sagte Manu. Sie klang genervt.

„Tja, wie kriegt er das Geld hier weg? Könnte mit seinem eigenen Flugzeug sein, er hat doch eine kleine Maschine?", fragte Tarne.

„Jaaa", Manu zog das Wort in die Länge, „eine Beechcraft Bonanza F33A. Du glaubst nicht, was ich alles über dieses Flugzeug weiß. Musste ich mir stundenlang und wieder und wieder anhören. Seine Prahlereien. Dabei ist die bestimmt nicht bezahlt. Damit ist er immer nach Sylt geflogen."

„Die ist groß genug. Da kriegt er eine Menge Geld hinein. Aber egal wo er hin ist, wenn sich alles beruhigt hat, schaue ich mal", sagte Tarne.

Manu verdrehte die Augen und sagte:

„Wir wissen nicht, ob er noch in Deutschland ist oder tatsächlich irgendwohin unterwegs. Warten wir mal ab. Vielleicht lesen wir morgen in der Zeitung so etwas wie: *Essener Rechtsanwalt im Flughafen Mül-*

heim erwischt. Wollte Millionen außer Landes bringen. Vermutlich Mandantengelder. Herr B. schweigt bisher zu allen Fragen." Manus Gesicht verfinsterte sich plötzlich.

Für Tarne ein eindeutiges Zeichen, dass sich ihre Stimmung wieder verändert hatte. Sie fuhr dann auch mit erheblich mehr Nachdruck in der Stimme fort: „Hör auf mit den Phantastereien. Millionen, Millionen, wenn ich das schon höre. Ich möchte nicht wissen, wie oft du mir schon mit solchen haarsträubenden Geschichten gekommen bist. Lass mich damit in Ruhe. Da ist doch sowieso noch nie etwas draus geworden. Kommen wir mal lieber zu den realistischeren Dingen. Hier ist ein Anhörungsbogen gekommen", änderte sie, einer plötzlichen Eingebung folgend, das Thema, „du hast mit meinem Twingo falsch geparkt in einer Einfahrt oder so. Falschparken mit Behinderung. Da steht, du sollst jemanden angepöbelt und beschimpft haben. Was war denn da los?"

„Ach, das. Nichts. Sag einfach, du hättest das Auto verliehen und wüsstest nicht mehr, an wen. Das war ein ganz normaler Spießer. Wie die so sind. Du kennst das doch. Ist nur ein Anhörungsbogen. Der muss sich echt die Mühe gemacht haben, zur Polizei zu gehen und eine Anzeige zu machen. Unglaublich. Womit die Leute ihre Zeit vertun", erklärte Tarne.

„Dafür kriege ich dann wieder Punkte und die Kosten! Und du sagst auch noch, ich soll mich darum kümmern. Das ist doch die Höhe. Nachher muss ich ein Fahrtenbuch führen. Wegen dir! Kannst du dich nicht mal beherrschen? Grad ist man froh, dass dir nichts passiert ist. Schon ist wieder das Nächste! Und deshalb hat das mit uns nicht, und zwar gar nicht geklappt. Und wird auch in Zukunft nicht klappen!" Manu stampfte mit dem Fuß auf, um ihrer Aussage Nachdruck zu verleihen.

„Ich hab doch gesagt, dass es mir leid tut", sagte Tarne, „und Punkte gibt es für so etwas nicht. Mach dir keine Sorgen."
„Ja, ja. Und wie du weißt, gehe ich gerne spazieren. Ein wenig in die Natur und sich bewegen. Ich habe dabei auch den Umweltgedanken im Kopf. Und du? Auf gar keinen Fall irgendwohin laufen, und wenn das Ziel noch so nah ist. Selbst wenn es nur achthundert Meter entfernt ist, du fährst mit dem Auto! Auch da muss ich dir sagen, das ist nicht meins!
„Ist ja schon gut!"
„Dann haben wir uns Rocco angeschafft in der Hoffnung, dass sich da irgendetwas dran ändert. Aber weit gefehlt, du hast dich mal wieder nicht verantwortlich gefühlt. Im Gegenteil, das war für dich die Entschuldigung, dass du gar nicht mehr raus musstest, da ich ja durch den Hund beschützt wäre, wenn ich mal alleine gehe. Es blieb also alles an mir hängen!"
Er wusste, wenn Manu aufdrehte, konnte es dauern, bis sie wieder runterkam. Jetzt schniefte sie auch noch.
„Ich erinnere dich nur daran, dass du mich mit Rocco und seiner Beerdigung alleingelassen hast! Wenn ich daran denke, wird mir jetzt noch ganz anders! Er ist immer wieder umgefallen, und das, nachdem wir dachten, alles würde wieder gut. Und du? Wo warst du? Dann ging es ihm die ganze Woche immer schlechter. Seit Freitag hat er nicht mehr gefressen. Ich konnte ihn nicht mehr laufen lassen. Dann hab ich ihn zur Ärztin gefahren. Die musste rauskommen, hat ihm im Auto die Spritze gegeben. Um acht Uhr morgens. Ich sag dir, das war ein Gefühl. Rocco … er hat gezittert und sich an mich gedrückt…"
Sie hatte im Grunde genommen recht. Tarne wusste, dass er solche Situationen mied, wenn es ging. Genauso wie er nicht wusste, was er dazu sagen sollte. Er würde gerne Verständnis ausdrücken, er spürte auch mit ihr.

Aber wie sollte er ihr das zeigen oder sagen? Wie ging das? Lieber hätte er sich mit jemandem geprügelt, dann wüsste er wenigstens, was zu tun wäre!

Manu redete weiter:
„Und dann diese schreckliche Prozedur mit dem Beerdigungsunternehmer. Wusstest du, dass es spezielle Beerdigungsinstitute für Hunde gibt? Allein der Name: *Tierbestattung Abendrot.* Aber ein anderes hab ich nicht gefunden. Was sollte ich machen?"

Tarne wollte etwas sagen.

„Nein, sag nichts! Ich weiß genau, was du sagen willst: Das ist lange her und Schnee von gestern. Aber das ist es nicht. Für mich nicht!"

Sie stieß ihn zurück, als er versuchte, sie in den Arm zu nehmen, und fuhr unter Tränen fort.

„Dann holten die ihn ab, zum Einäschern. Das geht nach Gewicht. So etwas weiß ich jetzt. Hätte ich gut drauf verzichten können. Dreihundertvierzig Euro. Das war unser Rocco. Stell dir das mal vor! Aber es kam noch besser. Die haben die Asche mit der Post geschickt, im Plastiksack und im Karton. Ein Pappkarton, sechseckig, sollte aussehen wie eine Urne!"

Die Tränen liefen ihr über das Gesicht, sie stellte die Ellenbogen auf den Tisch und stützte den Kopf in ihre Hände. Mit einer halb erstickten Stimme fuhr sie fort:

„Mir ging's so schlecht, ich konnte kaum aufstehen! Ich hatte alle Kraft verloren. Ich konnte nicht mal die Wohnung aufräumen. Du weißt, das tröstet mich sonst oder lenkt mich ab. Das war eine ganz schlimme Zeit, manchmal schaffte ich es und manchmal nicht. Es war ein Auf und Ab."

Sie machte eine Pause.

Tarne stand daneben und wusste nicht, wohin mit seinen Armen, und versuchte sie zu streicheln. Sie schüttelte ihn ab. Nicht ganz so energisch wie vorher.

„Und wo warst du? Hast mich wieder mal

alleingelassen. Drum herum gedrückt."
Tarne brachte mit leiser Stimme hervor:
„Du hast recht. Es tut mir wirklich leid!", und strich sich vor Verlegenheit mit zwei Fingern in seiner üblichen Geste über die Stirn.
Nach einer Pause fuhr sie ruhiger, aber mit fester Stimme fort:
„Außerdem würde ich in Zukunft, wenn ich dich treffe, immer diese schreckliche Szene vom Bahnhof Hösel vor mir sehen!"
Er hatte sich gedacht, dass es darum ging. Dass dieses Erlebnis dahinter steckte. Nur schien es ihr im Moment leichterzufallen, über Ereignisse zu reden, die weiter zurück lagen.
Als sie seiner Zerknirschung gewahr wurde, verrauchte ihr Zorn und sie sah in ihm wieder ihren kleinen, abenteuerlustigen Jungen. Am liebsten hätte sie ihm über den Kopf gestrichen. Wenn er doch immer so wäre! So würde sie gerne weiter mit ihm zusammen sein. Sie beugte sich zu ihm und strich ihm über die Wange. Wie um ihn zu trösten.
Tarne wusste nicht, wie ihm geschah. Wie alle Männer dachte er eigentlich, dass er nur als der Held geliebt würde, der er gerne sein wollte. Es kam für ihn ganz überraschend, dass sich Manu ihm in die Arme warf, nach allem, was schiefgelaufen war. In Filmen war es manchmal so, aber im realen Leben? Bei ihm?
„Natürlich hast du recht, ohne dich ... wer weiß? Du hast mich gerettet. Aber auf der anderen Seite, ohne dich wäre ich auch gar nicht in so eine Situation gekommen."
Das klang für ihn ein wenig nach Versöhnung. Wie oft hatten sie das gemeinsam durchgemacht. Nach dem schlimmsten Streit zusammengefunden. Meist war es danach besonders schön. Eine Zeitlang jedenfalls. Es war fast so, als wenn sie das brauchten.

Epilog

„Hm…"
„Sir, sind Sie es?"
„Wer soll es sonst sein! Was gibt es?"
Das Display des Anrufers zeigte den Schriftzug *Unbekannter Anschluss*.
„Ich wollte vermelden, dass alles nach Ihren Vorstellungen gelaufen ist."
„Ja?"
„Das Objekt ist in den richtigen Händen."
„Das ist uns nicht neu. Es wurde bereits in den Nachrichten von unserer Kanzlerin herausgestellt."
„Ich meine…"
„Fassen Sie sich kurz und konkret!"
„Unser Mann hat mit dem Anwalt Kontakt aufgenommen, in dessen Tresor der Detektiv die CD zur Sicherheit verwahrt hatte. Der Anwalt war für die vereinbarte Summe bereit, die CD austauschen zu lassen. Wir übergaben ihm dafür eine alternative CD, die dieselbe Liste, jedoch ohne die bewussten vier Namen unserer Auftraggeber enthielt. Ich kann also bestätigen, dass die gewünschten Streichungen vorgenommen werden konnten."

„Das freut uns. Wie wir hörten, hat es einen Kollateralschaden gegeben?"

„Das wissen Sie schon? Woher ...?"

„Seien Sie sicher, wir haben viele Quellen. Weiter bitte!"

„Natürlich. Entschuldigung. Sir, ja, ein wertvoller Mitarbeiter ist von uns gegangen."

„Berichten Sie. Wir benötigen die Informationen für die anderen!"

„Unser Ermittler hat den Gegenstand bei dem Anwalt ausgemacht. Dadurch konnte der Tausch vereinbart werden."

„Das sagten Sie bereits. Wie konnte der Anwalt ermittelt werden?"

„Der Anwalt hatte mehrfach auf Tarnes, das ist der Detektiv, Festnetzanschluss gesprochen. Gegen jede Sicherheitsregel! Dadurch hat unser Mann den Kontakt aufnehmen können. Der Anwalt war sehr kooperativ. Ein richtiger Glücksgriff. Er hätte sich auch von sich aus gemeldet. Monetär waren bei ihm alle Türen zu öffnen. Er hat eine bestimmte Summe erhalten. In dieser Kanzlei arbeitete auch die Bekannte dieses Detektivs. Sodass unser Mann ihr von dort aus folgen konnte."

„Sind die Daten der anderen Personen wie vereinbart an die deutschen Behörden weitergeleitet worden?"

„Ja, das kann ich bestätigen."

„Das ist gut!"

„Leider wurde unser Mitarbeiter, als er die CD von Tarne im Austausch gegen seine Freundin erhalten wollte ... wie soll ich sagen ... vom Zug erwischt. Also, es erwischte ihn..."

„Das ist bedauerlich."

„Ja, der arme Kerl!"

„Nein, bedauerlich ist eher, dass wir eine hilfreiche Funktion in diesem Dienst verloren haben. Man muss es anerkennen. Er hatte gute Arbeit geleistet. Mitdenkendes Personal findet man selten. Nachdem er die CD im Tresor des Anwalts ausgetauscht hatte, war für uns eigentlich alles erledigt. Erklären Sie mir, warum er dann dieses Mädchen entführte, nur um die gefakte CD zu erhalten, die er erst dem Anwalt gegeben hat? Aus meiner Sicht war das unnötig? Hat nur für Aufsehen gesorgt."

„Sie haben völlig recht, Sir. Das hätte nicht sein müssen. Seine Absicht war, durch diese Transaktion, des Tausches, Mädchen gegen die gefakte CD, sich wiederum in den Augen seines Dienstherrn reinzuwaschen. Wenn er das geschafft hätte, hätte das seine Vorgesetzten wieder von seiner Loyalität überzeugt. Er wäre im Dienst geblieben, wieder als zuverlässig eingestuft worden und er wäre uns als Informant erhalten geblieben. War zwar aufwendig inszeniert, aber durchdacht. Eine gute Tarnung! Auch dann hätte niemand unsere Manipulation der Daten bemerkt. Wenn er das nicht versucht hätte, wäre er auch für uns ausgefallen, da sein Dienst ihn zur Rechenschaft für den Mord an Eberli gezogen hätte."

„Ja, so vermutete ich. Für uns ist nur wichtig, dass letztendlich alles geklappt hat. Auf der CD sind die bezeichneten Personen entfernt worden und der Rest ist übergeben worden, wie gewünscht. Nur dann eben durch diesen Tarne an das SEK unter Braun."

„Jawohl. Was diesen Tarne betrifft ... er scheint so etwas wie Ehre zu haben. Ich vermute, er wäre nicht zu kaufen gewesen."

„Ich bin sicher, dass jeder seinen Preis hat. Wir machen Regierungen und wir stürzen sie wieder. Wer ist da schon dieser Tarne, und wen interessiert der?"

Leseprobe:

DER WEG DES GELDES

Joachim Stengel

Ein Tarne-Krimi

Sie betrat sein Büro, ohne anzuklopfen. Ihre Kleidung sah aus, als ob sie den Eindruck erwecken wollte, mehr Geld zu haben als sie hatte. Eine mittelalte Blondine in teure Markensachen gekleidet, geschmackvoll, aber abgetragen. Absätze schiefgetreten. Die Details störten das beabsichtigte Bild. Sie war nach Tarnes Einschätzung nicht schlank, sondern eher mager. Dadurch traten die beginnenden Furchen von Verbitterung und Enttäuschung um die Mundwinkel umso deutlicher hervor. Mit ihr zog ein betäubender, süßer Duft durch sein Büro.

„Guten Tag", sagte Tarne.

„Sind Sie Tarne?" Sie bemühte sich nicht erst, freundlich zu sein, und versuchte in seinem Büro einen Platz zu finden, der nicht von den Strahlen der Sonne erfasst wurde. Sie schien zu wissen, dass das ihrem Aussehen schaden konnte. Im ersten Moment wirkte sie wie fünfzig – bleich, als wenn sie die Nacht durchgemacht hätte. Tarne schätzte sie jünger ein.

„Wenn ich Sie beauftrage, haben Sie dann Schweigepflicht oder wie heißt das bei Ihnen?"

„Das kommt ganz darauf an. Nicht, wenn es etwas Ungesetzliches ist."

„Ich würde mich gerne absichern, wer kauft schon die Katze im Sack?"

„Keiner zwingt Sie, mich zu engagieren. Sie wissen, wo die Türe ist."

„Stellen Sie sich nicht so an!"
„Haben Sie schlechte Erfahrungen gemacht?"
„Ich bin nur vorsichtig. Man braucht ja nicht jeden Tag einen Detektiv." Sie war nicht leicht einzuschätzen, zum einen schien sie sich zu bemühen, gefällig zu erscheinen, zum anderen taxierte sie ihn mit einem harten, kaum die Verachtung verbergenden Blick. Tarne konnte sich nicht entscheiden, ob er sie als unsympathisch einstufen oder das Weitere noch abwarten sollte.

„Wir kämen weiter, wenn Sie mir endlich sagen, was Sie wollen."

„Um ehrlich zu sein…", setzte sie an – Tarne hasste solche Bemerkungen.

Nachdem sie sich als Anneliese Rother vorgestellt hatte, beschrieb sie, dass ihr Mann, der Fotograf Wilhelm Rother, tot in ihrer gemeinsamen Wohnung gefunden worden war. Es habe ausgesehen, als wenn er sich in den Mund geschossen hätte. Ihrer Beschreibung nach musste es eine blutige Angelegenheit gewesen sein.

„Warum überlassen Sie das nicht der Polizei?"

„Die glauben, es war Selbstmord."

„Nehmen wir mal an, es war kein Selbstmord, wer könnte einen Grund gehabt haben…?"

„Ich kann mir nicht vorstellen, dass er so etwas gemacht hat. Es sieht ihm nicht ähnlich. Er hatte auch keinen Grund. In letzter Zeit ging es uns sogar finanziell besser. Hätte nie geglaubt, dass er das hinkriegt, aber es sah so aus." Sie machte eine Pause und fuhr dann leiser fort: „Ich habe Angst vor dem Getratsche und möchte nicht, dass das Andenken meines Mannes beschmutzt wird."

Es gelang ihr nicht ganz, wie eine trauernde Witwe auszusehen. Irgendwie klang das alles nicht echt.

Das Klingeln zog die Blicke auf das Telefon. Einen Moment überlegte Tarne, ob er abnehmen sollte, entschied sich dagegen, vergessend, dass sein alter Anrufbeantworter auf laut gestellt war. Er hatte die Angewohnheit, unangenehmen Gesprächen aus dem Weg zu gehen. Das ging gut, wenn man vorher hörte, wer anrief. Nach dem dritten Schellen sprang die Maschine an und laut erscholl Manus Stimme:

„Geh dran!" Pause. „Ich weiß genau, dass du da bist." Pause.

Cover-Design & Fotografie von
Sibylle Stengel-Klemmer

FOTOSTUDIO SIBYLLE KLEMMER

45128 Essen
Richard-Wagner-Str. 88
Germany

(0049) 0201 722 398 39
(0049) 0176 502 905 42

www.sibylleklemmer.de